ATLANTiS

ZDENA SALIVAROVÁ
NEBE, PEKLO, RÁJ

ISBN 80-7108-028-4

ZDENA SALIVAROVÁ

NEBE PEKLO RÁJ

NEBE, PEKLO, RÁJ
Lovestory
Dannymu

Nebe, peklo, ráj,
kam tě duše daj?
Do nebíčka, do peklíčka,
šupy, šupy tam.

Teta Vilma se u nás stavila, až když měla z krku veliké stěhování, a přiběhla jen na skok. Blížily se vánoce, ještě bylo třeba sehnat pomeranče a kakao a mandle a oříšky do medvědích tlapiček. Byla rozrušená a znavená. Klesla na židli.

„Dej mi aspirin, Ančo, už zase na mě de migréna a zrovna teď, na svátky."

Maminka natočila vodu.

„Nechceš rači kafe?"

„Kdepak kafe, holka," teta si položila ruku na čelo a zamhouřila oči. Jako dáma ze společnosti, co hrála dámu ze společnosti ve starých českých filmech. Pan Frejka o ní říkal, že je pěknice. On byl můj mistr v novém místě, které mi obstaral strýček Karel. Dostal mě ke zvukařům na Barrandov, držet mikrofony, tahat kabely a pan Frejka byl mistr zvukař.

„To máš z toho kvaltu se stěhováním. Mělas to nechat až po svátcích."

Dostali nový byt. Nahoře na Santošce. Potřebovali ho opravdu velmi nutně. Teď, když Máša bude studovat na univerzitě, musí mít svůj pokoj. Dříve bydleli jako my dole v Košířích u Zvonu, jeden pokoj a do kuchyně se šlo rovnou ze schodiště. Tenkrát ale teta nebyla ještě soudružka, tedy byla, ale ještě ne soudružka komunistka. Před tím byla soudružka soc.dem., celá naše rodina do všech větví, kořenů i korun byla odjakživa soc.dem., cvičili v DTJ, chodili na schůze a na plesy do Národního domu na Smíchově. Diskutovali se sousedy agrárníky, lidovci, komunisty, modráčkovci, babička by jich vyjmenovala nejmíň šestnáct, s kým vším se hádali o svou pravdu. To bylo ovšem před válkou, kdy my s Mášou jsme se ještě procházely někde na houbách. Jednou naši přišli domů v noci, já byla tenkrát asi v tercii, babičce se třásl hlas, otec se procházel po kuchyni sem tam a maminka je uklidňovala.

„Je to zrada horší než bratrovražda," říkala babička.
„Karel se nevzmoh ani na slovo."

„Hlasoval, jako by se za to styděl," skřípal otec zuby. „Vilma mu tu ruku snad podpírala."

„Ale řeks jim to dobře, Václave, pěkněs jim to dal."
„Odešli sme z tý porážky aspoň se ctí," řekla maminka.

Slyšela jsem tenkrát všecko jen v polospánku. Byly pololetky, myslela jsem spíš na to, jak půjdu ráno bruslit a vyzkouším tu kolovou sukni, kterou mi maminka ušila, jestli se mi točí jako talíř od pasu rovně jako Vrzáňový. Máša měla taky takovou a chodila na lekce. Já chodila taky a dělala jsem všecko, co jí řekl trenér, kousek za vyhrazeným obdélníkem kluziště, který byl jen pro členy klubu. Máša byla v BK a teta chodila na lekce s ní. Sedávala na lavici, pila čaj z termosky a sledovala, jak to Máše jde. Taky jí někdy radila, jak přenášet váhu uprostřed osmičky, ale jen na suchu. Mně to taky šlo, i když jsem nebyla v Bé Ká, naši na takové vylomeniny nechtěli marnit peníze a tatínek měl názor, že krasobruslení stejně není žádný sport, ať si radši hledím latiny. On měl všelijaké teorie, chtěl, abych se pořád jen učila, protože teď budeme potřebovat vzdělaný dorost. Babička byla taky vzdělaná, i když měla jen čtyři měšťanky, uměla rusky a pořád něco četla a psala do novin, ale mne chtěli mít vzdělanější. Máme doma plné šuple fotek a článků z Práva lidu a legitimací Soc. dem. strany, ta nejstarší je z roku 1910 a v ní na fotce babička z dob, kdy byla ještě žena-dítě.

Teta zapila prášek.

„U Anděla měli citróny, tady jsem vám jich pár nechala," bolestně zavzdychla a ruku si držela na čele. „Stála tam fronta až ke kostelu."

„Měla ses na to vykašlat," mávla babička utěrkou, „to máš teď z toho."

„Vánoce mě vždycky úplně zničej," zašeptala bolestně, „už aby bylo po nich." Teta se uměla obětovat pro rodinu.

„Tak proč se honíš? Copak musíte mít vždycky všecko?"

„Jaký by to byly svátky, babi, bez pečiva a ovoce, vždyť víš, že pro sebe nesháním."

Pravda. Teta sháněla a zařizovala většinou všecko jen pro Mášu. Starala se, aby Máša měla pohodlí a teplo a hezké šaty. A vzdělání. Na vysokou ji vzali jako nic. Měla správné rodiče, to je to. Teta vyvíjela činnost v místní odbočce strany a nosila hvězdu. Někdy na krku, někdy na klopě, podle toho. My jsme měli plné šuple relikvií o dělnickém hnutí a tatínka na Pankráci, ačkoliv byl proletář a s dělnickým hnutím to myslel vážně. Ovšem jinak než strana, ke které se dala teta a strýc, to je to. Dělal v ringhofrovce, a když tenkrát komunisti obratně a lstivě zmáčkli sociálním demokratům típek, jak se vyjadřovala babička, otec ještě svolával schůze poraženého křídla a chtěl zachránit tradice. Ono se ale zachránit už nic nedalo. Na té schůzi tenkrát v noci naši všichni tři vystoupili a teta Vilma se strýcem Karlem se nechali splynout s komunisty.

„Nejlepší je cesta nejmenšího odporu," poučila tenkrát teta našeho tatínka a on dostal delirium tremens.

Strýček k nám chodil málo. Babička mu pořád jen vyčítala a říkala, že je jí hanba. Od vlastního syna se dočkat takové proradnosti. Já ho měla ráda. Byl tichý a mírný, když jsem si k nim chodila hrát s Mášou, dovolil nám všechno. Po maturitě mi obstaral to místo a říkal, že se v praxi naučím víc než v nějaké škole. Zatím jsem tahala ty kabely a držela šibenice s mikrofony a viděla jsem zblízka Antonii Hegerlíkovou a Šmerala.

Ten nový byt nestál tetu jenom bolesti hlavy. Měla

známé soudruhy na bytovém odboru a jednomu musela dát deset tisíc. Babičce se z toho udělalo nanic, ale teta říkala, že kdo maže, ten jede.

„Kam proboha vyhnali ty lidi, co tam bydleli?"

„Někam do pohraničí," pokrčila teta rameny. „Oni by je vystěhovali tak jako tak, byli to nějaký dřív bohatý nebo tak něco, proč by měl ten jejich byt dostat nějakej opravdu komouš, že, když my ho potřebujeme víc."

Babička tetou Vilmou maximálně opovrhla.

„Stavět na mrtvolách, to je pro ně typický, svý blaho na cizích mrtvolách, tak si představujou proletářskou revoluci."

Byt měli moc krásný. V Mášině pokojíčku stál nový psací stůl a knihovnička se sklem a vedle postele taková jako toaletka a na ní všelijaké krémy a flakónky s gumovými hadičkami a bublinkou na konci. Máša byla hezká a teta si ji pěstovala. Všecko měla hezké a moderní, skříň plnou šatů a zárodků bezvadné výbavy. Trochu jsem jí to záviděla. Mne si maminka taky pěstovala, ale jen když měla kdy. Koupila mi krém na pihy a v pokoji mi udělala takový koutek, abych měla separé, se stolečkem a na něj dala fikus, který jednou za rok kvetl. Neměla moc času. Pracovala v továrně na dětskou konfekci a babička hospodařila, bručela a četla noviny. Nejvíc ze všeho se však přehrabovala v šupleti s relikviemi. Než mě strýček dostal ke zvukařům, maminka se taky pokusila sehnat nějakou protekci, ovšem, aby babička neměla tušení. Na školském referátě mamince řekli vyloučeno, pani, váš manžel je třídní nepřítel, přece nebudeme poskytovat vzdělání na vysoké škole dítěti třídního nepřítele. K čemu by pak celý náš boj za práva dělníků byl? Máme přísnou direktivu přijímat jen děti z dělnických rodin. Matka se bránila, dyk sme všichni, celá rodina odjakživa dělníci, ale vysmáli se jí, když dodala, že babička je stará bojovnice právě za dělnický práva. V kapse mačkala pět stovek, které stejně přinesla domů zpátky, neodvážila se je někomu podstrčit. Jak to jenom teta Vilma dělá? Přišla domů zlomená a babička jí vynadala.

„U nich se milosrdenství nedovoláš. Mají ruce krvavý.

Vem si jen tu slánskiádu a to je nic proti tomu, co dělali vlastním lidem v Rusku, co dělali v Litvě a v Lotyšsku a..." Mohla opět nastat přednáška, ale maminka ji přerušila.

„Já Věru na tu školu dostanu," řekla sebevědomě.

„Když se to podařilo Vilmě, mně se to taky podaří. Babkovic holku vzali na filozofii a jaká je to proletářka? Jaká vona je prosim tě dělnickýho původu, no řekni? Měli fabriku. A ne jednu."

„Ale odevzdali ji. Dobrovolně a včas. Copak, AnČo, pořád nevidíš, že jim o žádnej dělnickej původ nejde? Dělníkama se jen oháněj. A blbnou jim hlavy."

„Aťsi. V novinách psali, že přednost mají děti z dělnickejch rodin, tak co. Když to nepude jinak, musí pomoct Vilma. Furt se chlubí, jaký má styky, může něco udělat pro vlastní neteř."

„Dá ti leda dobrou radu, abys toho nechala."

Babička viděla všecko moc střízlivě. Já doufala, že se přece jen nějaká skulina objeví a já proklouznu na fakultu, i když mám správný původ. Šla bych třeba i na ruštinu, kdyby jinde nebylo místo. Ta mi šla vždycky dobře. Babička na mě dohlížela a tvrdila, že ji jednou budu moc potřebovat, ať se neošklíbám. K čemu bych ji mohla potřebovat, to jsem ještě netušila. Babička teprve ne. Ta možná tenkrát snila o tom, jak budu po ní, jak se dám na politiku a jak pojedu vysvětlovat sovětským dělníkům, v čem dělají komunisti chybu a co je cílem sociálních demokratů. Tenkrát jsme tedy šly s matkou za tetou Vilmou.

„Věra by venkoncem," řekla teta, „přístup ke vzdělání dostat měla. Dělnická rodina sme. Jenom kdyby babička tolik neřečnila. Nebejt jí, Václava a vaší paličatosti, mohlo všecko jít jak po másle."

„No vidíš," řekla maminka, jako by tetinu výtku neslyšela. Ale teta měla po ruce pokračování poučky.

„Povídala sem vám to už tenkrát v osmačtyřicátym, pamatuješ, AnČo? Kdybyste byli automaticky přešli, nic vás to nestálo a mohli ste mít pokoj."

„Vilmo, podívej." Matka sáhla do kapsy. „Já tady mám pět stovek, ty máš známosti, podstrč to tam někomu, ať

Věru vemou aspoň na tu ruštinu."

„No dovol, Ančo!" Tetě vyjel hlas do fistulky. „Pět set? To je tak pro vrátnýho, aby mě pustil dál. A vůbec. Přece nebudu někoho podplácet."

„Tak se aspoň přimluv. Vysvětli jim, jak to je."

„Komu já můžu co vysvětlovat? Já sem na bytovym odboru. Já sem tam přes sociální případy, neumíš si představit, jak je bytová situace katastrofální, rodiny s pěti dětma v jedný místnosti. Dělám to dobrovolně, samosebou, nemysli si, že z toho mám nějaký výhody."

„Di, prosim tě, jak bych si to mohla myslet," řekla matka pokrytecky. „Ale Mášu jsi tam dostala, tak co bys nemohla Věru."

Slíbila dosti mdle, že s někým promluví, takže bylo jasné, že nepromluví. Maximálně promluvila se strýčkem a on si vymyslel tu náplast, že v praxi se naučím víc než na škole. Měl stejně ale výčitky svědomí, protože tenkrát nedal ani pozdravovat babičku. Teta v podstatě byla přesvědčená, že je to tak správně, kdo se protiví, ten holt musí počítat s následky. Vždycky nám někdo vládnul, tak co. Člověk si musí hájit svý a o víc se nestarat. Kdo nejde s proudem, skončí na dně. Teta byla strašná soudružka.

Když ji přestala bolet hlava, vstala, uhladila si poprsí oběma rukama a podívala se na mě. Byla pěknice, na mou duši.

„Věrko, přiď k nám na Boží hod, děláme oslavu zakončení prvního semestru."

Babička obrátila oči ke stropu a otočila se zády.

„Tak jo," řekla jsem. U tety je vždycky plno dobrot a zábavy. Proč bych k ní nešla zase jednou na návštěvu? Nacpu se a ještě mi dá něco domů.

„Přijď taky, Ančo, aspoň mi pomůžeš s chlebíčkama. Bude tam študentů jak smetí."

Pozvat babičku si netroufla. Když za ní zapadly dveře, babička zvedla drdůlek od novin.

„Že se vám tam chce, k jidášum. Mně by se každý sousto zaseklo v krku."

12

„A co má bejt? Stejně má tlustý nohy."

„Kdo? Já?" zaječela jsem.

„Ty taky," řekla Máša. „Ale Tomáška je má jak žbá-
l."

„Nemá. Má je přesný, že jo, Vašku?" řekl Honza.

„To teda má přesný. Vůbec je celá přesná."

„Ten film byl ale blbej," řekla holka v čelence. „Tako-
ej zase pokrokovej. To už mi nebaví."

„To jo. Ale Tomášová v něm byla bezvadná."

„Hele, Věro, dáš jí podepsat tu fotku?"

„Tak jo. Já to zkusim," řekla jsem milostivě. Kluk vyňal
náprsní kapsy pečlivě uchovávaný obrázek největší sou-
asné hvězdy. Svěřil mi ho. On si snad opravdu myslel, že
: poženu za Tomášovou o podpis. Máša se medově usmála
vrazila do mě další napínáček.

„To je toho. Na Barrandově se známostma vytahuje
aždej manuál. Ale skoro každej kecá." Otočila se, až se jí
d sukně udělal průvan. „Karle," řekla, „pročs mi nepřines
у skripta, víš, že je potřebuju na příští kolokvium."

Ve dveřích stála teta Vilma s mísou chlebíčků.

„Copak že už netancujete? Mášo, pusť něco."

„Už sme utancovaný, milostivá paní," řekl Honza.

„Ale děte, takový mladý, pusť něco, Mášo, já si taky
atancuju."

„Ale mami," řekla Máša a neochotně se pohnula ke
ramofonu.

„Jen tam něco dej. Třeba to Večery pod Moskvou. To
: krásná píseň. Znáte ji?"

Máša se zatvářila a šla líně pustit desku. Do tety vjelo
ěco, co jsem u ní ještě neviděla. Vzala Honzu za obě ruce,
ytáhla ho z křesla a začala ho vodit po pokoji a zpívat.
Ruský text, pochopitelně, a špatně. Hlas se jí prohýbal
tváře měla jeden oheň. Namáhala se zbytečně. O perly
odmoskevských večerů nikdo nestál.

„To je tak poetická píseň," zanyla. „Moskva musí být
rásná, ach, ta musí být krásná," a do očí jí sedla vláha.
etrvala v roli pokrokové matinky až do konce. Ach, tetič-

Mně se nezaseklo. Teta napekla medvědích tlapiček a ty já měla nejradši. Na mejdanu se sešel skoro celý první ročník politické ekonomie. Máša chtěla původně na dějiny umění, ale tam teta neměla konexi. Anebo nebylo koho podplatit. Nevím. Stejně Mášu na vysokou dostala, tak co. Měli z ní radost, rodiče. Ten večer si oblékla šaty z bleděmodrého šifónu se širokou sukní až ke kotníkům a pod sukní asi šest spodniček, takže měla pas úplně jako vosa. Děsně jí to slušelo. Mně taky. Matka šaty zkoušela na mně, když je šila. Máše ale slušely líp. Byla krásná, v uších náušnice jak houpačky, nehty si nalakovala stříbrně i u nohou a voněla. Do školy se tak ovšem nesmělo, tam se v žádných šifónech a nalakovaných nehtech nechodilo. Pro tu společenskou příležitost visela ve skříni svazácká košilka a prostá sukně z režné látky. O to víc se Máša asi dnes vyžívala před zrcadlem.

„Tak to jsou Mášini kolegové," představila nás teta. Tváře jí hořely a chovala se jako opravdová dáma. Šperky z rodinné klenotnice značka Jablonec na ní jen hrály. Na naší matce nehrálo nic. Ale i tak vypadala dobře. Pan Frejka by o ní sice neřekl, že je pěknice, neměla v sobě ten epíl, co teta, byla spíš nenápadná, ale slušelo jí to. I když vypadala smutně a neuměla konverzovat jako teta Vilma.

Z gramofonu vedle v pokoji slzelo tango. Trsalo se tam. Máša zrovna s jedním klukem pravé argentino a na to spotřebovali sami celou místnost. Děsně se odvazovali. Objímala toho kluka jakoby argentinsky vášnivě, prohýbala se až do mostu, ometala mu vlasy kolem obličeje, všecko jakoby pro legraci, ale v podstatě pro ten rajc, co tanec někdy přináší. Seděla jsem na kanapi a čuměla, jak se Máša předvádí.

„Poď si zatancovat," řekl mi nějaký kluk. Přešlapovali jsme v rohu na jednom místě, z gramofonu zpíval Rudolf Cortéz slowfox. Teta vyřadila z desek všechny rychlé a bujné, abychom moc nehopsali a nerozhoupali lustr partaji pod náma. Máša zase zabrala celý prostředek, byl to konec konců její mejdan, šlapali jsme s tím klukem zelí v rohu a já nevěděla, co mám začít kecat. Nikdy nevím. Nikdy neumím navázat konverzaci. Proto jsem taky ještě žádného kluka nenabalila. Dveřmi jsem viděla maminku a tetu vedle v pokoji. Seděly jak dvě kukačky a usmívaly se shovívavým úsměvem značka „ať se mládí vydovádí". Dováděli jsme s tím klukem jak při pašijích.

„Na kerý fakultě seš?" začal konečně.

„Na elektrotechnický," řekla jsem. Vtom nás ofoukla šifónová sukně a Máša medově zaševelila.

„Kecá," a hned odplula.

„Nekecám," řekla jsem a udělala jsem oči. Jako kdyby na tom záleželo, doprčic. Jenomže ono na tom záleželo. Aspoň mně. Strašně jsem chtěla být jako oni. Povznesená vysokoškolačka. Máša se přitočila znovu a objasnila moje společenské zařazení ještě medověji.

„Kecá. Tahá káble na Barrandově."

Polilo mě horko. Klukovi však zahořel v očích zájem.

„U filmu?"

„Jo, ve zvukárně. Na elektrotechniku pudu teprve příští rok."

„To musí bejt děsně vzrušující," řekl kluk.

„No," řekla jsem bez nadšení. „Děsně."

„Hele, znáš ňáký herečky?"

„Moc ne, já tam nejsem dlouho."

„Ale ňáký znáš, ne?"

„Antonii Hegerlíkovou, tu sem viděla."

Kluk se ušklíbl, zavrtěl pačesy a přestal tancovat. Pak se zeptal.

„Nevidělas tam někdy Marii Tomášovou?"

„Jednou jsem ji viděla."

„Vážně?" rozjasnil se. „Ve skutečnosti?" Znovu mi dal tlapu kolem pasu a začal šlapat.

„No, v kantýně, když si kupovala dršťkovou polívku."

„Hele, a je taky tak hezká jako na plátně?"

„Já nevím, já se na ni tak moc nedívala." Co se ptá na herečky, když tancuje se mnou, sakra. Samo že jsem ji viděla a že byla hezká stejně jako na plátně. Dokonce hezčí. Tenkrát se hrála Anna proletářka a celá Praha byla auf z Marie Tomášový. Bodeť by nebyla. První hezká holka

v poválečnym filmu, na kterou se dalo koukat. „.
hercem chodí, to nevíš?" Kluk byl dychtivej jak p
Vlastně od něj moc daleko neměl. Bylo mu tak nej\
tenáct.

„To si uhád."

„Hele, Honzo," křikl kdosi. Šlapali jsme teď n
větší ploše. „Máš už ten referát pro Kraťase?"

„Ešte ne. Pocem," zavolal Honza. Druhý kluk
s takovou ostříhanou. Měla šaty z ruční krajky a
briliantovou čelenku. Možná že to byl taky Jabl(
stejně. Zase nějaká z dělnický rodiny, jak jsem na
kala.

„Hele, tady Věra zná Tomášovou."

„Neblbni." Kluk pustil ostříhanou a zůstal tr(
střed pokoje. „Neblbni mi hlavu, fakt?"

„No, vona dělá u filmu."

„To vim, taky."

„No né Tomášová. Tady Věra dělá u filmu. V
na Barrandově, chápeš, vona se s ní zná, že jo?"

„Vážně?" Kluk se dostával do tranzu. Ostříha
stoupila, ale stejně poslouchala.

„Ale neznám," bránila jsem se. Začali se k ná
vat všichni kluci. I ten Mášin, stejně byl už utahaný
se tancovat.

„Co tady kdo povídá vo Tomášový?" řekl ně

„Tady Věra," zajíkl se kluk už asi po patnáct
dělá na Barrandově a zná se s ní."

„Jé, hele, nemohla bys jí dát podepsat fotku?
„Já bych jí poslal psaníčko."

„Von píše básně," řekl mi Honza. „Bezvadný
tom, jak je bezvadná, a chtěl by jí je doručit."

„Když já ji ale zas tak moc neznám," kroutila
ale ne už tak docela. Shlukli se kolem mě jako k(
lovny plesu, dostávala jsem dobrý pocit. Máša tu
natotata.

„Co blbnete?"

„Pročs nám neřekla, že tady Věra dělá na B
vě?" zeptal se Honza. „Vona zná Tomášovou!"

ko Vilmičko. Pak poplácala Honzu po tváři a pro jistotu opakovala.

„Moskva musí být strašně krásná."

Nezdálo se, že by to někoho zvlášť zajímalo.

Kluk jí políbil ruku a šel se vrhnout na humráče. Na táce už žádné nebyly.

„Poď, Aničko," obrátila se teta na matku. „Přiděláme další."

Strýček, který smutně sledoval celý výjev, se zvedl a šel za nimi do kuchyně.

„Bavte se, mládeži," řekl a zavřel za sebou.

Vypilo se už dost vína. V rohu pod zhasnutou lampou se filcovala ta ostříhaná s tím Karlem. Sahal jí pomalu až tam. Asi po tom víně už měli pocit, že je není vidět. Máša škádlila asi tři najednou.

„Víte co?" vyskočila. „Pojte hrát na fanty."

Asi potřebovala trochu samoty ve dvou, pánský fant, dámský fant, ona už to zařídí. Ale stejně jsem tušila zas nějakou zlomyslnost. Já nevím proč, přece já ji sotva mohla ohrozit. Třeba jenom chce být vtipná, i když pořád jen na můj účet.

Sesedli jsme se do kruhu. Máša roztočila prázdnou láhev a hrdlo se zastavilo u mne. Dala jsem fant a ustoupila z kola.

„Pusť tam Laxík, Věro," křikla na mě, „ať je tady trochu nálada. Co furt ty matčiný cajdáky."

Z rádia se začly sypat synkopy a hlas nějaké zpěvačky. Honza už taky dal fant a přišel si sednout k rádiu. Muzika s ním pěkně cukala.

„To je senzační zpěvačka. Nejlepší programy jsou na Laxíku vždycky večer." A zpíval s tím hlasem z rádia. Láhev se točila a na zemi se vršil kopec fantů.

„Tak," zvedla se Máša, když vypadl poslední. Šla zhasnout do vedlejšího pokoje a přivřela křídla dveří. „Tahám," a jako zavřela oči. Vybrala dva fanty, aby šly do páru. Věděla moc dobře, čí je který. Majitelé předmětů museli odejít vedle a tam dělat, co se jim zlíbí, než se napočítá do sta. Sebe vylosovala s nejhezčím klukem, pochopitelně.

Hrála to na něj nejvíc hned od začátku mejdanu. Kluci to věděli a schválně počítali hodně rychle. „Už," volali asi za pět vteřin. Máša otevřela dveře a řekla jako malá holčička:

„To neplatí. Eště jednou a počítejte pomalejc."

Na mě vyšel ten největší kolohnát. Toho mi dopřála. Zavřeli nás v pokoji a já hned řekla a priori:

„Dneska se nelíbám, bolí mě zub." Kolohnát se přestal snažit, stejně mu to bylo asi milejší. Stáli jsme mlčky za dveřmi a čekali, až odpočítají. Měla bych aspoň něco zaklábosit, ale nenapadlo mě vůbec nic. Počítali neobyčejně pomalu. Vlastně nepočítali vůbec. Vedle bylo ticho. Kolohnát mě vzal za ruku a snažil se splnit povinnost.

„Já nehraju," řekla jsem. Nečekala jsem na žádné už a vrátila jsem se vedle. Tam svítila jen stupnice rádia. To ale stačilo, abych rozeznala párky rozmístěné po křeslech a koutech. Obírali se zcela kolektivně. Prošla jsem předsíní do kuchyně. Jestli tohle měl být fór, tak to vůbec žádný fór nebyl. O tohle teda nemám zájem. Ne že bych nestála o nějakého prima kluka, ale co to má za smysl líbat se s někým na razdvatřiteď a přestat, když se řekne už. Ani kdyby mi přihrála toho hezkýho. Ačkoliv, kdyby mi přihrála toho hezkýho, tak by mě to asi bavilo víc. Ale toho mi zrovna nepřihraje, pochopitelně.

Teta s matkou a se strýcem seděli v kuchyni u stolu a strýček popíjel rum.

„Copak? Už netančíte?"

„Už ne."

„Poď, donesem jim ty chlebíčky." Teta vzala tác. Šla jsem rychle před ní a volala: „Uůž! Chlebíčky dou!" Mohla jsem se na ně vykašlat a nechat tetu, aby je přepadla. Ale radši jsem šla napřed a rozsvítila jsem. Teta by stejně dělala, že nic nevidí.

„Co blbneš?" řekla Máša a na krku měla cucflek jako motejla. Než vešla teta, stačili se zorganizovat.

„Proč si nepustíte nějakou hudbu?"

„My už netancujem," řekla Máša. O tom cucfleku vůbec nevěděla. Teta dělala, že nic nevidí. Stejně jí nic neřekne. Máša směla všecko. Uměla to válet s klukama i s tetou a teta to zas uměla válet se životem. Nebýt otcových zásad a babičky s jejím šupletem plným minulosti, mohla jsem dneska prožít prima večer. Mohla jsem být jako oni a říkat jako Máša, kde jsou ty skripta, já je potřebuju na kolókvium, musím udělat ten blbej referát pro Kraťase, dej to sem, já to přece nepudu hledat do univerzitky. Anebo jsem mohla studovat ruštinu a provolávat jiné zasvěcené hlášky a mít legraci s kolegama jako má Máša. U nás na Barrandově žádná legrace není. Maximálně sedět v kantýně U nažraného kapra a poslouchat, jak pan Frejka vykládá sprostý fóry. Moc mě tam ani nebrali na vědomí. Bylo mi teprve osmnáct a každý na mě mohl volat hej počkej.

Až tam po vánocích přijdu, řekne mi pan Frejka:

„Tak co, holka, jak ti dupou králíci?" a dodá něco dvojsmyslného.

Maminka seděla v tramvaji zamyšleně, šátek se jí svezl z hlavy, v tašce na klíně mi vezla dvoje šaty po Máše a boty vyšlé z formy i z módy.

„Máše to děsně seklo," řekla jsem. „Ty náušnice jí šly moc dobře k těm šatům."

„Prosím tě. Na to je ještě moc mladá. Mně se zdála dost vyzývavá. Děvče ve vašem věku, Věrko, má bejt střídmý a jednoduchý. Nějaký šperky a výstřihy, na to máš dost času."

„Ale stejně jí to slušelo. Kluci se o ni mohli přerazit."

„Snad ti to není líto? Jen nespěchej. Seš mladá, eště se dočkáš, že se poměry změněj."

„Já vím, ale to už budu stará."

Matka si utáhla šátek.

„Společensky jsme níž," řekla, jako by věděla, na co myslím. „Ale morálně, Věruško, morálně nad nima čníme, i když je to můj vlastní bratr." Mluvila jako babička. Asi taky dost často přemýšlela, co z těch zásad dneska máme a jestli je neměli tenkrát všechny pustit k vodě. Možná že ne. Jenom jí asi bylo líto, že mi nemůže dopřát to, co teta Máše.

„Tak mě napadá," rozjasnila se, „v tý krabici pod postelí je kus látky od tetinýho kostýmu. Ušiju ti šaty podle tý Elle."

Po svátcích mě uvítal pan Frejka přesně, jak se dalo očekávat.

„Tak co, jak ti dupou králíci? Hele, víš, v kolik má bejt slušná holka v posteli?"

„Ale, pane Frejka."

„Tak víš nebo ne?"

„To zas bude něco sprostýho."

„No dovol, copak já bych slušnýmu děvčeti řikal něco sprostýho? Tak v kolik, no?"

„Tak v devět," řekla jsem, abych měla pokoj.

„Kdepak. V sedum, víš, aby v devět mohla bejt doma." Hahaha. No jo. Celý pan Frejka.

„Seš ňáká přepadlá. Cos vyváděla?"

„Ale nic."

Náhodou jsem vůbec nebyla přepadlá. Vánoce jsme měli docela hezké. Taky jsme měli medvědí tlapičky a banány a babička mi nadělila kroniku Sociálně demokratické strany Košíře.

„Jednou to bude mít velkou hodnotu."

Naše babička se pořád nemohla s tou porážkou smířit. Půjde to s ní až do hrobu.

O něco později mi pan Frejka řekl:

„Hele, příští tejden je nějaký mistrovství v basketbalu. Zpravodajskej nás požádal o výpomoc. Budou lehy na tejden. Za přesčasy dostaneš náhradní volno. Bereš to? Jestli ne, tak si tam vemu Frantu."

Místo náhradního volna bych radši extra příplatek, ale vzala jsem to. Aspoň nebudu muset tahat furt ty špinavý kabely. Na Barrandově mě to vůbec nebavilo. I když jsem mohla vidět Antonii Hegerlíkovou zblízka a slavné herce.

Maminka seděla u stroje a všívala rukáv do nějakých šatů. V plotně hořelo jak za dušičky. Babička prohrábla popel.

„Dojdi pro uhlí, Věro, nebo nám vyhasne."

„A převleč se," dodala matka.

Ach jo. Ze všeho nejvíc jsem nenáviděla chodit pro uhlí do sklepa. Otálela jsem.

„Co to šiješ, mami?"

„Ale teta potřebuje předělat rukávy v ramenou."

„Pořád všecko jen pro tetu a pro Mášu a mně nic."

„Musíme se jim nějak revanšovat."

„Za co?" zahučela babička. „Že ti dá pár vobnošenejch hadrů?"

„To neni pravda, každou chvíli něco přinese."

„To tedy ano. Hlavně vždycky přinese, co jí doma překáží. A ty místo aby sis v neděli oddychla, šiješ pro ně jako votrok."

Babička měla pravdu. A to ještě zapomněla dodat, že nám je na krku s osmdesáti korunama důchodu, zatímco teta neví roupama co s penězi. Jednou to takhle řekla a maminka se strašně rozzlobila.

„Jakýpak na krku. Jak tě tohle mohlo napadnout. Takový hloupý řeči. Stejně bys od nich nic nevzala."

„Tos uhodla."

Strýčka to ale žralo, to jsem viděla. Občas se u nás objevil a jako zapomněl na stole stovku. Matka ji vždycky sbalila, pochopitelně, když se babička nedívala, protože ta by s tou prašivou stovkou nebyla líná jet nahoru na Santošku a hodit jim ji do obličeje. Nebo aspoň do schránky. Takže se donekonečna revanšovali jeden druhému, aby byla rovnováha.

„Mám jít pro to uhlí sama?" zeptala se babička.

„Já už du," řekla jsem. Máša nemusí, u nich chodí pro uhlí strejda. Máša by si polámala nehtíčky. Ani nádobí nemusí mejt. Všecko, všecko pro ni udělají rodiče. Vzala jsem kbelíky a svíčku. U nás ve sklepě nikdy nejsou žárovky. Vždycky je někdo ukradne. Bodeť by je neukrad, když nejsou k dostání. Bála jsem se dvakrát tolik. Vždycky se ve sklepě bojím a mám pocit, že za mnou někdo jde. Potichu, ani nedýchá a najednou mě majzne lopatou. Nabrala jsem uhlí a letěla s kbelíky ze sklepa. Na schodech jsem potkala Jiřinu Majzlovic.

„Ahoj, nechceš jít do bijáku? V Alfě dávaj to Kráska a zvíře."

Co bych nešla. S Jiřinou jsem se už dlouho neviděla, aspoň mi řekne, jak pokročila s Frantou. Chodila každou neděli tancovat do Urálu a tam ho nabalila. Asi s ním moc nepokročila, když chce do bijáku se mnou.

Film byl úplně nádherný.

„Jak von se proměňoval, viď? Von je tak krásnej, ten Žán Marajs. Já bych ho milovala i jako to zvíře vošklivý." Jiřina byla unešená. Já bez sebe. Taková láska. Jako v tom filmu Tančila jedno léto. Já brečela. Taky jsem se samozřejmě dojala kvůli sobě. Kdybych mohla něco takového prožít, dala bych za to s radostí celý zbytek života. A ani by to nemuselo trvat celé prázdniny. Stačil by týden, dva, kdyby mě někdo měl tak šíleně rád a já jeho. To se ale v životě nestává. Lidi si vysnili příběhy, protože takové věci v životě prostě neexistují. Něco tak velkýho. Jako třeba absolutně nesobecký člověk. A v pohádkách jich je plno.

„Takový kluci na světě ani nejsou," řekla Jiřina zamyšleně. „Každej si de jen za svym."

„Proto si lidi vymysleli pohádky a romány a zamilovaný filmy."

V návalu u šatny jsem zahlédla Mášu. Stála ve frontě na kabáty a lepila se na nějakýho chlápka. Měl knírek a muselo mu být nejmíň třicet. Seklo jí to jako obvykle, i když by matka řekla, že na svůj věk vypadá moc vyzývavě. Měla prostě sexepíl. Cinkala náramky a chlápek ji držel kolem ramen a ještě níž a šeptal jí do ucha.

„Hele, poď nabalit ňáký kluky," navrhla Jiřina. „Nahoře v Alfě hraje Bobek Bryen."

Daly jsme si sodovku se scvrklou švestkou, zvanou ovocný koktejl. Jiřině se rozjely oči po sále. Vyhlížela typy.

„Hele, támleten, nekoukej se tam, že vypadá trochu jako ten v tom vo těch zázrakách?" Brejlila na kluka naprosto nenápadně. Opíral se o sloup, měl boty na sádle, blond patičku nad čelem a na obrovském uzlu kravaty mu seděla ručně vymalovaná slečna. Tedy hlavička. Tělo pokračovalo na prsou a bylo jakoby nahé.

„Vo jakejch zázrakách?"

„No jak vona potom umřela nebo já už nevim. Taky to bylo takový děsně zamilovaný," řekla Jiřina roztržitě a pořád se dívala ke sloupu. „Von je mu fakt podobněj," dodala s obdivem a vyslala nový pohled.

„Ty už s Frantou nechodíš?"

Zavrtěla hlavou a zase mrkla ke sloupu.

„My sme se rozešli. Von byl sexuálně moc náročnej."

„Jak to?"

„Von furt jenom chtěl, abych se s ním vyspala."

„A vyspala ses?"

„Co si vo mně myslíš?" řekla Jiřina uraženě.

„Kdyžs ho měla ráda, proč ne? Já kdybych někoho měla ráda, tak mi to ani nepříde. Mělas ho ráda?"

Sklopila oči.

„Strašně."

„Tak proč ses s nim neto, kdyžs ho měla ráda? Ty si s nim to, že jo? A von tě pak nechal, že jo?"

„Jestli to chceš vědět, tak jo," pravila naštvaně. Kluk u sloupu ji konečně zaznamenal. Dal si ruku do kapsy kalhot a odhrnul sako, aby bylo vidět tu kravatu. Pak otočil hlavu a díval se jako jinam.

„Jiřino, jaký to je?"

„Co?" řekla nepřítomně.

„Dyk víš. Jaký to je, když se dva spolu to, když to spolu dělaji."

Usrkla ovocného koktejlu a snažila se vylovit švestku. Pak se ušklíbla.

„Blbý. My neměli kam jít, tak sme se schovali u nás v průjezdu."

„No co," řekla jsem. „Když je to opravdu láska, tak na tom nesejde, kde se ty dva spolu to."

„No jo, jenže von mi pak hned nechal a řek, že sem lehká, když sem s nim šla v průjezdu, že tak asi du s každym."

Kluk se rozhoupal a přiklátil se k nám.

„Pojte si zatrsat, slečno," ucedil Jiřině nad hlavou. Líně se zvedla a šla. Pro mě nepřišel nikdo. Asi jsem moc bezvýrazná. Matka mi vždycky šije šaty podle svého vkusu. Jiřina měla červenou saténovou blůzu a děsně těsnou sukni. Na boku se jí rozbil zip a dala si tam zavírací špendlík. Bylo to dost vidět. Na lokti se jí houpala taštička a jak poskakovali, bouchala toho kluka do zad. Asi vypadám moc střídmě nebo mdle, že pro mě žádný nejde. Takový, jakého si představuju, se v těchto místech stejně nepohybuje. Ale kde se pohybuje? Nejspíš nikde. Nejspíš takový není. Leda na plátně. Jiřina mě už nepotřebuje, co tu budu sedět jako čekanka. Zaplatila jsem rozmáčenou švestku a vypadla jsem na Václavák.

Tam táhly párky nedělně vyšvihnutý, každý asi šel vyvětrat vánoční dary, párky zavěšený do sebe se smály a cvrlikaly. Šilhala jsem po sobě do výkladů, jak vypadám. Nijak. Civilně. Moc nenápadně. Ani jako Máša, ani jako Jiřina. Jiřina je blbá. Asi už jich měla, všelijakých pásků z Urálu a z Alfy. Moc to s nima ovšem neuměla, když ji každej hned nechal. Čím to, že Mášu žádnej nenechá. Lepí se na ni a ona to umí válet se všema. Asi že je nóbl. Jiřina prodává v mlíkárně a místo zipu nosí zavírací špendlík.

S tetou se něco stalo. Seděla za stolem u nás v kuchyni, tváře jako červánky, polykala aspiriny a sypaly se z ní novinky jedna za druhou.

„Von je tady profesor na tý jazykový škole, moc milej člověk, mluví trochu česky a jak se umí chovat, Ančo, to je nebe a dudy ve srovnání s našema chlapcema. Takovej..." zjihla, „takovej jako nonšalantní a přitom, já nevím, jak bych to řekla."

„No jen to řekni," zahučela babička, „cizokrajný zvíře importovaný ze Západu."

„Michel ale, babi, neni žádnej kapitalista," pravila teta varovně. „Von je člen KSF. Buď ujištěná, že bych Mášu nedala nějakýmu jen kvůli tomu, že je cizinec."

„Na proletáře moc nevypadá."

„No, chudej neni, to ne. Jeho rodiče, voni maji v Marseji velkoobchod s vínem. Takovej menší..." podívala se nejistě na babičku, „a nějaký ty vinice."

Vzala jsem babičce z ruky fotku. Byl na ní ten s knírkem, co jsem ho viděla s Mášou v bijáku.

„Náhodou je docela hezkej," řekla jsem.

„Máša je do něj úplně bez sebe. A von do ní, co vám mám povídat, úplně na ní visí. A jak jim to dohromady sluší."

„Myslíš, Vilmičko, že jí dají povolení vdát se do ciziny?" Matka si naladila hlas do starostlivosti. Taky to s tetou uměla pěkně válet.

„Proč by jí neměli dát povolení? Politicky je to přece naprosto nezávadný. Proč by jí měli proboha v dnešní době zakazovat, aby si vzala komunistu? I když je Francouz."

„Anebo Francouze, i když je komunista," poznamenala babička. Teta ji neslyšela. Z babičky dnes humor jenom sršel. Začala jsem se smát a maminka mě zpražila pohledem.

„Když naši chlapci holt nemají to vychování, tak to ji budeš muset dát tomu komoušovi v rukavičkách," pokračovala babička. Vždycky byla nejvtipnější, když se zlobila. „Tudle je to v novinách. Československo podepsalo s Francií obchodně-kulturní dohodu. Vztahy se uvolňujou. Vyvezeme jim kroje a tanečky, dostaneme syrečky. Francouzský. Ty míň smrděj." Teď se zlobila opravdu. Byla děsně konzervativní a všechno viděla a soudila z třídního hlediska, jak říkala, a byla svému hledisku věrná za každých okolností. A okolnost, že si její vnučka má vzít buržousta a ještě komunistu, byla pro babičku neúnosně silný tabák.

„Teto, to by se Máša odstěhovala do Francie?"

„Asi že jo," vzdychla teta jakoby ustaraně, jako by chtěla, aby jí tuhle starost každý záviděl. „Jednou ten den přijít musí, kdy nás Máša opustí."

„A co tam bude dělat? Študovat?"

„Michel chce mít děti, to víš, se študiem asi bude konec. Marná sláva, když se děvče vdá..." vytáhla kapesník a utřela si špičku nosu. „Možná, že pude učit zase jinam a Máša bude muset s ním, to holt jinak nejde, i kdyby měla chudák jít do Ameriky."

„Ubožátko moje zlatý," řekla babička.

„Ale bude jezdit domů na návštěvu. To jsem si vymínila. Časem se podívám i já za nima. Když tam Máša bude legálně..."

„Čekají tě starosti, Vilmičko, já ti je nezávidím," pokývala babička hlavou a tvářila se smrtelně vážně.

Ten melouch, co mi pan Frejka nabídl, jsem vzala. Aspoň bude nějaké povyražení. Nebyla jsem sice nijak zažraná do sportu, spíš mě bavily nahrávky, playbacky a všechny možné zvukařské triky, kdy se dá z jedné zpěvačky udělat pomalu smíšený sbor. Někdy mi pan Frejka dovolil, abych si hrála po pracovní době ve studiu. Dala jsem si na uši jeho sluchátka a pouštěla si decibely rovnou do hlavy. Až se mi někdy motala. Se strýčkem se znali už od předválky, a proto mě sem dostali. Pan Frejka se považoval za umělce a vlastně byl umělec, jenom občas trochu magořil. Byl dobrý, i když měl někdy řeči, že by člověk padl. Takže jsem s ním na týden osaměla v kabině zvukařů a hlídala kontakty a mikrofony, někdy jsem osaměla docela, protože vedle v hospodě točili dvanáctku a pan Frejka si tam občas zaskočil na celý den. Mohla jsem si číst nebo se koukat dolů do haly a pozorovat, jak se deset siláků pere o jeden míč. Byli ze všech možných měst socialistického tábora. Univerzitní mužstva z Vilna, Varšavy, Moskvy, Sofie, Rigy, odevšad. Pan Frejka říkal, že je to přehlídka nadsamců. A co teprve, až přijdou ženský mančafty, jen aby nás pak zpravodajskej nepustil k vodě.

„To si dám tu pípu vod Bílý vrány natáhnout až sem a nehnu se vocaď. To budou šťabajzny, aspoň jak tak koukám na tyhle háky utahováky. Sou vybraný, jen co je pravda, nejsi z toho celá rozechvěná? Takový tělíčka, já bejt ženská, tak mě neudrží ani párem nosorožců. Jen aby ty holky byly taky vybraný a ne ňáký Makarenkové v sukních. To bych teda byl zklamanej."

Jednou jsem si šla pro kafe, musela jsem rychle, pan Frejka byl zase na pivu, kdyby něco někde skříplo, abych byla po ruce, reportéři by na mě žalovali, utíkala jsem dlouhou chodbou a na ohybu u schodů jsem málem porazila habána v trenýrkách, který měl nejmíň metr devadesát. Když jsem se zvedla, tedy on mě povytáhl z podlahy, slyšela jsem, jak říká něco v cizí, ale dost povědomé řeči.

„Aj bek jůr párdon," a dost koukal.

„To nic," řekla jsem česky a třela jsem si modřinu na koleně.

„Opravdu mě to mrzí, že jsem vás porazil," alespoň tak si myslím, že to řekl, protože mluvil anglicky a to já rozumím jen trochu. „Jste v pořádku?" Sklonil se nade mnou. Byl blonďatý, dlouhý a celý zmatený a bez sebe špatným svědomím, že mi ublížil.

„O.K.," řekla jsem s bezvadnou výslovností a ještě jsem dodala, „ničevó", aby mi rozuměl úplně. Usmála jsem se na něj a letěla jsem dál po schodech nahoru a on dolů.

Zvuk fungoval dobře, reportéři neměli důvod si stěžovat, dávala jsem pozor, pan Frejka by to nezvládl líp. O moc beztak nešlo.

Večer jsem složila mikrofony, vypla aparatury a spěchala jsem domů zase tou dlouhou chodbou a na ohybu u schodů se stalo úplně přesně totéž, co dopoledne. S tím rozdílem, že už nebyl v trenýrkách, ale v zimníku a na hlavě měl ušanku. Snažil se mě zachytit, ale já už ležela a na punčoše jsem měla díru. Zvedl mě a řekl rusky:

„To je divné." Sklonil se ke mně jako ráno a já jsem se mu podívala do očí. Měl je modré jako ta moje modřina na koleně. „Proč vám musím pořád ubližovat, když nechci."

„Však jste mi neublížil. A bylo to jen dvakrát, ne pořád. Nic se opravdu nestalo."

Držel mě za loket, snad abych neupadla do třetice, koukal na mě a já na něj. Pak spustil ruku a řekl:

„Jak se jmenujete?"

„Jak vy?"

„Janis," řekl.

„Vy jste Estonec?"

„Ne. Lotyš. Z Rigy. Víte, kde je Riga?"

„Vím. U moře na severu." Vysypala jsem tím ze sebe komplet všecko, co jsem o naneseném tématu věděla.

„Jak se jmenujete?" opakoval.

„Věra," řekla jsem, „tak na shledanou."

Skákala jsem ze schodů a dělala jsem, že nevím, že se za mnou dívá. Třeba se ani nedíval, ale pro jistotu jsem se radši neohlédla.

Na ulici ležel čerstvý sníh a na chvíli přikryl ošklivost téhle nejhnusnější pražské čtvrti. Žižkov mi vždycky připadal jako odložené nemanželské dítě lepších čtvrtí Prahy. Košíře ovšem nejsou o nic krásnější, ale mně se líbily víc. Tam se dá jít na rande do Klamajdy a vylézt až na Strahov a dívat se, jak třeba nad Vyšehradem jede blanickej rytíř, samozřejmě že na mraku. Anebo na Černej vrch, tam jsou houštiny a Jiřina říkala, že se tam dá dělat všecko a nikdo tě nevidí. Chudák Jiřina, ta dopadla. Ten kluk, co mě porazil, byl docela hezkej. Jenomže moc dlouhej. Já mu byla sotva k rameni a to jsem měla podpatky.

Babička už spala, brýle se jí svezly na polštář a na břiše měla Rudé právo. Ona pořád četla noviny a pořád musela všecko komentovat. Moc pohodlí s námi neměla. U tety Vilmy mohla mít svůj pokoj, ale ona by k nim nechtěla a teta byla ráda. Položila jsem jí brýle na stolek a zhasla lampu. V pokoji svítilo. Maminka už taky ležela a na mé posteli byly šaty, co mi slíbila ušít, jako měla Máša podle obrázku z Elle.

„Ty boty po Máše máš podražený, ještě budou dobrý," řekla maminka jakoby ze spaní. Dala jsem jí pusu. To je teda překvápko. Asi proto, že Máša byla už odlifrovaná v Marseilli a čtyři kufry jely za ní. Všecko ruční práce naší matky. Konečně taky něco pro mě.

„Díky, mami," řekla jsem. „Já si je zejtra vemu."

„Neni jich do práce škoda?"

„Neni, já tam stejně nic nedělám."

Prohlížela jsem se v zrcadle.

„Seděj ti dobře? Ukaž. Nešponujou ti v ramenou?"

„Ne. Jsou bezva."

„No dobře. Tak už jdi spát, ráno musíš vstávat."

Šla jsem spát, ale až později. Prohlížela jsem se v zrcadle a zkoušela si účesy. Někdy si dost vyhraju. Jednou za čas mě to popadne a já si vydržím prohlížet vlastní detaily celé hodiny. Ty šaty matka ale trefila. Je šikovná. Klidně by si mohla otevřít módní salón, kdyby se to smělo. I z našeho bytu udělala v rámci možností docela slušný útulek. Kytičky, záclonky, byly jsme tu všechny tři jak zakleté princezny. Babička ovšem ta nejzakletější. Pořád v minulosti a pořád přemýšlela, co by bylo kdyby. Kdyby tenkrát ti ministři nepodali demisi, kdyby tenkrát Fierlinger, kdyby se sociální demokrati nedali rozštěpit, komunisti by to byli nevyhráli, ach babičko moje. O strýčkovi Karlovi řekla, že jidášsky zradil, ačkoliv to byl její syn a dával jí měsíčně něco k důchodu, aby teta nevěděla.

Ze zvukové kabiny jsem měla výhled na celou halu. Moc jsem si ho neužívala. Hra mi připadala pořád stejná, běhali s míčem sem a tam, driblování, pokřiky, v podstatě jsem tu hru nenáviděla. Zošklivila mi ji naše tělocvikářka už někdy v primě. Honila nás po hřišti a řvala gestapáckým hlasem, jako by basketbal byl ta úplně nejdůležitější průprava pro život. Nikdy se mi nepodařilo urvat míč, vždycky mi ho vyžrala nějaká větší holka. Tak jsem vždycky jenom poskakovala a předstírala, že se šíleně snažím zapojit do hry.

A ti hráči. Všichni jak Gulliver. Ti, co zrovna nehráli, seděli v hledišti a sledovali zápas. Nebo si láskyplně udržovali tělíčka ve formě dole v tělocvičně. Měli je většinou moc pěkný, opravdu.

Lebedila jsem si v kabině a dávala pozor, abych si nezmačkala ty nové šaty. Připadala jsem si děsně elegantní. Na hlavě jsem si vytvořila kreaci s esíčky na skráních, takové jako kotletky a vzadu jednu dlouhou loknu. Lebedila jsem si, že nemusím na Barrandov, lítat, kam mě pošle Frejka, vyřizovat někdy i moc sprostý vzkazy, byla jsem v jeho oddělení taková holka pro všecko. Asi mě má rád, když mi dohodil tuhle senzační ulejvárnu. Četla jsem si. Měla jsem bezvadnou knihu o hypnóze a sugesci a přenášení myšlenek. Kdyby se jednou tahle věda zdokonalila, člověk by si mohl povídat s kýmkoliv na sebedelší vzdálenost a nikdo by mu do toho nemohl zasahovat. Třeba zrovna teď bych si mohla vyslat impuls na tátu a on by mi řekl, jak se má. Jenomže jak se má, vím i bez impulsu. Blbě, pochopitelně, jak jinak se má člověk v kriminále. Anebo támhle na toho habána, co mě včera dvakrát málem přizabil. Seděl v hledišti s partou kluků a sledovali zápas. Hrál Tallin s Moskvou a kluci na lavicích zápas děsně prožívali. Najednou zdvihl hlavu a podíval se do okna zvukárny. Zamával. Zamávala jsem taky a dala jsem si na uši sluchátka, ačkoliv to vůbec nebylo zapotřebí. Poposedl, ukázal na volné místo vedle sebe a pak na mě. Chvíli jsem se jako nechala prosit a pak jsem jako dost nerada vyšla z kabiny.

Představil mi kamarády:

„To je Juris, Alfreds, Mykolas a Eduardas."

„Věras," řekla jsem, ale nikdo se nezasmál. Potřásli jsme si rukama. Všichni měli dlaně jak podběráky. Mou mi naštěstí nikdo nerozdrtil. To jsou jména, Mykolas, Eduardas, ještě by tu měl být Pankreas. Stejně mi šly jedním uchem tam a druhým ven. Já si nikdy cizí jména nepamatuju, pokud je nevidím napsaná.

„Chcete limonádu?" řekl ten Mykolas nebo jak a sáhl pod lavici. Měli jich tam celou basu. Odzátkoval láhev, podal mi ji a přitom se ke mně přisunul tak blízko, že mě přitlačil na Janise.

„Díky," řekla jsem. Seděli jsme tak těsně, až jsme se dotýkali rameny, ačkoliv dál bylo místa deset metrů. Neměla jsem kam odsednout. Pod námi dupala zápasící mužstva a halou se rozléhaly výkřiky jak v jedné velikánské koupelně. Padl koš.

„Výborně," zajásal Janis a bylo po zápase. „Prohráli Rusové," řekl mi do ucha a zamnul si ruce. „Tallin postupuje do finále."

„Aha," řekla jsem, jako bych tomu rozuměla. Vlastně jsem tomu rozuměla. Kdo by taky fandil Rusům.

Bylo sedm hodin.

Zvedli se a říkali si něco v řeči, jakou jsem nikdy neslyšela. Vstala jsem taky.

„Tak čao," řekla jsem.

„Proč?" Janis se mi dotkl lokte. „Máte dnes večer nějaký program?"

„Proč?" zaopičila jsem se.

„My máme večer volno a nevíme co s ním. Myslíte, že byste nám mohla poradit?"

„Jde o to, kam byste chtěli. Do divadla?"

„Ne, to ne," přispěchal Mykolas, jako by se bál, že se domluvíme na kultuře. „Někam, kde se tančí. Někam, kde je co jíst a pít. A kde jsou děvčata."

Holky, pochopitelně. To je zajímá. Kdepak divadlo. Hudba, víno, ženy. Co by taky měli hledat v divadle, když neumějí česky. Beztak je asi furt vláčejí po nějakých památkách. Chvíli jsem dělala drahoty a pak jsem se dala dojmout.

Čtyři kluci jako z nějaké legendy o bohatýrech a já mezi nimi, malá, zvýšená pouze o pár zanedbatelných centimetrů v kramflekách. To by Máša koukala. Mohla bych jí zavolat, aby šla s námi, kdyby byla v Praze. Jenže ona by asi nešla. O nějaké Rusáky ona nestojí. Třebaže jsou urostlí a taky se umějí chovat a vůbec nejsou Rusáci. Rusky jsme se jenom domlouvali, protože nás to učili ve škole. Anebo Jiřině. Ta zas nemá telefon, a i kdyby, přihasila by si to v sešpendlené sukni a hned by je táhla na Černej vrch. Jí už, chudákovi, bylo všecko jedno, od tý doby, co ji nechal Franta proto, že mu dala v průjezdu. Kdyby mu dala v posteli s nebesy, asi by ji nenechal. Mášu žádnej takhle nenechal. Jenomže Jiřinoviç mají jen jeden pokoj a kuchyň a je jich tam sedm.

Šla jsem vypnout aparatury a přemýšlela jsem, kam jít, aby je to finančně nezruinovalo.

V Lucerna baru byl nášvih, ačkoliv bylo úterý a zítra pracovní den. Vrátný u vchodu nepřetržitě vrtěl hlavou.

„Vyloučeno, všecko obsazený."

Nějaký mladíček s holkou v dlouhých šatech mu šeptal do ucha. „Zásnuby nezásnuby, jak vám to mám říct jinak. Dole mám tři delegace, vyloučeno, všecko obsazený." Mladíček se zatvářil krutě, vzal holku za křídlo a táhl ji pryč.

„Nejdřív cizinci, potom našinci," vykřikl, když už byl od vyhazováka dál. Ten si ho stejně nevšímal. Párky a skupinky občanů chtivých zábavy zklamaně odcházely.

Odvedla jsem kluky stranou.

„Musíte dělat, že jste cizinci ze Západu. Umí tady někdo anglicky?"

„Trochu a špatně," řekl Janis.

„Tak švédsky nebo finsky, to je fuk."

„Já umím polsky," rozzářil se Alfreds.

„Jéžiš, jen to ne," zděsila jsem se. „To by s náma vyběhli, že bysme nestačili utíkat." Žádná spřátelená lidově demokratická řeč nebyla k použití. „Mluvte jako finsky, on to nepozná," rozhodla jsem a šlo se.

„Soudruhu," řekla jsem hodně nahlas a důležitě, „já jsem z novinářský fakulty a mám tady nějaký finský žurnalisty..."

„Co? Fínové?" řekl vyhazovák a zarazil se.

„Oni by rádi udělali reportáž o zábavních podnicích v Praze."

Vrátný smekl čepici a zamnul si čelo.

„Helsinki," popíchl ho Janis. Sundal si ušanku a odkryl blonďatou hlavu jako doklad severské totožnosti.

„Scandinavia," přidal se Mykolas a ukázal na ostatní, „Tampere, Pori... taksomiket, tak tak..."

„Tak jo," řekl vrátný a uklonil se. „Račte, prosím, tudy, tak, tak," a nastavil dlaň. Janis ho odměnil desetikorunou. Vstoupili jsme jako valutoví cizinci z Finska. Číšník byl skládací v pase i v kolenou, hbitě zahovořil německy a uvedl nás ke stolu pro šest. V řachandě orchestru jsme se vrátili k ruštině. Nikdo nás nemohl slyšet. A i kdyby teď přišli na to, že tu místo Finů sedí nějaký Rusáci, bylo by už pozdě. Už jsme seděli. Vyhodit je by si už netroufli. Nepustit, to snad ještě, ale vyhodit, to by si už nikdo nedovolil.

Cítila jsem se prima. Tolik pěkných kluků jsem kolem sebe ještě neměla. Tančili bezvadně, Janis úplně nádherně, jak mě držel, měla jsem pocit, že ani nemusím chodit po zemi. Hudba ale hrála samé slušné tanečky. Foxtroty, waltzy a německo-demokratické lipsy, slowfoxy, decentní držení, ne jako Jiřina v Alfě tělo na tělo a noha do rozkroku. Někdo do nás vrazil a Janis mě stiskl, abych neupadla. Ježiš! Zdvihla jsem hlavu, on mě pořád držel stisknutou a nade mnou se smály oči jako ultramaríny. Musím se uklidnit, to přejde. Teď je mi příjemně, ale zítra bude zase den, stejný jako všechny předtím, ráno v osm vyjmout mikrofony ze sametových pouzder, zapnout zesilovače, zkontrolovat aparatury a v kabině naslouchat výkřikům, dusání a ozvěnám haly, kde se třískal zvuk jak v jedné obrovité koupelně. Jen klid, hezký kluci jsou nebezpečný, pěkně od těla, s hezouny se musí děsně opatrně. Ale neodtáhla jsem se.

„Ještě tě bolí ta modřina?" řekl mi do ucha, z té výšky bych ho neslyšela, musel se sklonit a hodilo se mu to, pochopitelně. Zavadil mi pusou o tvář.

„Bolí," řekla jsem a zatvářila jsem se.

„Vážně? Mě to fakticky mrzí."

„No vidíš, mohla jsem si zlomit nohu."

„Já bych tě nosil."

„To sotva, jsem moc těžká," řekla jsem a bylo mi jasné, co udělá. Ženská ale vždycky musí provokovat, to už je tak

33

zařízeno. Nadzdvihl mě jako nic, jednou rukou kolem pasu a nepouštěl mě. Ani jsem se moc nesnažila uvolnit. Ježiš, já se snad přestanu ovládat. Hrudník jsem měla připoutaný k jeho a obličej na milimetr. Ale nevyužil toho. Já taky ne. Jenom jsem měla tendenci.

„Vidíš, že tě unesu," usmál se a pustil sevření. Hudba přeladila na lidovost. S čardášem jsme si nevěděli rady, šlapali jsme neutrálně dva kroky vpravo, dva vlevo. Několik párů začalo simulovat temperament. Mykolas tančil s nějakou černovláskou s kruhy v uších a výstřihem až do pasu. Každý se bavil na svou pěst, ze zdvořilosti mě provedli všichni, ale pak mě nechali Janisovi. Asi měl na mě přednostní právo, když mě dvakrát porazil na té chodbě. To, co jsme na přecpaném parketu mohli provádět, se těžko dalo nazvat tancem. Ale to je asi účel vinárenských plivátek. Lidi mají přirozenou možnost se víc muchlat. No budiž.

Měla jsem ty nové šaty, maminka snad měla nějaké tušení, že je budu potřebovat. Podívala jsem se do zrcadla za orchestrem. Byl fakt šíleně velikej, třebaže se ke mně skláněl. Na zádech mi vlála ta lokna, v zrcadle jsme měli skoro stejnou barvu vlasů. Možná by i teta Vilma připustila, že nám to spolu sluší. I když třeba ne zrovna tak jako Máše s tím francouzským vinárníkem. Vedle nás proplul Mykolas, černovláska ho elegantně držela kolem šíje a smála se nahlas. Matka by asi řekla, že je vyzývavá jako bardáma. Možná, že to byla bardáma, ale hezká a uměla to s mužskýma určitě ještě líp než Máša.

Janis mi položil dlaň zezadu na krk, dotkl se mi pusou ucha a zašeptal:

„Věro."

„Co?" řekla jsem a zamávala jsem řasama.

„Nic. Je mi fajn."

„Ano?"

„Je mi fajn s tebou."

„Ty lžeš. Tady by ti třeba bylo fajn i beze mě."

„Bez tebe by mi tu možná bylo příjemně, ale ne tak jako je mi s tebou."

„To si jen tak myslíš."

„Nemyslím, vím to. Já už to vím od rána, když jsem se s tebou srazil. Že se mi líbíš."

„To se tak říká vždycky."

„Vždycky ne. Aspoň já to neříkám vždycky."

Podívala jsem se na něj. V barovém přítmí měly jeho oči barvu inkoustu. Jednou jsem vylila lahvičku na bílý ubrus, a místo abych rychle hledala nápravu, civěla jsem na fascinující ultramarínovou kaluž. Stála za ten poslední pohlavek, co mi táta vlepil.

„A co říkáš, když tohle neříkáš?"

„Mlčím."

„Tak to nemyslím. Já myslím, co říkáš holkám, když jim neříkáš, že je ti s nima fajn."

„Mně je s nima fajn. Někdy."

„S těma, co se ti líběj. Ale co říkáš těm, co se ti nelíběj?"

„Bavím se s nima o marxismu."

„Ty seš, víš."

„O čem bych si s nima měl povídat, když se mi na nich nic nelíbí?"

„Máš jim to říkat i přesto."

„To já neumím, já takové věci říkám, jen když je to pravda." Tvářil se úplně vážně. Jako kdyby to fakt myslel doopravdy a ne jenom na tenhle večer. Odtáhla jsem se na větší vzdálenost, stejně mě už bolelo za krkem.

„Opravdu, věř mi," řekl a pustil mě.

Bubeník zavirbloval a s posledním úderem pravil do mikrofonu: „Hačat". Šli jsme si hačnout. Na pódium vystoupil pán, uklonil se nějaké delegaci a prohlásil, že pro naše sovětské hosty máme překvapení. Tudle. Překvapení se tu odehrává každý večer stejně. Ovšem pokaždé pro jiné sovětské hosty. Na parket vběhlo šest sourozenců Pikolini a metali kozelce. Té nejmenší bylo asi šest a byla patrně vyrobená z gumy. Lítala vzduchem jak pumlíč, trojitými salty, pingpongový balónek s mašlí. Když dosedla nejstaršímu bratrovi na hlavu, sovětská delegace spustila skandovaný potlesk. Pak nastoupila Mykolasova bardáma a zazpívala několik sovětských písní. Večery pod Moskvou nesrovnatelně líp než teta Vilma. Asi že to nebrala tak politicky.

Mrkala na Mykolase a rozpřahovala ruce s vyholeným podpažím, což by naše matka klasifikovala jako zásah proti přírodě. Byla opravdu hezká a ve dne, kdy nemusí šaškovat pro delegace v Lucerna baru, je asi ještě pěknější. Co asi dělá ve dne taková zpěvačka? Spí nebo telefonuje. Pořád ji asi někdo volá. Možná taky, že má mimino a je ve dne vzorná matička. Program skončil a hudba odešla pauzírovat. Mykolas se zatvářil otráveně.

„Musíme jít," řekl.

„Proč?" řekla jsem.

„Musíme být před půlnocí v hotelu."

„To víš," řekl Janis, „jsme malé děti. Musejí nás hlídat."

„Kdo vás hlídá?"

„Džingischán." Kluci se kysele rozesmáli. „Má takovou knížečku a do ní si dělá čárky, kdo zlobí."

„Pak je sečte a kdo jich má nejvíc, je doma bacanej."

Trochu mě to otrávilo. Večer se ještě ani nerozjel a už domů. Babička se probudí, až se budu plížit kuchyní, ale já jí klidně řeknu, kde jsem byla a bacaná nebudu. Ona mě nepodezírá. Ona ví, že bych hned tak s někým nešla jako Jiřina.

Vydali jsme se na tramvaj. Všichni šli se mnou, jako kdybych netrefila.

„Já tě doprovodím domů," řekl Janis.

„To nejde, bydlim daleko."

„Tak pojedem taxíkem."

„Je pozdě, dostal bys čárku."

„Kluci by na mě počkali, aby nás bylo víc."

Do stanice vjela patnáctka, naskočila jsem do ní na poslední chvíli. Bylo to lepší. Ne že bych nechtěla, aby mě šel doprovodit, to bych asi chtěla radši, mohli jsme se třeba líbat, ale takhle to bylo lepší. Je to hezký kluk a s hezounama se musí opatrně. Stejně za pár dní odjede.

Vyklonila jsem se z plošiny, tramvaj už jela a já ještě stačila udělat obličej. Kluci zamávali a Janis mi poslal neviditelnou pusu. Chytila jsem ji a strčila do kapsy.

Babička byla vzhůru. Nic se neptala, kdeže jsem se

toulala do půlnoci. Oznámila mi lakonicky, že teď dostaneme nové příbuzenstvo. Tetě Vilmě se to povedlo jako nic. Povolení k sňatku vyběhala za čtrnáct dní a stálo ji to jenom tři tácy. „Dobrý, že jo?" pravila babička hořce. „To sem se dočkala mezaliance," a přitáhla si peřinu přes obličej. Ach, babi, proč se trápíš. Doba je přece už jiná než za tvých mladých sociálně demokratických let. Proč pořád myslet na to, co by bylo, kdyby. Zásady už dávno neplatí. Čest dostala nový obsah, práci čest, babičko, pěkně se vyspinkej.

Ráno jsme se srazili hned u vchodu.

„Máš na nose vločku," smál se a sfoukl mi ji. Žádnou jsem tam neměla, sníh nepadal.

„Ty taky."

„Kde?" Sklonil se mi k puse a ultramaríny rozmarýny se chechtaly. Foukla jsem mu na tu imaginární záminku ke hře. Fakt se mi líbil. Těch záminek si za dnešek vymyslel ještě sto dvacet. Líbil se mi a věděla jsem, že už se vezu. Že začínám plavat a kolíbat se na té vlně, co se přes nás přehoupla, už mi není pomoci, maminko moje zlatá, babičko, kdybyste jenom věděly, jak mi není pomoci. Babi, neomdlévej, já za to nemůžu, že ten kluk není Čech.

„Dneska nesmíš ujet," přišel mi říct do kabiny. Pak se ještě objevil několikrát a já musela dolů taky několikrát, až pan Frejka, kterému dnes zašla chuť na pivo a jako naschvál seděl v kabině celý den, řekl:

„Máš filcky nebo co, že sebou furt tak vrtíš? To je ňákýho lítání sem a tam."

„Copak nemůžu jít na záchod?"

„Dneska už jsi byla aspoň dvanáctkrát. To máš ňákýho špatnýho držáka, měla bys jít k doktorovi."

Mlčela jsem. S panem Frejkou se někdy vůbec nedalo mluvit. Dneska byl zvlášť naladěný. Asi ho někdo namích. Možná manželka. Nedala mu na pivo a on je z toho nevlídnej na mě.

„Co se tváříš?"

„Já se netvářím."

„Ale tváříš. Seš z toho hezouna jalovýho nějak celá vedle sebe."

„Z jakýho hezouna?" Náhodou vůbec není hezoun a vůbec není jalovej.

„No přeci z toho vyšisovanýho, ne? Myslíš, že sem slepej? Dyk by tě zruinoval, holka, měj rozum, takovej čahoun."

„Jo ten," řekla jsem bez zájmu a šla jsem vyčistit hlavice, aby pan Frejka neřekl, že jsou zasraný jak hajzl na Masarykově nádraží. Stejně se tu nic dělat nedalo. Všecko šlo samo, člověk mohl leda okounět, anebo číst. A na čtení jsem neměla náladu. Den se táhl strašlivě. Dole válčila Sofie s Prahou, porazili je, ani nemuseli moc běhat. Bulhaři běsnili. Asi že mají větší temperament. Jeden se rozběhl hlavou proti zdi a tloukl do ní, až měl bouli. Jen se uklidni, jižane, vždyť jde jen o pohárek. Situace dole však vypadala, jako by šlo nejmíň o velkou vlasteneckou válku.

V šest hodin se pan Frejka zvedl, dal mi několik ponaučení do života a šel domů. Ani se mě nezeptal, jestli vím, v kolik má bejt slušná holka v posteli. Někdy měl náladu pod psa, jako by vstával prdelí vzhůru. To je taky z jeho arzenálu, já bych na to sama nepřišla. To on takhle říká, když někdo přijde do práce mrzutý. Maminka se pořád bojí, že v tom prostředí na Barrandově zhrubnu a zpustnu. Pořád říká, že Barrandov není pro mě. Tedy zvukárna, konkrétně. Kdybych byla filmová hvězda, tolik by se nebála. Maminky jsou naivní. Jednou jsem se náhodou dostala do záběru, když pro vysvětlení jakési zápletky potřebovali na place přidat do scénáře větu: „Náš masokombinát je v dobrých rukou, soudruzi." Oblékli mě do modráků a já to krásně odrecitovala do kamery. Maminka s babičkou šly na ten film třikrát. Moc jsem se jim líbila. Babička prohlásila, že všichni měli ksichty falešný. „Jediná tys tam vypadala vopravdu proletářsky. Nebej toho, celá ta komédie by nestála za nic. To se to dělaj filmy vo utrpení dělnictva, když vo něm vědi akorát z rychlíku. Já bych ti mohla povídat. Každou sobotu, mámy s dětma v náručí u ringhofrovky a tátové zadem s vejplatou do hospody. A vymohli sme to,

38

příplatky na děti, kratší pracovní dobu, lékařskou péči. Teď se s tim chluběj voni."

Čekal na mě, když už všichni odešli, když jsem uložila mikrofony do sametových pouzder a vypla zesilovače a stočila kabely, stál u východu a čekal, až půjdu, v kožešinové čepici, v zimníku a v botách do nepohody. Já spěchala, ale v hale jsem jako zvolnila krok. Ještě jsem si mohla dovolit luxus otálení. A hezkým klukům neškodí občas ztížit situaci.

Prochodili jsem Staré Město a Malou Stranu, kilometry historie a líbali jsme se furt, třebaže kolem chodili lidi a někteří soudruzi měli komentáře. Jinam se jít nedalo. Nám to bylo celkem jedno. Zatím.

„Jestli se ve finále umístíme alespoň třetí," řekl Janis, „budeme smět za odměnu zůstat v Praze až do příští středy."

Ještě týden, to by bylo prima. Začala jsem si přát, aby ještě neodjel.

„Máte naději, že se umístíte?"

„Snad. Teď, když odpadli Rusové. Ale Estonci jim to dali, co?" rozjasnil se.

„Vy je nemáte rádi?" otázala jsem se jako káravě. Nepochopil a zamračil se.

„Vy snad ano?" Pokrčila jsem rameny.

„My ne, tedy my u nás doma, ale někteří lidi je milujou, aspoň to tvrdí. Ale já je ráda nemám. Můj táta je v base stejně jen kvůli nim. A kvůli těm lidem, co se do nich zamilovali na věčné časy. Já je teda ráda nemám ani trochu. Připadají mi jako takoví šprti žalobníci ve škole, co musí být první ve všem. I v tělocviku. Šplhouni. A když to nejde, tak udělají podraz, jen aby tu jedničku dostali. Z matyky i ze zpěvu."

„Jsou tví rodiče komunisti?"

„Jak by mohli bejt komunisti, když je táta zavřenej?"

„Copak oni zavírají jen nekomunisty?"

„No jo, vlastně. Nejsou. A tví?"

„Už nejsou," řekl, ale nějak moc vážně. „Nikdy neby-

39

li," dodal a mně trvalo chvíli, než jsem pochopila. Nebýt babičky, asi bych hned tak nepochopila. Vzala jsem ho za ruku.

„Voni ti je zabili?"

Přitáhl mě k sobě, jako kdyby mě chtěl políbit úplně nejvášnivěji, stiskl mě a zašeptal:

„Rusové jsou proklatí psi."

„Lotyš?" babička zdvihla obočí a brejle jí sklouzly. „Vopravdu Lotyš? Né Rus v Lotyšsku?"

„Vopravdu Lotyš. Blonďatej, modrovokej a velkej."

„To neni směrodatný. Já znala Lotyše taky černovlasý a prťavý. Tak Lotyš, řikáš, a rodiče nemá. No, to mu je voddělali, to je jasný. Podívej."

Vytáhla šuple s relikviemi a vyhrabala nějaké staré výstřižky.

„Tak podívej. Na konci devětatřicátýho jich vodvlíkli a vodpravili několik set tisíc. Samá inteligence. Napsala sem vo tom tenhle článek, ale už jenom do ilegálních novin, tenkrát už byl další gauner na scéně." Podala mi zažloutlý strojopis s titulem: Budeme se pořád dívat mlčky? Rozepisovala se o tom, jak všichni pasivně přihlížíme genocidě. „To přece není v zájmu proletářské revoluce vraždit celé národy jen proto, že nechtějí vydat své území těm, kdo si na ně osobují právo ve jménu pochybné třídní spravedlnosti. Pobaltské státy zúčtovaly s buržoazií už v roce 1918, provedly pozemkovou reformu, vzaly půdu baronům a šlechtě a začaly budovat demokracii. Stejně jako my masarykovskou republiku. Proč najednou lační po krvi pobaltských dělníků a hlavně rolníků a inteligence ruská rozpínavost? Není to odstrašující příklad imperialistických zájmů získat nová území pro snazší vpád do zemí na západě?" Otazník na konci byl velikánský, přes tři řádky a dodával článku ještě většího patosu. Babička to tedy rozsvítila. Její článek ovšem zapadl v panice z nástupu Hitlerovy moci u nás. Přišla pozdě. A i kdyby byla přišla dřív, co by byla změnila. Když se Stalin spolčil s Hitlerem, uchýlila se na čas do podzemí. Dva úhlavní nepřátelé sociální demokracie, povídala mi, byli jedna ruka, a tak si, docela logicky, dala pět a pět dohromady. Bojovala za socialismus, práva dělníků, ale nikdy ne za imperialismus, ať už jakýkoliv, jak mi podrobně vysvětlila.

„Proč je vraždili? Proč je odvlíkali na Sibiř?" přednášela mi v kuchyni jako na masovém shromáždění a hned si dala odpověď. „Potřebovali území, potřebovali poslušnou masu, potřebovali nahnat strach ostatním. Mlátili dělníky, mlátili sedláčky, inteligenci hlava nehlava, i když to mnohdy byli socialisti, ba i komunisti. A svět se na to koukal a bylo mu to fuk."

Třeba se ani nekoukal, třeba o tom ani nevěděl, pomyslela jsem si, ale neřekla jsem nic. Babička už přednášela dost dlouho. Uklidila šuple a zabručela:

„Psi zatracený, všecko je jim málo."

„Von je taky nemá rád."

„Bodeť by měl. Všecko pošlapou a zničej a ukradnou, jen aby měli prvenství. A lžou, jak když tiskne. Di spát."

Moc jsem nespala. Honilo se mi v hlavě, co říkala babička a jaké to muselo být, když mu přišli zavraždit rodiče, najednou kopli do dveří a vytáhli je na dvůr a on byl malý a nic nevěděl, zrovna si hrál pod stolem s krabicí od bot, čekisti ho neviděli, zabouchli dveře a šli vykonávat spravedlnost o dům dál, usnul a ráno přiběhla teta a odvezla ho na venkov. Asi to bylo hrozné. Mnohem hroznější, než když přišli pro našeho tátu. Toho aspoň nezabili na fleku, a když je hodný, můžeme za ním jednou za půl roku jet a dát mu dokonce balíček cigaret, sušenky a kafe.

Ve čtvrtek jsem už byla přesvědčený basketbalový fanda a v pátek už úplný fanatik. Riga hrála vyřazovací zápas s Čechoslováky. Měli šanci, ale taky mohli hravě prohrát, mužstvo Karlovy univerzity bylo v báječné kondici a hrálo na domácí půdě. Tak to řekl pan Frejka. Přišel se dnes podívat, už měl zase dobrou náladu a vůbec si nevšímal, že pořád někam běhám.

„To projedou," prohlásil na začátku. „Naši sou lepší kanóni." Přála jsem si, aby si všichni ti naši kanóni do jednoho polámali nohy.

Před zápasem za mnou přišel, jako by si chtěl sáhnout na talisman pro štěstí.

„Komu budeš dneska fandit?" řekl jako by jen tak, s legrací, ale já viděla, jak je pobledlý a nervózní a dívala jsem se za ním, jak jde chodbou zpátky do haly a má bezvadné nohy a záda. Nějaká prestiž národních barev mi mohla být ukradená. Jestli je někde nějaká spravedlnost, panebože, postaví štěstí na jejich půlku hřiště, radost z vítězství je krásná a hrdost na vítěze ušlechtilá, národní barvy posvátné, státní hymna libozvučná, ale co to je všecko proti třem dnům, třikrát dvaceti čtyřem hodinám, kdy bychom byli spolu. Co by to naše stálo, kdyby prohráli. Trochu slávy, pár potřesení pravicí s funkcionáři, naše vlajka může zavlát jindy a hymnu beztak všichni známe.

Zmizel houpacími dveřmi do haly a já letěla do kabiny. Dívala jsem se, jak nastupují, Mykolas si podal ruku s pivotmanem našeho mužstva, jak se rozestavují na místa a zapískala píšťalka. Pan Frejka si přinesl pivo, posadil se s nohama na zvukařském stole a komentoval:

„Třasořitky," mávl rukou a napil se. „To, že sou všichni vybraný, dlouhý jak tágo, to eště neznamená, že maji techniku. Helehele," zvedl se a začal křičet, „Berka, jen se vodpíchni, kamaráde, helehele, ále... doprčic..."

Něco se tam dělo. Nevěděla jsem co, koukala jsem na Janise a věděla jsem, že on ví, že ví, jak se potím a zatínám si nehty do dlaní a modlím se a dávám pánubohu sliby, které nesplním.

„Hele," vyskočil pan Frejka znovu a popadl půllitr.

„Hele," a zase si sedl. „Já se na to vykašlu. Vidělas, co udělal ten tvůj, ten vyšisovanej? Vidělas, jak mu sprostě nadběh?"

Viděla jsem. Viděla jsem, jak Janis vystřelil z vyčkávací pozice, jak letí a najednou má míč a dribluje, Berka za ním, byl z toho koš a pan Frejka se napil piva.

„To eště nic neznamená. Vedou těsně, Berko, študente... ále di do háje. Vzpamatujte se, volové, dejte těm Rusákum zabrat krucinál, hošové, nandejte jim to!"

„To nejsou žádný Rusáci," podotkla jsem, ale pan Frejka mávl rukou.

„Estonci nebo Lotyši, všecko jedno. Naši český klucí sou stejně lepší. Přece nebudeš fandit nějakejm sověťákum."

Janis měl míč každou chvíli, kluci mu přihrávali, podařilo se mu vsítit další koš. V polovině to bylo nerozhodně. Musela jsem na vzduch. Pan Frejka v kabině nahulil, že se mi dělalo nanic. Sešla jsem do hlediště. Mužstva stála v hloučcích kolem trenérů a ti do nich pumpovali taktiku. Panebože, dej mu sílu, tu největší, ať vyhrajou, ne pohár, na ten kašlu já i on, ale ty tři dny volna v Praze, těch obrovských třikrát dvacet čtyři hodin, co bychom mohli být spolu. Já to snad dál nevydržím. Janis dýchal s otevřenou pusou, nabíral síly, trenér ho odvedl stranou a na poslední chvíli mu něco hučel do ucha. Opírala jsem se o sloup a dívala se na něj, on se taky podíval, jenom na zlomeček vteřiny, ale z očí mu snad vyšlehl nějaký tenoučký paprsek a moje duše po něm utíkala k jeho. Zdvihl hlavu. Chtěla jsem zamávat, ukázat, jak moc držím palce, ale v tom okamžiku jsme se na sebe nestačili ani usmát. Kdoví, jestli mě vůbec zaregistroval. Než jsem vyběhla zpátky do kabiny, padl koš. Pan Frejka zuřil a vykřikoval, jako by se stalo něco úplně nezákonného:

„Vyměnili pivotmana. Jasně že vyměnili pivotmana, srabové, koukni na toho vyšisovaného, jak řádí, páni, na tohle se vykašlu."

Janis na mou duši řádil. Nosil míč do koše našich, jako by to byl tenisák. Mykolas mu klidně podával, všichni mi připadali, že jsou domluveni ne na výhře pro národní barvy, ale na službě kamarádovi, kdo ví, třeba Mykolase taky hnalo přání zůstat s tou černovláskou s kruhy v uších. Hráli klidně a chladně, naši ztráceli nervy a geolog Berka udělal něco, co pan Frejka nazval kravinou. Podrazil Janisovi nohy, upadli oba a Berka do něj začal bušit pěstmi. Soudci se naduly tváře, pískal hodnou chvíli, než Berku přešly vášně. Trestný bod házel Janis a netrefil. Už jsem nemohla. Propadla jsem zoufalství a zavřela oči. Otevřela jsem je, až když pan Frejka praštil pěstí do stolu tak silně, že ulítla matice, a zařval:

„Děte do prdele, vy inteligenti!"

Dole bylo definitivně odpískáno. Berka třásl Janisovi rukou a Janis ho plácal po zádech. Odcházeli spolu do šatny a smáli se. Oba byli geologové a možná si zrovna řekli, že nějaké ty národní barvy může vzít čert.

Vyhráli těsně, ale vyhráli, když nic jiného, budou aspoň třetí, tři dny navíc v Praze, zářila jsem jak tisícovka žárovka a pan Frejka řekl:

„Jen se nepokakej. Naši projedou a ty seš celá vedle sebe z Rusáků."

Už se uklidnil. Dopil pivo, dal mi opět pár užitečných rad do života, tentokrát z oblasti trávení, a šel domů. Pan Frejka byl vlastenec. Stejný jako moje teta dobrodějka. Jen tehdy, když ho to nic nestálo.

Kráčeli jsme dlouhou a špinavou Mánesovkou, nechávali jsme ujíždět tramvaje a taxíky, žádný z nich stejně nejel do stanice, kterou jsme hledali my.

Kam jít. Přemýšlela jsem a nic jsem nevymyslela. K nám domů. Co tam ale. Konverzovat s matkou nad štrúdlem, babička by přinesla šuple a dala by mu lekci, proč došlo k rozštěpení sociální demokracie a proč tenkrát komunisti vyhráli volby, i když těsně, a že Beneš měl na Stalina jít tvrdě a neúprosně a né se s ním bratříčkovat. Uměla rusky bezvadně, takže by si s Janisem pěkně popovídala o tom, jak to bylo v Lotyšsku a v Litvě a jak to všecko byla zrada na zradu. Ne. K nám domů to nejde. I když bych chtěla, aby ho maminka i babička viděly. Určitě by se jim líbil, ne jako ten vinárník s prstenama, a řekly by pak, Věrko, je to hezkej chlapec, takovej jemnej, jen dej na sebe pozor a chovej se slušně. Ach, maminko, co je slušnost? Já jsem momentálně ochotná udělat cokoliv, hned teď, hned tady, na tý špinavý Mánesovce, kdybych měla jistotu, že všichni lidi někam zalezou a nebudou se na nás dívat.

Šli jsme dolů Mánesovkou, já ruku schovanou v jeho veliké teplé dlani s bezmocným přáním schovat se tam celá. Líbání je krása, ale co je líbání ve sněhových závějích, když je lezavá zima a ze závějí strakatá mokrá břečka.

Praha je prý krásná, jako stvořená pro milence, ale najít v ní úkryt je nad lidské síly. Proč jen ta jediná možnost skončit v malostranské vinárně, i když je to půvabné a poetické, ale jen pro určitou fázi, my byli dál, bylo mi jasné, že nás žene čas, a nechtělo se mi skončit v mučidlech kavárenského stolku s rukou maximálně ve stisku pod ním. Kam jít, kam jenom jít, kam se utéct před reflektory očí veřejnosti, soudružek se slídivým pohledem, kam jít. Nikde přítelíček, který by měl čtyři zbytečné stěny a který by řekl, klíč je pod rohožkou. Snad nám opravdu nezbývá nic jiného než Černý vrch a Jiřinin pelech v mokrém křoví. Padlo na mě zoufalství. Ulice, promočené parky, kavárny a vinárny se mi protivily, začala jsem nenávidět to poetické město pro milence z románů. A toho fízla, co číhá v hale hotelu a zapisuje, jestli mužstvo přijde včas a ve správném seskupení.

„Co je s tebou?" Sklonil se ke mně. A mně bylo nanic. Z té stohlavé saně mravného velkoměsta země nové ideologie, jež kromě jiných nemravů a nešvarů odbourala i přežitek hotelů pro milence. Kam jít, kam jenom jít.

Už dávno odtloukla půlnoc, všechny zvony Prahy ji oznámily a my stáli v Nerudovce, Praha pod námi krásná, studená, kamenná.

„Musíš zpátky do hotelu," řekla jsem.

„Sám?" V očích mu pohaslo.

„Ten váš Džingischán už má všecky spočítaný a čeká jen na tebe."

„Kdepak. Dneska oslavuje. Po půlnoci už vidí každého

dvakrát. Než se vrátím, upije další láhev a uvidí mě jako celou skupinu."

„Co budeme dělat?"

„Musíme něco vymyslet. Musíme někde najít malinkej kousíček, kde není zima ani předpisy..."

„... a fízl ve vrátnici a morální kódy v nemorální praxi. Já snad půjdu zaklepat na Hrad a řeknu: ‚Soudruhu prezidente, tady je tolik komnat prázdných, nechte nás tu ohřát, smolíčky pacholíčky, třeba někde v koutku za sekretářem' a soudruh prezident mi zabouchne dveře před nosem a ve velikém zámku otočí prezidentským klíčem. Pak se napije piva a řekne ženě: ‚To sou mi móresy, tyhle přežitky nám tu furt přežívaj, ačkoliv mi soudruzi tvrdí, že je dávno odbourali'."

„Já je tak nenávidím," řekl Janis. „Já to všecko tak strašně nenávidím."

„Je pozdě, musíš do hotelu."

Odvezl mě domů a šel tam, kam se mu strašně nechtělo, ohlásit příchod, ač ne ve skupině, fízl byl stejně jako žok a blábolil o skvělém výsledku dnešního úsilí uvědomělého mužstva.

Kdyby aspoň teta Vilma za něco stála. Pro Mášu by v takové situaci udělala všechno. Rozhazovala by růžové lístky po kobercích, ach, naše Mášenka potkala lásku, po křeslech i po postelích, i na toaletě. Jenomže Máša by si to zařídila i bez ní. Jenomže teta není v Praze. A i kdyby byla. Odjela vyvdat Mášu do Francie tomu soudruhovi vinárníkovi, do teplé voňavé země, kde není sněhová břečka, kam oko dohlédne, na jih, tam, kde sníh je událost, a i kdyby, na každém rohu je jistě hotel, kde se člověk nemusí legitimovat. Strýčka nechaly doma, toho dobráka strýčka s šedivou hlavou a pocitem viny, protože babička mu nedávala pokoje. Měl pro mě slabost snad z výčitek svědomí. Takže mě to napadlo.

Ráno jsem vstala v šest, beztak jsem nemohla spát, a řekla jsem mamince, že se sotva vrátím do středy, protože musím dokončit ten melouch na mistrovství univerzit lido démo a pak hned se jede do Krkonoš na exteriéry. Sbalila jsem si kartáček na zuby a maminka řekla:

„Dávej na sebe pozor, Věrko," a babička mi dala pusu na rozloučenou. Vždycky, když jsem někam jela, dávala mi pusu, protože věděla, že se taky už nemusíme nikdy víc zaživa setkat.

Vyrazila jsem za strýčkem na Barrandov.

Seděl v kanceláři za hromadou papírů a grafů a návrhů, člověk, který věnoval svůj život i živnost straně, kdysi býval návrhář dekorací pro filmová studia, chtěl se stát hlavním architektem, ale zůstalo jen při snu a přání, nakonec ho tam přece jen nechali, snad z milosti, snad že ho mohli potřebovat. V dobách, kdy stavěl dekorace pro filmy buržoazní republiky, postavil si i chatu jak z filmů buržoazní republiky.

„Strejdo," řekla jsem rovnou. „Mohla bych bejt přes neděli u vás na chatě?"

„Ale Věruško," zdvihl unavené obočí a brejličky mu spadly na špičku nosu, „vždyť se tam teď v zimě nedostaneš."

„Dostanu, strejčku," řekla jsem. Co bychom se nedostali na chatu v Zálesí, kde dávají lišky dobrou noc a autobus staví jen několik kilometrů od cíle. Dal mi klíč, podíval se na mě zpod brýlí a řekl:

„Nějaký jídlo tam je a dříví naštípaný. Věruško, hlavně dej pozor na oheň. A vůbec. Buď opatrná, slib mi, že budeš opatrná."

„Neboj se, strejčku, já budu opatrná. A prosím tě," zarazila jsem se, „... neřekneš to mámě?"

Podíval se na mě a pod brýlemi měl smutek. A porozumění. Zavrtěl hlavou.

„Jen si dej pozor, děvenko, svět je záludnej."

Byla bych ho zlíbala, kdyby to u nás bylo zvykem.

Když jsem dorazila na Žižkov, finále už každou chvíli mělo začít. Letěla jsem zapnout aparaturu, honem mikrofony, reportéři už byli jak na jehlách a jeden mi řekl:

„Co ste dělala v noci, slečno, že ste jak z divokejch vajec?"

Starou belu jsem dělala, soudruhu, teprve budu, ty ne-mravo, to bys rád věděl, co budu dělat, jenomže to nikdo neví, jenom já a Janis, a ten ještě ne úplně, teprve se o tom krásném překvapení dozví, jenom aby to mohl nějak zařídit s tím jejich fízlem, snad by stálo za to koupit mu flašku, uspat ho na těch sedmdesát dva hodin, aby dal pokoj.

Janis seděl na lavici pod kabinou v trenýrkách a lesklém tričku a na prsou měl odznak univerzity v Rize, zápas tří o první místo měl začít každou chvíli. Zdvihl oči a já zaklinkala klíčema. Pochopil a poslal mi pusu, vlastně mi ji neposlal fyzicky, jenom jsem to nějak věděla, že ví přesně to, co já. Hrál dobře, aspoň se mi zdálo, ale co je mi do košů a pravidel. Skončili na druhém místě a na dalším už vůbec nezáleželo. Sešlo spíš na fízlovi, na tom, jak se dostat ze sevření předpisů o disciplíně, jak obelhat tenhle svět rafinovanej a hnusnej.

„Co seš tu jak na trní?" řekl pan Frejka. Objevil se v deset, ačkoliv tu měl být už v osm a dohlédnout na přípravu pro slavnostní přenos. Stačila jsem to sama.

„Kam se pakuješ? Eště neni zdaleka konec a ty už se pakuješ?"

Viděl, že skládám rezervní kabely a pásky do beden, aby po skončení bylo k úklidu co nejmíň.

„Já totiž... pane Frejka... mohla bych jít dřív domů? Já už všecko připravila k odvezení."

Byla jsem jak na trní, přirozeně, autobus jel v půl druhé a další pak až večer. Chtěla jsem rychle vypadnout, abychom stihli ten první.

„A co hymny. Připravilas je?"

„Ano, tady na tom pásku," snažila jsem se horlivě, „pane Frejka, pustíte je za mě?" Udělala jsem smutné oči, ani mi to nedalo moc práce, představa, že zmeškáme odpolední autobus, to učinila za mě.

„Kam vlastně tak pospícháš? Mně se zdá, mně se zdá... jen abych ti nemusel naplácat," smál se a já věděla, že už je to v suchu. Dneska nevstával tím sprostým místem vzhůru. Ještě chvíli mě napínal a pak konečně řekl:

„Tak si běž. A nezapomeň, v kolik má bejt slušná holka

v posteli."

Ach jo, tenhle fór ho snad nikdy nepřestane bavit.

„A ve středu ať seš v osum na place, nebo ti fakt nasekám na holou."

„Díky," řekla jsem a radši jsem rychle vypadla, než si to rozmyslí.

Konečně vyhlásili čas oslav. Janis odpálil do šatny a byl osprchovaný a převlečený jako blesk. Ve chvíli, kdy doznívaly projevy, už jsme seděli v autobuse směr Zbraslav, Davle, Vraný, Zálesí a jeli.

A jeli.

„Cos řek vedoucímu?"

„Nic. Prostě jsem se vypařil."

„Nebude tě shánět?"

„Mykolas koupí hromadu pití."

„A co v noci?"

„Bude spát."

„A co zítra."

„Bude pít."

„A co pozítří?" Přišlo mi k smíchu, jak se ptám. Jako v nějaké říkance.

„Nevím. Teď je mi všecko jedno kromě tebe." Zatetelila jsem se jak chmejří pampelišky. „Nebudeme na to myslet, ano?"

„Já vím, ale co když..." Dal mi dlaň na pusu. Políbila jsem mu konečky prstů. Zachvěl se a já dostala zimnici. „Janýsku milovanej," zašeptala jsem a svět se se mnou otočil desetkrát rychleji.

Odtáhl ruku a kousíček si odsedl. Autobus byl skoro prázdný, jenom vepředu seděli nějací strejci a rozebírali poměry v čs. pohostinství. Asi nějací pinglové.

„Vona si řiká Monika, ale bude to obyčejná Mařena, viděls ji, ne? Vypadá jak vod Prašný brány, taková ticiàn."

„Ta nová, co nastoupila u baru?"

„Jo, ta." Chlápek přisedl blíž k druhému a ztlumil hlas. Pak si zase odsedl a zase nahlas prohlásil: „Morální bahno, kamaráde, úplný morální bahno." Otočil hlavu a zaznamenal nás. Seděli jsme vedle sebe jako děti ze vzorné školy.

Chlápek se znovu naklonil k druhému a něco mu pošeptal. Něco asi na náš účet, protože ten druhý se otočil celým tělem, plácl kolegu po zádech a chrchlavě se rozesmál. Asi je napadla nějaká variace na morální problémy, o nichž vedli debatu. Dělala jsem, že si jich nevšímám. Ještě se s námi budou chtít dát do řeči, Janis jim něco poví rusky a bude trapas. Další důvod k úvaze o morálce. Ti toho o ní asi vědí. Lidi vůbec často hrozně moc vědí o morálce. Hlavně o té, která je spojená s postelí. Číšníci naštěstí vystoupili a my měli autobus pro sebe. Janis si přitáhl mou hlavu ke své a dal mi pusu na spánek. Odsedla jsem si. Daleko, jak to nejvíc šlo, abychom se nedotýkali, abychom neměli nejmenší kontakt, aby nedošlo k výbuchu na silnici Zbraslav- -Praha. Ovládali jsme se, ale stačilo se podívat do očí a hrozila katastrofa. Bože můj, já to snad nevydržím, mně snad puknou žebra a srdce se mi rozletí vejpůl, tlumila jsem v sobě všechny smysly, krev a čich a hmat, bože, tady řádí ještě nějaký smysl navíc a na ten já nemám vliv. Autobus kodrcal po mokré silnici a po řece pluly ledy.

„To je pořád ještě Vltava?" zeptal se, jako kdyby chtěl odvést myšlenky od té jediné, a otočil hlavu ke mně. V inkoustových panenkách mu hrály odlesky silnice a sněhu, který se venku třpytil na sluníčku.

„Hm," řekla jsem a i ten hlas se mnou dělal věci, já to nepřežiju, než se tenhle pekáč dokodrcá do Zálesí.

„Miluju tě, Janýsku," zašeptala jsem a myslela jsem si Vltava nebo Labe, pro mě za mě, stejně se neptá, aby si zdokonalil zeměpisné vědomosti.

„Dá se v ní pořád ještě koupat? Nebo je už taky špinavá?"

„Miluju tě," řekla jsem. Miluju tě a je mi hrozně a krásně zároveň, sáhni na mě a vybouchnu jak rachejtle a rozrazím slunce na milión střepů.

„A já tebe," řekl a usmál se. Zdálo se mi, že smutně. Vzal mi ruku do dlaní. Mlčeli jsme. Autobus jel jak s hnojem, jak na pohřeb, jako kdyby nikdy neměl dorazit do cíle zvaného Zálesí, kde lišky dávají dobrou noc. Dávají dobrou, o to se vsadím. Čas se táhl a krajina kolem silnice jakoby stála. Konečně se tam doštrachal. Když jsme vystupovali, koukal řidič jako spadlý z měsíce. „Tady? V týdle díře? No to mě podržte. Copak se sem jezdí v zimě? Teď sem přeci nikdo nejezdí. Lufťáci začínají, až když sleze sníh." Přišlápl plyn a určitě kroutil hlavou až do další zastávky.

Od autobusu jsme měli ještě asi dva kilometry lesem a přes louku, závěje na metr, netknuté, nikdo tudy dávno nešel, leda hajný před poslední vánicí. Brodili jsme se opuštěnou krajinou, střechýly nebo pahýly, nebo jak se tomu říká, visely ze stromů a my kráčeli po moři sněhu jako Kristuspán po vodách, vstříc něčemu, co nešlo pojmenovat, já nevím, šla bych takhle vstříc i peklu, nadnášela nás nějaká neznámá síla, bůh ví. Za námi se táhl náhrdelník stop, jedny sloní a hluboké, druhé malé a mělčí, na krajinu sedal podvečer a na nebi trčel měsíc jako háček nad písmeny našich abeced.

Došli jsme k lesu. Janis se zastavil a sevřel mě v náručí. „Věro, já bych teď klidně mohl umřít." Ultramarín mu v očích potemněl do černa a tvář měl bílou jako je bílá vlajka kapitulace. Zalkla jsem se a svět se pode mnou probořil. To břímě jsme nedonesli. Zablácená Praha byla daleko, utopená v čase, změkčující háček měsíce někam diskrétně odplul, viděl to jen Pán Bůh a ten má své děti rád. On ví, nemá předsudky a předpisy a záznamy o docházce, ví, proč nám dal tři dny a tři noci jako v pohádce, měla jsem pocit, že v tom našem svatebním loži za chvíli vykvetou petrklíče.

Zálesí vypadalo jako místo pro sněmování z pohádky O dvanácti měsíčkách, opuštěné a zapadané bílou potopou, snad tu někde sedí a rokují, zda té holce přece jen ty jahody neodmítnou. Pozdě, vzala si je sama. Z nekonečna sněhu vyplula chata, sídlo tety Vilmy, jak si představovala Hollywood. Se vším všudy, i se špajzem zásobeným pro případ atomové války. Krb, dříví, stačilo zapnout centrální vypínač a tekla teplá voda. Teta byla děsně praktická a strýček děsně pracovitý. Snad ani neměli tušení, jak nádherné doupě tady mají vybudováno. Konec světa. Nad námi nebe a Bůh, kolem sněhové moře a v něm malý řetízek stop, které se táhly od lidí.

Janis padl a usnul.

Spi, lásko, vybojoval jsi pro nás ty tři dny, třikrát dvacet čtyři hodin, připravila jsem oheň a vodu a schoulila jsem se k němu. I ve spánku věděl, že tu jsem. Objal mě velkou pevnou rukou a zašeptal:

„Přivedlas mě do ráje, rybičko moje stříbrná."

Ještě tři dny, říkala jsem si, od teďka přesně tři dny a tři noci, škoda je promarnit spánkem, v krbu svítily plameny a hřály, škoda spát, ale usnula jsem a ta velká pevná ruka mě objímala.

„Věro," zašeptal k ránu. „Věro, lásko milovaná," a měkká tlapka mi hladila nahé tělo, ruce, boky, pusu, okny prosvítalo jitro a já byla zas na té vlně, která nás polapila už tam v té tančírně u waltzu, už tam jsem věděla. Kolem delegace, lidi a všudypřítomný skládací číšník, už tam jsme oba věděli, že musíme skončit někde v tichém nekonečnu, jako ty Platonovy částice, co se hledají, aby utvořily dokonalou jednotu. Měli jsme štěstí, že jsme se setkali, tvoříme teď tu jedinou lidskou bytost, ideál starého mudrce, omezeni pouze krutou existencí času, ach času, té hlavní síly, na niž jsme odmítli myslet. Ještě tři dny a dvě noci, neděle ráno, okny svítila zimní tma, nepotřebovala jsem slunce ani měsíc, abych viděla, abych se zas a znova topila v modrosti těch ultramarínových rozmarýnů, teď tmavých jako černá tuš, kterou nejde smýt.

„Měli bysme se něčeho najíst," vstala jsem přičinlivě, ale tlapka mě přitáhla zpět.

„Rybičko stříbrná," hladil mi tělo a vlasy nad uchem a já se dotýkala jeho kůže hebké, snědé, Janýsku, takhle to opravdu musí vypadat, když nastane ráj. Jsi krásný a velký, silný a heboučký, moje lásko jediná, moje první a poslední, patřím ti, vím to a ty to víš, navždycky, tobě jedinému na světě, ty moje dvoumetrová ného, ty můj rozmarýnku, ty moje tůňko hluboká a zdravá, ty lásko s očima jak oceán, sladká a bílá jemnosti vydaná napospas kádrovým posudkům, revolucím, které hubí a zároveň zasévají, lásko moje věčná. Pod naším jediným tělem určitě vyrostou petrklíče anebo možná strom s květy bílými a blankytnými, s listy jako medvědí tlapky, které budou hladit včely, a ty včely budou šeptat a tichounce zpívat „My jsme požehnané láskou, náš med je nejsladší a kdo ho ochutná, zahlídne Boha."

My jsme ho zahlédli. Přísahám, že jsme ho zahlédli. Byl bílý, mlčenlivý a na hlavě měl háček měsíce místo klobouku.

Ještě tři dny a dvě noci, počítala jsem jak lichvářka, i on počítal, ale neměli jsme co směnit, s časem nelze uzavřít žádnou dohodu, vždycky je on ve výhodě, letěl zběsile a my s ním.

„Oči, uši, nos," slabikovali jsme si věčnou abecedu lásky, oči, uši, nos, v ruštině jako v češtině, abeceda milenců je beztak nad všemi jazyky světa, odnes mě někam, kde nehrozí čas, Janýsku, vezmi mě do své země, kde v létě svítí slunce i o půlnoci, zaveď mě někam, kde neplatí předpisy a zákazy a kontroly ve vrátnici, já se nechci vrátit do světa, Janýsku, až mi odejdeš, umřu.

„Ne, to neříkej." Tlapka mi přikryla pusu. „Ještě na to nebudeme myslet."

Nad temnými vrchy vyšlo slunce, oblévalo moře sněhu a svítilo nám do oken. Vstal. Vypadal jako oživlá mramorová socha vyzdvižená z lávy Pompejí, pevný, ze svalů a krve a něhy.

„Máš krásný tělo," řekla jsem.

„Ty máš hezčí." Podíval se na mě z výšky a zorničky měl bledě modré.

„Ba ne, tvoje se mi líbí víc."

„Mně zas tvoje."

„Tak si je poď vyměnit." Pojď, Janýsku, vyměníme si tělo i duši i srdce, medvědí tlapko, hlaď mě a kolíbej a chovej ve své bohatýrské náruči, máme na tři dny a tři noci propustku do ráje.

„Musíme se najíst."

„Nemusíme," řekl a nechtěl mě pustit.

„Nemusíme, ale můžeme."

Teta měla ve špajzu úplný gastronom. Zásoby by nám dvěma vystačily přes tři atomové války. Oblékla jsem se, vzala vědro a šla pro pitnou vodu do studny. Venku štípal mráz a slunce bodalo do očí. Tetina chata vypadala opravdu jak z nějakého hodně buržoazního filmu. Samé ušlechtilé dřevo, mosaz a mramor. U stropu verandy se houpal zapomenutý lampión. Asi památka na poslední garden party pro soudruhy z místního výboru strany. „Když s nima chci dobře vycházet, něco to halt stojí," jako bych ji slyšela, praktikování politiky něco za něco zaručovalo určitý klid a jistotu a relativní nezávislost na předpisech a nařízeních. Teta si prostě uměla báječně zařizovat život. Si. Vlastně Máše. Kdo ví, jestli z toho sama něco měla. Ale měla, jistěže měla, pořád sice tvrdí, že to všecko dělá jen pro Mášu, ale někdy se rouškou obětování pro blaho dítěte dá krásně zakrýt vlastní sobectví. Kdyby věděla, že mi strejda půjčil klíče, ta by měla medů. Naštěstí se o tom nedozví. Odjela za novým příbuzenstvem do Marseille, co je tahle chatička proti Marseilli a obchodním domům. Všecko jim vychází jak po másle. Napadlo mě, že ji požádám o radu, jak to zařídit s námi. Jak to šikovně udělat, abychom mohli být s Janisem alespoň na jednom území, to je jedno, na kterém. Poskočila jsem radostí, že mě to napadlo, teta bude vědět, jak na to a já si promyslím, jak na tetu. Strejda se přimluví.

Vyšel za mnou a pomohl mi s vodou.

„To je jako u nás na venkově u staré tety. Taky nosíme vodu ze studně."

„Kdo je stará teta?"

„Jedna hodná paní, která mě vychovala."

„Ona nebydlí v Rize?"

„Má malý červeně natřený domeček ze dřeva na venkově. Z okna je vidět mlýn."

„Jako v Holandsku?"

„Tys byla v Holandsku?"

„Kde bych já se vzala v Holandsku, to znám leda z kakaa. Jenom chci přibližně vědět, jak to u vás vypadá."

„Hezky. Úplně jak v Lotyšsku."

„Ty seš. Já bych se tam chtěla podívat. Kde jsi vyrost a tak." Zadívala jsem se do údolí. Z komína chalupy na protější stráni stoupal kouř a po stráni sjížděl osamělý lyžař. Byl daleko, velký asi jako mravenec. Janisovi zakručelo v břiše. „Poď dovnitř, nebo tady přimrzneme jak sousoší od Rodina." Došlo mi, že jsme vlastně od včerejška v poledne nic nejedli.

Narušili jsme tetiny zásoby poměrně dost. Poměrně velmi. Samé trvanlivé věci. Lovecké salámy, uzená kolínka visely od stropu jak stalagmity v Macoše, v regálech piškotky a keksíčky a slané pečivo z Darexu, na podlaze tři koše brambor a zástup lahví s naloženými vejci. Zajímalo by mě, jestli by teta v případě atomového útoku vůbec stačila vyběhnout z bytu do sklepa, natož dorazit sem. Ale teta byla zvyklá dělat zásoby už od války. Vždycky se chlubila, že květnovou revoluci přežil celý barák ve sklepě jen díky jí. Seděli jsme v něm celý týden a teta mazala chleby sádlem se škvarkama. Vypotřebovala za ten týden čtyři pětilitrové láhve od okurek. Po válce jí to pak připsali k dobru. Táta byl tenkrát v ringhofrovce a hasil. Domů se dostal, až když přijela Rudá armáda. Strejček seděl ve sklepě s námi. Teta by ho nikam nepustila, protože by tam nahoře stejně nic nevytrh.

Usmažila jsem asi dvacet vajec, měli jsme děsný hlad. Samá láska a nadpozemské věci a najednou škrundání v břiše jak v potrubí. Snídali jsme v jednom kuse asi hodinu. Na ambrózii a nektar jsme přece jen byli příliš pozemští, třebaže jsme byli na návštěvě v ráji. V duchu jsem tetě blahořečila za to, že je taková včelička. Co ubylo, nepozná a já jí pochopitelně nic nepovím. Měla by řeči. „Moje chata neni žádnej hodinovej hotel," řekla by a já bych měla zbytečně nutkání poukázat na Mášu. Ta směla všecko. S Michelem se vyspala u nich doma tetě pod nosem, ale teta jako o ničem nevěděla. Možná že opravdu nevěděla. Matky bývají někdy dost vedle ve svých představách o dcerunce. O to, aby mi poradila, jak všecko zařídit, ji ale poprosím. Ona už bude vědět, za který konec zatáhnout.

„Kdy budeš mít prázdniny?" zeptala jsem se.

„Až v srpnu, v červenci musím na praxi do terénu."

„Já za tebou přijedu, jo?"

Přestal kousat a podíval se na mě, jestli jsem se náhodou nezbláznila. Po chvíli řekl:

„Opravdu? Ty myslíš, že by to šlo?"

„Nebo nechceš?"

„Jak jsi na to přišla, že bych nechtěl?"

„Že se tak divíš. Já nevím, třeba by se ti to zrovna nehodilo."

„Já ti nerozumím."

„Copak ty tam nemáš žádnou holku?"

Podíval se na mě ještě překvapeněji.

„Měl jsem, ale už nemám."

„Tys ji nechal?"

„Vdala se do Kanady."

„Vona tě nechala a vdala se do Kanady?" Já ji nenávidím. Ne. Vlastně ji miluju, že nechala Janise a vdala se do Kanady. Ale jak ho mohla nechat? Nešlo mi na rozum, jak mohla nějaká holka nechat takovýhohle kluka. Vymejšlí si. O takovýhohle kluka se museji holky přetahovat. Určitě tam nějakou má a možná ne jednu.

„U nás je teď taková horečka. A nejen u nás. Všude ve Svazu. Lidi se prostě chtějí dostat ven a sňatek je vlastně jediné řešení. A to ještě ne pro každého. U vás to neexistuje?"

„Taky, to víš že jo." Pro příklad jsem nemusela ani o píď. „Já bych tě ale pro nějakýho Kanaďana nenechala."

„Třeba taky," řekl, „a já bych ti to neměl za zlý."

„Ba ne, ani pro Kanaďana, ani pro Američana s bourákem, ani pro nikoho jinýho." Dala jsem mu pusu na ruku. Možná že mi nevěřil.

„Proč jsme o tomhle vlastně začali?" řekl smutně.

„Protože za tebou v létě přijedu."

Zesmutněl ještě víc. Položil mi hlavu do klína a mlčel. Hladila jsem mu šíji, vlasy a zarostlou tvář. Věděl, že za ním nepřijedu a já to věděla taky. Ještě jsem nikdy neslyšela o nikom, koho by pustili jen tak na návštěvu do Sovětského svazu. Leda s turisty na prohlídku Leninova muzea pěkně ve skupině, žádné individuální výlety za šamstrem. Ale teta snad bude vědět, koho podmáznout. Už abych začala šetřit.

„Musím se oholit," vstal a mlčel dál. Celou dlouhou dobu neřekl vůbec nic a ani se na mě nepodíval. Uklízela jsem ze stolu a mlčela jsem taky. Neměla jsem o tom začínat. Aspoň ne dneska. Máme příliš málo času, abychom si ho otravovali úvahami o tom, co všecko je na tomhle světě nemožné. I když by stačilo málo a bylo by to možné. Alespoň taková zvláštnost jako jet za někým z jednoho lidodémo státu do druhého. Opláchla jsem nádobí. Slunce teď svítilo do okna a už maličko hřálo. Po rámu něco lezlo.

„Podívej, pavouček."

Přišel k oknu, ale ne kvůli pavoučkovi. Vzal mě prsty za bradu, otočil mi obličej k sobě a tvářil se vážně.

„Věro, vzala by sis mě za muže?"

Páni, to je otázka. Kdyby to šlo, třeba hned tady na tom místě, kdyby to šlo, Janýsku. Přikývla jsem.

„Opravdu?" řekl a pořád se mi díval do očí.

„Opravdu."

„A vůbec by ti nevadilo, že bys musela žít někde, odkud by skoro každý rád utekl? Někde, kde by se ti vůbec nelíbilo?"

„S tebou se mi bude líbit všude, třeba i na Sibiři."

Vůbec mi nedošlo, jak hroznou věc jsem plácla. Vzdychl a pevně mě objal. Ten pavouček se spustil a houpal se na rámu sem a tam. Sáhla jsem na něj. Bleskurychle se vysoukal zpátky a utíkal do škvíry.

„Až skončím školu, třeba mě zrovna pošlou někam za polární kruh."

„Mně by to nevadilo. Koupil bys mi kožich z medvěda."

„Ne, opravdu. Třeba budu muset jít do nějaké pustiny, kde není ani biograf, ani obchody, nic."

„Ale byl bys tam ty."

„To by ti stačilo?"

„Stačilo? Jak to můžeš říct. Stačilo, samozřejmě. Stejně už nikdy nebudu šťastná, když ty nebudeš se mnou."

„Já taky ne."

„Už nikdy nebudu nikoho tak milovat."
„Já taky ne."
„Protože víc někoho milovat už nejde."
Pavouček zase dostal odvahu a štrádil si to na druhou stranu. Nechala jsem ho na pokoji. Ať si jde, kam chce.
„Není to zvláštní," řekl, „známe se pár dní a já mám pocit, že tě znám celý život."
„Třeba jsme se spolu někdy už setkali. Myslím někdy v minulých životech."
„Ty na to věříš?"
Pokrčila jsem rameny. Možné je všechno.
„Nechceš mlíko? Teta tady má sušený."
Rozmíchala jsem ho do džbánu. Moc dobré nebylo, zatuchlo, třeba ho tu mají už od předválky. Janis vyčistil krb a šel naštípat dříví. Pozorovala jsem ho oknem. Štípat tedy uměl odborně. Naučil se to asi u té staré tety na venkově. Jako by tou sekerou krájel turecký med a ne dubové špalky. Co rána, to zásah. Ach, bože. Mít tuhle chatu někde v jiném světě. Ani by nemusela být takhle nóbl, stačil by malinkej domeček, chajda, ale někde v zemi, která má v zákoníku taky jeden milosrdný paragraf pro případ, jako jsme my. Nikomu bychom přece nepřekáželi. Jak jsem se na Janise dívala, uvědomovala jsem si, že on je ta moje velká láska, o jaké jsem snila ještě před několika týdny a byla ochotná za ni zaplatit celým zbytkem života. Maminka ještě nic neví, ale určitě to na mně pozná. Až jí všecko řeknu, omdlí strachem. To maminky dělají především. Takže jí asi nic neřeknu. Radši budu lhát, že jsem byla v Krkonoších natáčet lyžařské přebory. Jen jestli babička nevyčte v novinách, že tam žádné nebyly.
„Poď ven, je tam krásně," řekl a sáhl mi studenou rukou pod svetr.
Venku bylo opravdu jak v Krkonoších. Slunce pražilo do sněhu a Zálesí vypadalo jako čerstvě ustlaná postel pro obra. Ze zvonice ve vsi tlouklo poledne a nad polštářem kopce Babizny přeletělo letadlo. Bylo maličké a stříbrné.
„Kdybysme v něm tak mohli sedět a letět třeba do Arktidy," vzdychla jsem.

„To ne, tam je strašná zima. Radši do Afriky."

„Tam bysme mohli chodit nahatý."

„To bych ti nedovolil."

„Proč?"

„Vlastně dovolil, ale jenom doma."

„Žárlil bys?"

„Moc. Žárlím už teď," řekl zamyšleně.

„Nemusíš, já ti zůstanu věrná."

„Já tobě taky."

„Budu ti věrná, i kdyby se svět obrátil naruby."

„Ten už je obrácenej."

Letadlo zmizelo v ještě větší výšce, bylo už jen slyšet slabé vrčení. V hlubokém sněhu se nedalo jít. Probrodili jsme se do lesa. Stezka byla v místech, kam nešlo slunce, umrzlá.

„Umíš si představit," řekl Janis, „že jsou ještě země, kde se nikdo nemusí dovolovat, koho si smí vzít a koho ne? Prostě se vezmou a jedou si, kam se jim zachce."

„Ty se maj. Kam bys chtěl jít ty, kdybysme směli?"

„Tam, kam ty. Mně by to bylo jedno."

„Mně taky. Nejlepší by bylo, kdybysme nešli nikam, jenom se mohli vzít a nikoho se nemuseli ptát."

„To by bylo nejlepší. Já bych stejně asi napořád někam jinam odejít nechtěl. Podívat se do světa, to bych chtěl, do Afriky, do Ameriky, ale napořád, já nevím. U nás je krásně."

U nás taky, pomyslela jsem si, kdyby...

„To bysme jeli na svatební cestu třeba do Kapskýho Města."

„Kdybych byl zákonodárce, napsal bych takovej zákon a ten by musel platit všude na světě: Nikdo nesmí nikomu bránit ve volbě životního partnera, ani ve výběru místa, kde s ním chce žít. A to bych dal napsat metrovým písmem nad dveře všech úřadů a ministerstev na světě."

„A nad OSN zlatým a k tomu ještě zvukově."

Mráz pěkně kousal. Zábly mě nohy a ztvrdla mi pusa. Vrátili jsme se do chaty. Janis rozdělal oheň, krb se rozplápolal a rozvoněl. Uvařila jsem čaj.

59

„Věro, já si připadám jako ve snu. Kdybys jen věděla, jak strašně tě miluju. Už od první chvíle."

„Já tebe taky. Já věděla, že tě miluju, hned, jak jsi mě porazil na tý chodbě."

„Já tě neporazil. Upadlas sama od sebe."

„Pročs mě nezachytil?"

„Protože jsi upadla moc rychle."

„Když jsem do tebe vrazila podruhý, tak mi to bylo docela příjemný."

„Vypadalas jak vyplašenej malinkej brouk."

„Ty taky. Jenže jako velkej. Díval ses za mnou, když jsem pak šla po schodech?"

„Díval."

„Já věděla, že se díváš. Jako bych měla oči vzadu. Proč jsi mi nezačal něco povídat?"

„Já jsem chtěl, ale tys pospíchala pryč."

„Nepospíchala, jenom jsem nechtěla, aby sis myslel, že na něco čekám."

„Já bych si to nemyslel. Díval jsem se za tebou a bylo mi líto, že jdeš pryč."

„Mně zas bylo líto, žes mi něco neřekl."

„Pak jsem to ale napravil, když jsem tě pozval, aby sis k nám přišla sednout, ne?"

„Já myslela, že si chcete s klukama dělat legraci."

„Kluci chtěli, ale já ne. Já jenom trochu. Víš, jak jsi vedle mě seděla? Mykolas tě schválně tlačil ke mně."

„Já vím, ale bylo mi to příjemný."

„Od koho ti to bylo příjemný, od Myka?"

„Janýsku!"

„Já tě přece netlačil."

„Ale neodsedl sis."

„A to ti bylo příjemný?"

„No. Že sem se tě dotejkala ramenem."

„Mně taky. Kdybych si odsed, už by ses mě nedotejkala. A já moc chtěl, aby ses mě dotejkala. A nejenom ramenem."

„Čím ještě?"

„Vším."

„Ty seš pěknej."

„Ty seš pěkná. Tak pěkná, až to není hezký."

Pavouček od okna přicestoval k teplu za námi. Vylezl na pařez a udělal si tam houpačku.

„Myslíš, že nám přinese štěstí?"

„Možná."

Snažila jsem se pavouka chytit. Vylezl mi na ruku.

„Já ti ho dám s sebou. Zabalím ti ho do škatulky a odvezeš si ho do Rigy."

„To ne, umřel by."

„Já taky umřu. Až mi odejdeš, tak umřu."

„To neříkej."

Já vím, ještě neumřu. Na pohřební řeči máme čas, ještě zítra a pozítří a dvě noci mezi tím. Pak budu mít moře času na brečení. Teď ho mám před sebou, mohu na něj sáhnout a hladit mu vlasy a obočí, dát mu hlavu na prsa a cítit, jak je živej a skutečnej a můj.

„Ty nemáš rád zvířata?"

„Proč?"

„Žes nechtěl toho pavouka."

„Copak pavouk je nějaký zvíře? Já měl jednou kocoura. Byl děsně mazaný a chodil mi naproti přes celou vesnici. Až jednou tetě zakous kuřata, to bylo za války. Umíš si představit, co pro ni znamenalo jedno malinký kuře. Dala ho utratit. Tenkrát jsem naposledy brečel."

„Když ti zabili rodiče, to jsi nebrečel?"

„Řekli mi to až později. A to už se nebrečí. Skoro každý u nás o někoho takhle přišel. Mykovi rodiče jsou taky mrtví. Jeho maminka vyskočila oknem, když pro ně přišli. Měli jsme štěstí, že nás nedeportovali jako jiné děti."

„Štěstí, že jsi tenkrát usnul pod tím stolem a že oni měli tak naspěch a přehlídli tě. To bys tu teď se mnou nebyl a to by bylo škoda."

„Věro, my je tak nenávidíme, neumíš si představit. A nikdo nám nepomůže. Sami jsme už jako národ skoro vymřeli. Takže mluvíme rusky na úřadech, ve školách a já nakonec mluvím rusky i s tebou. Není to absurdní?"

„Já se naučím lotyšsky."

Usmál se.

„Když se na to dneska dívám, vidím, jakou jsem měl vlastně kliku, že jsem vyrostl tak veliký a začal hrát basket. Když je u nás někdo dobrý ve sportu, má větší šanci, než kdyby měl mozek Einsteina. Všechno chtějí vyhrávat, takže když umíš třeba šachy, máš naději, že tě pošlou na univerzitu."

Za oknem se šeřilo a na nebe vyskočila večernice. Dívali jsme se na ni a Janis řekl:

„Od nás z okna je ji taky vidět. Přesně takhle. Bude svítit na mě i na tebe, a když bude jasná obloha, podívej se tam někdy, já ti přes ni pošlu pozdrav."

Proč když láska dává lidem křídla, proč nám nedá ta stříbrná od letadla, na nichž bychom odletěli pryč. Já bych se uskrovnila. Nechci bazény a šperky a privilegia jako Máša, a být společensky na výši jako teta Vilma, chci být s Janisem, docela normálně žít a mít s ním děti, tím spíš, když nás potkalo to štěstí, že jsme se našli.

Čas mi připadal jako kat Mydlář. Utínal minuty, hodiny, uťal i poslední noc a přihnal den, kdy jsme museli zpátky. Slunce dnes na obrovo lože nesvítilo, na nebi stály nízké mraky, lil se déšť se sněhem, těžký a studený, Pánbůh odložil klobouček měsíce a přestal se smát.

Zledovatělý sníh nám ujížděl pod nohama, vítr nám rval kabáty a duše a srdce. Naše první stopy zalil déšť, vedly od lidí tam, za nás, do ztraceného ráje, do sídla tety Vilmy, které už nikdy rájem nebude, i kdyby tam teta nastěhovala všechny obchodní domy města Marseille. Náš čas je pryč, ještě zbývá ohlodaný drobek, dobrý k ničemu. Byla jsem sklesá, ale ovládala jsem smutek, který na mně seděl jak mokrá sněhová závěj.

Autobus přijel do stanice, řidič šlapal na plyn, pádil po silnici Zbraslav—Praha, snažila jsem se smát a dělat fórky, tohle je Vltava, ano, Janýsku, a ta se páří s Labem a Labe ji nese do Severního moře, daleko od tvé řeky Dougavy zakrvavené a smutné, tohle je Vltava, Janýsku, nejraději bych do ní skočila.

„Musíš mi psát." Dala jsem mu krabici dopisních papírů, byly na nich pampelišky, čmajzla jsem je tetě ze šuplíku na chatě, teta nic nepozná, přiveze si z Francie beztak jiný, s erbama a zlatejma růžema. „Je jich dvacet pět. Než dopíšeš poslední, budeme už jistě vědět, co bude dál."

Od autobusu mě odvezl taxíkem domů, museli jsme vypadat jako dva rance neštěstí, když se na nás taxíkář podíval, řekl povzbudivě: „No no, děti, pamatujte si, že nikdy není tak zle, aby nebylo ještě hůř." Auto se hnalo pražskými ulicemi k Andělu a dál ke Zvonu, stačila jsem přece jen promáčet Janisovi kabát na prsou. Vyklopýtala jsem ven, zastavila jsem se na chodníku, Janis mi zamával, a ještě než auto zmizelo, stačil mi poslat neviditelnou pusu jako tenkrát u tramvaje. Chytila jsem ji a dala jsem si ji na srdce pod kabát.

Teď musí projít vrátnicí, Džingischán už tam sedí nad třetí láhví, bude-li mít štěstí, uvidí ho jako skupinu, spíš se ale bude muset zodpovídat, kdes byl ty tři dny a noci, chuligáne, špióne, zrádče... Snad se klukům podařilo udržet alkoholickou hladinu Vasila Nikolájeviče na úrovni ztíženého vnímání, jak slíbili Janisovi. Byla noc a po nebi se provalovala mokrá černota a padala mi na oči, uši, nos.

Babička spala, brýle se jí svezly z nosu a Rudé právo leželo na podlaze jako staré uválené prostěradlo. Asi se zas nad něčím rozzlobila.

Zhroutila jsem se na postel a zírala jsem do tmy, v níž nebylo nejmenšího světla.

Ráno jsem se dostavila na Barrandov přesně v osm.

Pan Frejka se na mě podíval a teatrálně spráskl ruce: „No, ty vypadáš. Cos prosim tě vyváděla? Ten tě ale zřídil." Tohle říkal pokaždé, když jsem přišla po dnech volna, i když jsem předtím nikdy nic nevyváděla a nikdo mě nezřídil. Vždycky musel takhle komentovat. Dnes měl výjimečně pravdu. Vypadala jsem.

Přidělili nás do štábu na nějakou veselohru ze současné slepičárny. Pan Frejka si mnul ruce a prorokoval:

„Budou prémie, Věruško. Jestli nám za tuhletu srágoru nedaji státní cenu, tak ať visim."

Stála jsem u šibenice s mikrofonem za jedním kurníkem a dávala pozor, aby komici mikrofon neporazili. Dováděli zcela vesele, všude lítalo peří, měli ho tam plný pytel a pan Frejka mi řekl, že kdákání se udělá až pak na plejbek. Vůbec mě to nezajímalo. Ani mě nezajímalo, jestli dostaneme cenu a prémie, leda by mě zajímalo, jestli by se to nedalo nějak zaonačit, abychom s celým štábem jeli filmovat do Rigy. Jenomže to by strejček musel být aspoň ministr. A kdyby byl ministr, pak bych tam nemusela jet filmovat, mohla bych si tam vyrazit jen tak s kufírkem na neděli. Pak by šlo zařídit všecko na světě, i ta svatební cesta do Kapskýho Města. Teď už asi sedí ve vlaku, obličej zakrytý kabátem a dělá, že spí. Nebo opravdu spí. Ne, myslí na mě a představuje si, jak by to bylo krásný, kdybych teď seděla vedle něj a dotýkala se ho. A on mě. Třeba jen ramenem a jedeme do Afriky a nikdo na nás nechce pas. Zítra mi možná pošle první dopis.

„Ten mikrofon je v záběru. Vejš! Kolikrát to mám řikat?" křičel někdo ve tmě za reflektory. Došlo mi, že to platí na mě. Dala jsem ho vejš. Pak níž. Pak víc doleva. Spíš bych potřebovala zdravotní dovolenou. Bylo mi děsně.

O pauze jsem šla za strejdou.

„Díky, strejčku," řekla jsem. „Všecko je na chatě v pořádku, nemusíš mít starost."

Podíval se na mne přes stoh papírů a neřekl nic. Asi věděl, tak proč by říkal.

„Jak se má teta?"

„Už je zpátky. Líbilo se jí tam, to víš."

„Jaká byla svatba?"

Asi pěkná, to se ví. Máša tam ještě čtrnáct dní zůstane. Pojedou si prohlédnout zámky na Loiře a pak ještě zůstanou týden nebo dva v Paříži u bratrance.

„Na přednášky už nepude, co?"

Strýček vzdychl a mávl rukou.

„Se študiem je definitivní konec," řekl stroze. Tohle ho mrzelo asi nejvíc. Dalo jim moc práce dostat Mášu na vysokou a strýček si přál mít z ní něco pořádného.

„To nevadí, strejdo. Tak je zase vdaná a šťastná..." snažila jsem se ho potěšit. „Hlavně že bude spokojená."

„To je právě to," řekl a podíval se na mě. Oči měl za brýlemi úplně malilinké. „Mně je to všecko nějak cizí, Věruško, já nevím."

Zato tetě nic cizí nebylo. Přišla se na nás podívat, tváře jeden plamen a předváděla fotografie. Michel, tatínek a maminka, tetičky a strejčkové, košaté příbuzenstvo v kvádrech a toaletách, dům jak Karlštejn a Máša udělaná, krásná, se strnulým tymolínem. Byla víc podobná tetě než strejčkovi. Bude pěknice ještě v sedmdesáti. Teta vyfotila svatební dort a interiéry a všechno nám popisovala.

„To se prostě nedá vylíčit, co voni všecko maji. Já měla svůj vlastní pokoj, Ančo, a u toho byla koupelna, no..." rozhlédla se po kuchyni a přepažila ji v půli. „Takhle. A takhle vana jako bazén, celý z mramoru. Kam se my hrabeme s naší technikou, kdepak."

Babička se dívala na fotky a dlouho mlčela. Pak zvedla k očím jednu, na které byl Michel s Mášou, ťukali si šampaňským a jemu na prstě zářil briliant jak pětikoruna.

„Todle je ten komunista?"

„No," řekla teta a zakroutila se. „To víš, babi, jaký ty mladý dneska sou. Von holt musí s těma rodičema vycházet, to víš."

„Jo, to vim," řekla babička. „Takovejch sem už viděla. Takovejch revolucionářů, co jen takhle lízat mlíčko pěkně svrchu. Baróni..." a znechuceně pustila fotku po stole. Plula jak papírová vlaštovka přímo před tetu. „Tyhle dycky všecko zkazej. Tyhle samý u nás přivedli dělnický hnutí cugrunt. Nejdřív se nechaj dělnickou třídou vynýst a pak jí zavřou klapačku."

„Ale babi, to zas nesmíš tak brát. Vono ho to přejde. Je mladej, horká hlava, však vono ho to teď přejde, to sem si jistá." Teta s babičkou strašně nerada mluvila o politice. Nemohla za to, že jí nešlo na rozum nic z jejích zásad staré dělnické bojovnice. Teta měla zásadu jen jednu. Jít cestou nejmenšího odporu, a tou se řídila celý život. Babička byla stará, co by ji teta brala vážně. Strýček ji ale vážně bral. Proto se tak trápil a proto k nám tak málo chodil.

„A jaký tam maji krámy, Vilmičko," řekla maminka. „Třeba takový potravinový krámy."

Teta přivřela oči.

„No, pohádka. Všeho, nač si jen vzpomeneš. Ty sýry, to maso nádherný, banány. A žádný fronty. Tam deš a voni ti to zabalený vodnesou až do auta. Kdepak chodit tam na nákup se síťovkou, to se skoro ani nehodí."

„A každej si to může dopřát, že jo," pravila babička. Teta nepochopila.

„Já myslim, že každej. Vždyť to stojí pár centimů. Já přivezla taťkovi takovou kolekci sýrů aspoň na ochutnání. Jo, abych nezapomněla, tady jsem vám přivezla čekuládu, babi. Moc toho neni, ale aspoň pozornost."

Babička se na čokoládu ani nepodívala.

„To víte," pokračovala teta do ticha. „Mášiný šaty stály hromadu peněz. Na obřad měla jedny a na hostinu zase jiný, takový z bílýho žoržetu. Von nám Pierre, to je Michelův otec, tam si všichni řikáme křestním jménem, von nám, teda Máše, otevřel konto v bance, tak jsem zas nechtěla, abysme vypadaly tak kór lačně..."

„To je vod tebe hezký, Vilmičko," řekla babička. Byla otrávená. Když teta odešla, zavrtěla drdůlkem a řekla: „To sme to dopracovali."

„Neber si to tak, maminko, Vilma už jiná nebude," konejšila ji matka.

„Nejde jen vo ni, Ančo, ale k čemu nám byly ty roky

práce a vobětí? Těch pětačtyřicet let, co jsem věnovala dělnickýmu hnutí? K tomu, aby teď dělnický mámy jezdily vyvdávat dcery za francouzský salónbolševiky?"

„Vilma neni žádná dělnická máma."

„To máš pravdu. I s holym zadkem by musela dělat milostpani. Její táta se musí vobracet v hrobě. Takovej to bejval rozumnej člověk. Flanc nenáviděl ze všeho nejvíc. A Karel jenom kouká a mlčí. Uvláčela ho, úplně ho uvláčela."

„A třeba zrovna udělala z nás ze všech nejlíp. Mít její náturu, mohli jsme mít klid a Václav tu moh sedět s náma. Myslet sme si mohli svý."

„Měli bysme využít tvý minulosti, babi, ohánět se s ní a mít z toho výhody," řekla jsem.

„To byste si dali," mávla rukou babička. Odešla do kuchyně dovařit večeři. Maminka šila zase nějaké tetino prádlo. Sedla jsem si k oknu a dělala, že si čtu. Za chvíli bude soumrak, a kdyby nebylo zataženo, viděla bych Polárku. Jen jestli je z našeho okna k zahlédnutí. V létě je nebe jako cedník, samá hvězda, ale nikdy jsem se nezajímala, která je která. Líbily se mi všecky. Dívala jsem se na ně vždycky rovnou z postele a snila jsem, jak půjdu jednou na univerzitu a tam potkám nějakého prima kluka a budu s ním chodit a spát a mít legraci a jak si mě ten kluk jednou vezme a budeme bydlet v tomhle bytě, až umře babička a maminka a dál jsem už nesnila, protože jsem nechtěla, aby umřely, nebo ano, budu si to představovat dál, probouráme se k sousedům, byt bude veliký, všichni se sem vejdeme a babička bude chodit za pravnoučatama s tím šupletem a dávat jim taky lekce z politické vědy.

Něco se mi splnilo. Našla jsem si prima kluka, ale pak už zas jen sny a představy, jak by to všecko mohlo být krásné, kdyby..., paneboženebeskej, dej, ať se s ním zase shledám.

Dopis přišel přesně za týden, skočila jsem po něm a utíkala do pokoje. Dojeli dobře, neví, jestli Džingischán žaloval, zatím je klid, kluci nezradili a upili ho do stavu zpomaleného vnímání, Janis jim na to dal skoro celé kapesné.

Mazlila jsem se tím psaním, tady na něj sáhl palcem, tady pusou, když jej zalepoval, dala jsem si ho pod polštář a ten polštář jsem objímala. Musíme najít cestu, rybičko stříbrná, neztrácej naději.

„Tak copak píše?" zeptala se babička.

„Babi," řekla jsem, „myslíš, že bych mohla dostat pas do Sovětskýho svazu?"

„Co je s tebou?" řval na mě pan Frejka. Byl s nervama úplně na huntě, dílo o slepičárně slibovalo prémie, ale ne tak docela jistě, a já reagovala na jeho pokyny jako zpomalený film. „Probuď se, krucinál, zbouchnul tě nebo co? Vypadáš jak vyždímanej lajntuch."

Měl pravdu. Připadala jsem si jak vyždímanej lajntuch, pojmenoval to přesně. O tom, jestli mě zbouch, mě ani nenapadlo přemýšlet. Vůbec mi to nepřišlo na mysl. Copak je něco takového důležité? I kdyby. Děti narozené z lásky jsou prý předurčeny k maximálně šťastnému životu.

Jiřina už dotrsala. Ta lesklá sukně jí byla malá a ona se schovávala, aby nikoho nemusela potkat. Celý barák to stejně věděl. Jednou jsem se s ní srazila na schodech. Měla oči jak ty vymáčené švestky z koktejlu v Alfě.

„Ahoj," řekla jsem a tvářila jsem se, že o nic nejde.

„Ahoj," špitla a plížila se pryč.

„Počkej, Jiřino, aspoň mi řekni, jak se máš."

„Co bych ti povídala." Rozplakala se a chtěla utéct.

„Počkej, herdek, copak je na tom něco?"

„Tobě se to řiká."

„Poď se projít, nechceš?"

Šly jsme do Klamajdy. Sníh mizel a cestičky byly místy docela suché. Támhle pod tím kaštanem jsme si s Jiřinou vždycky dělaly pokojíčky pro panenky. Pěkně jsme umetly hlínu kolem kořenů a rozdělily byt na obejvák, ložnici a koupelnu. Kuchyně bývala na druhé straně a služka nosila snídani panenkám do postele.

„Nebuď nešťastná, Jiřko, tak budeš mít mimino, ať se všichni potentočkujou."

„Tobě se to řekne, ale kam ho dám? Naši mě doma nechtěji."

„Však se něco najde. Třeba bys mohla z Prahy."

„Kam ale?"

„A co tomu říká ten..."

„Kerej?"

„No, ten, co to s nim máš."

„Když já nevim kerej."

„Nebyl to nakonec Franta?"

„Podle výpočtu asi jo, ale von mi vzkázal, že mi rozbije hubu, jestli ho voznačim za otce."

„A seš si jistá, že by to moh bejt von?"

„Skoro. Víš, Věro, já pak dlouho s žádnym nic neměla, pořád sem mu byla věrná a čekala sem, že příde zpátky."

„Proč nepřišel?"

„Protože si myslí, že sem lehká, když sem s nim to v tom průjezdu. Tak sem si pak řekla aťsi a bylo mi už všecko fuk."

„A před ním si s nikým nic neměla?"

„Ne, Věro. Já ho fakt měla děsně ráda, von byl můj první."

„Budeš mít fajn mimino, neboj. Z lásky sou dycky nejpodařenější."

„Ale von mě asi moc rád neměl."

„To nevadí, o to víc ty jeho."

„Já bych mu i teď všecko voďpustila, když von mě ale už nechce znát."

„Neponižuj se, Jiřino. Nějak se to udělá. Ale otce určit musíš."

„Von mi příde tu hubu rozbít, von to určitě splní."

„Nesplní. Když si myslíš, že by to moh bejt von, tak to řekni."

„Tak jo. Mně už je všecko jedno. I kdyby mě přišel zapíchnout kudlou, tak je mi to jedno."

„Kdy to máš mít?"

„Sem v pátym."

„Těšíš se?" No, to jsem se ale zeptala blbě. Honem jsem to rozvedla. „Já bejt tebou, tak bych se těšila. Jen počkej, až ti bude řvát v kočáře a ty si s ním vyjedeš na Černej vrch a všichni budou čumět, jaký máš krásný pacholátko."

„Já už na Černej vrch nikdy nepudu."

Neptala jsem se proč. Lože v roští už ji nelákalo. Dostala zabrat, chudák Jiřina.

„Ty si to eště s nikým nezkusila?" zeptala se a v očích měla závist. Holka zlatá, co ti budu povídat. Co já ti teď, Jiřino, budu povídat. Máš jiné starosti. Co ti budu vyprávět o Janýskovi a Lotyšsku a historii a systémech. Ty bys tomu nerozuměla. A třeba ano, taky jsem v trablu jako ty. Jenomže s tím rozdílem, že tebe on už nechce. A mě chce? Chce, vím to. Nikdy by mi nevzkázal takovou věc, Janýsek, tlapka medvědí, moje milovaná. Jestli s ním budu mít dítě, dám si na břicho prápor. A nebudu se stydět. Ať se stydí jiní. Já teda nebudu. Ale taky mě popadla starost. Co kdyby. Co by asi řekla babička. A maminka moje nešťastná. Jenomže na to člověk nemyslí, když se zabouchne a nevnímá nic jiného než dnešek. Maximálně zítřek.

„Ty si to eště s nikym nezkusila?" zeptala se znovu, když jsem mlčela.

„Zkusila," řekla jsem a zatvářila jsem se protřele. „To ti bůh řek."

„A bylo to taky tak hezký jako já s Frantou, když mě eště měl rád?"

„Bylo, Jiřino."

„A von tě má rád i potom?"

„Myslím že jo."

„Ty máš ale kliku."

To mám. To teda mám. Kliku jak vod blázince. Nechala jsem ji při tom, že mám kliku.

Sešly jsme kolem krytých tenisových kurtů zpátky na Plzeňskou.

„Tak já ho řeknu jako otce," rozhodla se Jiřina a podívala se na mě těma vymáčenýma švestkama.

„Určitě, ať taky nese ňákou zodpovědnost, ne?"

„Ale von mi zabije. A mně je to fuk. Tak ahoj."

„Ahoj," řekla jsem a dostala jsem strach. Ne z Jiřinina osudu, ten nějak dopadne, ale ze svého vlastního.

Máša byla pořád ještě ve Francii. Musela si to tam užívat. Poslala nám pozdrav „Jsem šťastná, šťastná, svět je krásný...“

Moc krásný. Pořád se jen musejí chlubit. Kdyby se nechlubily, štěstí by snad pro ně ztratilo cenu. Jako by některé věci měly hodnotu jenom tehdy, když nám je druhý závidí. Já jsem jí nezáviděla. Jenom jsem měla vztek, že teta pro ni vždycky všecko tak perfektně zařídí. A Máša to pak odhodí jako starou fusekli. Ani se neohlídne. Jako univerzitu. Strýčka tohle mrzelo nejvíc. Chtěl ji mít vzdělanou a říkal, že vdavky mohly počkat. „Co by jiný za to dal, kdyby mohl studovat,“ bručel a na mě se neodvažoval podívat. Šednul a sesýchal, až byl celý popelavý.

Měl špatné svědomí, babička to pořád říkala, měl špatné svědomí za mě, že jsem takhlc dopadla u zvukařů na Barrandově, u sprosťáka pana Frejky s kabely a šibenicemi, praxe mě moc nenaučila, leda anekdoty a neslušný poznámky. Žralo ho, že neudělal nic, aby s pomocí tetiných známostí něco podnikl. Mne už to dávno nežralo. Kdybych mohla za Janisem, šla bych pracovat kamkoliv. Nic by mi nevadilo. Co na tom. Pracovala bych třeba v nějaké fabrice a doma bysme žili jako v ráji. Zas by se navrátil. Janýsku, mně se tak stejská. Zavřu oči a ty sedíš vedle mě, dám si hlavu na opěradlo a to je tvoje rameno, jsi čistý a jemný, milovánku, kde je ti konec, medvědí tlapko sametová, moje dvoumetrová něho věčná. Stejně jsme všichni předurčeni k utracení. Než vzejde dobré sémě téhle revoluce, bude z nás jenom prach a popel. Jestli nějaké vzejde. Kdybych alespoň mohla být s tebou do té hodiny, kdy i na nás dopadne spravedlivá ruka džingischánů.

„No, no, tak zlý to ještě není,“ řekla babička moje milovaná a vjela do ní energie. „Něco podnikneme.“
Bylo jí už skoro osmdesát.

Držela jsem šibenici a peří mi lítalo do nosu. Před kamerou stála herečka namaskovaná jako bodrá žena, měla ve skutečnosti pěkné tělo, ale to jí znetvořili vatóny.

„Víš, jakej je rozdíl mezi filmem v kapitalismu a v socialismu?" zahučel mi do ucha pan Frejka.

„To nevim."

„V kapitalismu dokážou udělat z vykopávky lyceum, v socialismu z lycea vykopávku. Dobrý, ne?"

„Puť, puť, slepičky, krasavičky," kvičela chudák lidovým hlasem už asi po páté, v záběru věčně bylo něco vedle. „Zítra přijdou z okresu, musíme je pěkně uvítat. Co ty, černá, nehudruj..."

„Ještě jednou," zařval režisér. „Nemůžete to říkat přirozeněji?"

Herečka byl zpocená, vyvatónovaná, nešťastná.

„Co vás, hergot, v tý škole učili? Jako byste nikdy neslyšela o Stanislavskym. Uzavřete se do pocitu, že jste prostá venkovská máma, a zapomeňte na svý intelektuálský problémy, jo?"

Herečka se schoulila do vatónů jak hromada neforemného neštěstí.

„Puť, puť, slepičky, krasavičky," začala znovu plačtivě.

„To je vono," zajásal kandidát na státní cenu, byl ošklivý a sebejistý. „Konečně vám v hlase zarezonovala něha."

Něha. Kde je moje něha? Daleko za devaterýma horama, které přelétne stříbrné letadlo jako nic.

„Tady máš jabko, kravko plavko," řekl pan Frejka. „A nebreč, život je pes tak jako tak."

Dopisy chodily přesně každý týden. Psala jsem taky přesně, Janýsku, to, co jsme spolu prožili, je ryzí zlato života, vrať se mi, Janýsku, bez tebe umřu. Přece, prokristapána, nesetrváme na milování prostřednictvím pošty? Komunikace přes Polárku nebyla k ničemu, ačkoliv v té knize o přenášení myšlenek psali, že je možné i na vzdálené planety. Já o posílání myšlenek na dálku nestojím. Já jsem materialista. Já chci, aby tu byl u mne a mohla jsem si na něj sáhnout.

V březnu nastala obleva, zkalila Vltavu do hněda, svítilo slunce a pan Frejka byl pořád do růžova.

„Vosychaj nám meze, to zas bude populační vejbuch," opakoval oblíbenou průpovídku, použitelnou pouze jednou do roka. Mnul si ruce, film o slepičárně byl úspěšně za námi, díky bohu, peří mi už sedělo i na mozku, bude cena, budou prémie, takovou srágoru musí vyznamenat i mezinárodní festival v Moskvě. Tak se ovšem vyjadřoval pouze v přítomnosti spolehlivých uší. Jinak se tvářil umělecky.

Někdy jsem šla z Barrandova kus pěšky, meze už vážně oschly, jestlipak v Lotyšsku rostou taky sněženky. Měla bych si o tom přečíst nějakou literaturu. Jestli se vezmeme, naučím se lotyšsky. Je to vážně absurdní, že se dohovořujeme jazykem lidí, které nenávidíme. I když, pochopitelně, tou řečí mluví taky spousta hodných lidí, postižených mnohem hůř než my všichni, ale rusky mluvit nebudu, ať si babička říká, co chce. To teda ne. Začnu se učit lotyšsky, jen co seženu nějakou učebnici. V knihovně u nás v Košířích nic takového nemají. To by chtělo univerzitku. Mohla bych zavolat tomu klukovi z Mášiný třídy, aby mi tam něco půjčil na svoje tričko. Slíbila jsem mu dát podepsat tu fotku Marie Tomášový. Jenomže už dávno nevím, kde ta fotka je. Od vánoc jako by uplynulo půl života. Tuhle sněženku vylisuju a pošlu mu ji v dopise.

Byla pauza. Sedla jsem si na praktikábl a zavřela jsem oči. Představovala jsem si jeho hlavu, oči, uši, nos, ruce, jak mě hladily, tlapky sametové, žádný herec na Barrandově není tak krásný.

„Copak je s tebou? Pořád myslíš na toho svýho rusáčka čuráčka?"

„Dejte mi pokoj, pane Frejka, krucinál," vylítla jsem. Bodeť že na něj myslím, kudy chodím, sedím, ležím, kdyby aspoň konečně vzal na vědomí, že to není žádnej Rusák. Jen počkejte, pane Frejka, až schlamstnou nás a nějaký blbeček o vás řekne, že jste Rusák čurák, polezete po stropě, pane Frejka, jak vás znám. Anebo nepolezete a budete si dál mnout ručičky na státní cenu za srágory.

Šla jsem si pro žádost o pas.
„Kam že to chcete jet, soudružko?"

„Do Sovětskýho svazu."

„Cože?" Úřednice nedoslýchala.

„Do Sovětskýho svazu," opakovala jsem. „Tedy konkrétně do Lotyšska."

Dívala se na mě jak na vzácný zvíře.

„Tam můžete s Čedokem, máme tady trasu Praha—Moskva—Leningrad—Vilno—Riga—Tallin a zpátky přímou linkou do Prahy."

„Já bych ale chtěla individuálně."

„Za jakým účelem?"

„Za účelem sňatku."

Zabrejlila na mě a málem si udělala kolečko na čele. Odešla vedle do kanceláře a já slyšela, jak povídá: „Máme tady vůbec takový formuláře? Do Ruska za účelem sňatku. Viděli jste to někdy?" Asi neviděli, protože vykouklo asi pět hlav a civěly na mě. Zatvářila jsem se jako teta Vilma, ale pochybuji, že se mi to podařilo. Dala mi k vyplnění asi patnáct dotazníků trojmo. Aspoň budu mít přes neděli co dělat.

Chtěla bych někde najít definici stesku. Jestli se vůbec něco takového dá definovat.

Když jsem byla malá a jezdila jsem na prázdninové tábory, stýskalo se mi po mamince a po babičce, v noci jsem brečela a přes den trochu zapomněla. Někdy docela, když se hrála vybíjenka nebo zpívalo Pletla v kytku. Teď nemůžu zapomenout ani na chvíli. Ani kdybych se ocitla na té nejzábavnější zábavě, možná bych se snažila, ale stejně bych měla pořád ten pocit, že je mě půl.

Místo dotazníků jsem se rozjela do Zálesí. Dotazníky vyplní babička, ta ví líp, jak věci objasnit úřadům. Strýček mi zase půjčil klíč a vůbec už neříkal, abych byla opatrná. Seděl v kanceláři přes čas, unavený a starý.

„Co Máša? Má se fajn, co?"

„Věruško," zachraptěl a sundal si brýle. Krátkozraké oči se mu leskly. „Nikdy si neber člověka, kterýho dobře neznáš."

„Proč? On Máše něco proved?"

„Snad bych ti to neměl říkat. Teta je z toho úplně nemocná." Vytáhl kapesník a vyleštil si skla. Pak si je nasadil zpátky na nos a podíval se malinkýma panenkama na mě. „Podal žalobu o rozvod pro manželskou nevěru. Taková podlost."

Klesl hlouběji do židle a zadíval se oknem na nebe. Pluly na něm mraky jak polštáře. To brzy. Je to sotva čtvrt roku, co se vzali. Ta to snad rozjela po dvou kolejích hned, jak vypadla z Prahy. Podívala jsem se na strýčka. Brýle měl zase zamžené. Ach, strýčku, jestli nerozumím ničemu, tomuhle ano. Ty stará naivko, naivnější než všechny matky dohromady.

„To je blbý," řekla jsem nahlas. „Ale aspoň se Máša vrátí a dodělá školu."

„Nevim. Vždycky jí radila teta, ať jí radí taky teď."

Bylo mi ho opravdu líto. Pro tetu i pro Mášu by udělal všechno na světě, ale taky čekal aspoň kousíček dobrého na oplátku. Uvázal si na svědomí i ten kámen zrady, jak říkala babička, a užíral se. Stejně byl komunista za všechny prachy. Nevěřil jim ani slovo, na to dám krk. Dal se prostě k nim, že měl strach. Tím hůř, řekla by babička, tím nejhůř, protože strach nikoho neomlouvá. Každý dostane někdy v životě strach, záleží, jak ho ovládne. A voni všecko stavěji právě na tom strachu, víš? Ale než se dočkaj, až já ho dostanu, tak si počkaj. Babička byla fakt děsná bojovnice. Vmetla strýčkovi do očí i to, že lidi jako on mají svůj podíl na popravách a mučení. „I toho starýho šejdíře Slánskýho máte na svědomí vy. Teď to vidíš. Moje strana," zabušila se do hrudi, „chtěla socialismus, krok za krokem zlepšovat svět, ale nikdy by neprolila krev, Karle. My jsme byli dělníci evoluce a ty ses dal k řezníkům revoluce." Nic z toho sám neměl. Seděl v kanceláři jako vždycky, degradovaný z majitele na rýsovače, a pracoval přes čas. Anebo z toho měl to, že v té kanceláři směl zůstat, a pracoval přes čas. A uchovat si chatu, kterou Máša pohrdala a teta Vilma už taky. Měla jsem ho stejně ráda, byl hodný a nikdy nikomu schválně neublížil.

Na kopcích v Zálesí ještě ležel sníh, ale na slunečné straně Babizny se klubaly krokusy. Šla jsem od autobusu pomalu a připamatovávala jsem si každou vteřinu. Každý krok, každé slovo. U lesa jsem narazila na stopu. Byla velká a vedle ní dvě malé, ještě neroztály, vydržely jediné z toho náhrdelníku, který jsme sem vyšlapali. A tady to bylo, mluvte němé lesy, vidino divná, pohádko má, kde jsi, kde jsi? Na tom místě svatebním petrklíče nevyrostly. Ještě byla zima. Odhrnula jsem mokrou půdu, jestli přece jen. Byly v ní schované cibulky konvalinek. Patrně si to všecko moc lyrizuju. Konvalinek je tu vždycky, že les voní jak kosmetické závody. V chatě bylo zima a tma. Otevřela jsem okenice, z komína na stráni přes údolí se kouřilo. Nad kopci se plazily mraky, vypadaly jak houně nasáklé bahnem. Podpálila jsem oheň v krbu a přiložila dříví, které naštípal Janýsek. Zavřela jsem oči. Až je otevřu a podívám se oknem, uvidím ho, jak odrovnává pařezy, slunce bodá do sněhu a všecko kolem je čisté, nepošpiněné kolomazí předstírání. Vzpomněla jsem si na Petra a Lucii, na film Tančila jedno léto a Zázraky se dějí jen jednou a Kráska a zvíře, tenkrát jsem brečela, připadalo mi, že ve skutečnosti se takové věci nemohou stát, a přesto jsem toužila něco takového prožít na vlastní kůži. A tančila jsem tři dny a tři noci, jedné krásné zimy. Anebo se mi to všecko jen zdálo. Kdyby tak pámbů dal a vyřídili mi ten pas. Spíš mě ale pošlou na psychiatrické pozorování. Krb se rozhořel. Z hromádky polen se vyhrabal pavouček, spustil se po vlákně a houpal se na něm jako na houpačce.

Teta měla migrénu, dnes doopravdy, tváře jí vybledly a seděla v kuchyni jak zmoklá slepička krasavička.

„To máš z toho, Vilmo, furt nějaký extravagance a teď to máš." Babička měla náladu pod psa. Máša byla konec konců taky její vnučka.

„Já tomu pořád nemůžu věřit. Moje Máša!" chytla se za bolavou hlavu, „a rozvedená už v devatenácti."

„V devatenácti jako ve třiceti. Je to tvoje vina, Vilmo, celá tvoje výchova."

76

„Já pro ni udělala první poslední. Toho běhání, peněz, co to stálo. Já to snad nepřežiju."

„Ale přežiješ, Vilmičko, v životě se stávaj horší pády," pravila maminka trochu podrážděně. Otec zas už dlouho nedostal povolení k dopisu a matka byla celá nesvá. Žádala o návštěvu, snad proboha něco neudělal, aby nám ji proto zatrhli. Měla pravdu, stávají se horší pády a lásky můžou skončit různě. Jiřina oznámila Frantu jako otce a ten na ni teď číhá každý večer za rohem. O Mášu se nikdo bát nemusí. Ta se o sebe postará. Maminka si byla jistá, že Máša se neztratí. Skoro tetě tuhle sprchu přála. Mne to vůbec nedojímalo. Čekala jsem na odpověď z pasovky, nic víc pro mě nebylo důležité. Teta slezla a fňukala a plakala místy i doopravdy. Události se vymkly z dosahu jejích konexí. Deset tisíc nebo sto, vinárníka nešlo podmáznout. Máša to přeťápla, je to její věc.

„Kdo má všecko, neumí si ničeho vážit," řekla babička velkou pravdu. Jako ty lidi na Západě, co říkal Janis, mají svobodu, nikoho se nemusí doprošovat o povolení, aby směli pár stovek kilometrů ven ze své země, můžou, kam chtějí, říkat, co chtějí, vzít si, koho chtějí, nikdo je za to nestrčí do vězení. Máša odložila to těžce vyúplatkované manželství jako odložila školu, šaty, boty, které teď nosím já. Ještě že mi neodkázala toho fousáče. Jako: Vem si ho domů, mě už nebaví, už mi nesluší, už jsem na něj moc vyrostla. Zas ji asi začal bavit někdo jiný. A ona někoho jiného. Proč ne? Taková hezká holka se neztratí, kdepak, ani v Československu, natož ve Francii. Teď jde ovšem o to, jestli se neztratím já. Odpověď z pasovky pořád nešla, to bude překvápko, až mi napíšou, že moje cesta není v zájmu státních zájmů. To se tak píše vždycky. Vaše cesta není v zájmu našeho socialistického zřízení. Zřídili to zřízení, jen co je pravda. Tetina cesta naopak v zájmu byla, jelikož byla poučná.

„Takhle to dopadá, když si komunista buržoazní demokracie začne něco s měšťákem socialismu. Poučení na obou stranách."

Babička měla být spisovatelka.

Máše zle stejně nebylo. Poslala pohled z Paříže a sdělila nám, že „...po všech strastech a nervácích se dávám do pořádku, život je krásný, Francie sladká". Babička jen zavrtěla hlavou a hodila lístek do kamen.

Já měla pod matrací už dvanáct dopisů z té pampeliškové zásoby a četla jsem si je na přeskáčku. Bylo jich málo. Já psala daleko víc. Ovšem. Nemusela jsem na přednášky a na semináře a v neděli na trénink. V květnu pojedou do Drážďan na Zlatý pohár mládeže. Možná, že tam by mě pustili s Čedokem. Ten by koukal. Jen abych nekoukala já, až by tam byl s nějakou jinou holkou. Ba ne. Je mi věrný. Já jemu taky. Náš ztracený ráj se zase navrátí.

Konečně přišla odpověď z pasového oddělení.

Vaše cesta do ciziny není v zájmu našeho socialistického zřízení. No prosím. Nacyklostylovaný hadr s nečitelným podpisem.

„Jakýpak socialistický státní zájmy? Copak nejsme všichni v jednom bloku socialistických států, babi?"

„Jsme, avšak některé jsou socialističtější. Pusť ho z hlavy, holka, jakpak by ti dali pas, když tam hlídají vlastní lidi, aby někdo proboha nejel bez povolení z Chotěhůlek do Prčic."

„Proč to nejde? Říkají, jak jsme všichni bratři..."

„Bratři, co by se navzájem nejradši sežrali. Taková jsme rodina. A přestaň mi tu brečet. Pusť ho z hlavy, ještě potkáš lásek, že tě hlava rozbolí."

Přestala jsem brečet v kuchyni. Šla jsem brečet do pokoje. Babička řinčela nádobím a bručela. Slyšela jsem matku, jak přestala šlapat na stroji a jak říká:

„S tou naší holkou se něco děje, nezdá se ti?"

Děje? Spíš událo, maminko. Připadám si jak vyždímanej lajntuch, přesně tak. Jak ryba vypadlá z akvária na ústřední topení, přesně tak. Jak králík staženej z kůže zaživa, jako prasklej džbán, jak vyždímanej lajntuch. Nevěděly nic. Jenom, že jsem se asi na chvíli zabouchla, že se mi zapálily lejtka, že mi straší v cimbuří. Nebraly mě vážně. Nějaký vzplanutí, to přejde.

Nepřejde, abyste věděly. Vůbec netušíte, co mě potkalo a co mi schází. Nevšímaly si mě a já byla ráda. Praha kvetla celá spárovaná, na Petříně to vypadalo jako na přelidněné křižovatce a s každým cloumalo jaro. Rozkvetla i teta Vilma.

Mášu potkalo nové štěstí, šíleně se do ní udělal nějaký šlechtic, je sice o pár let starší, ale vypadá zachovale, tím líp, aspoň se Máša usadí.

„Pámbů nás má přece jenom rád," vzlykala blažeností a utírala si slzičky úlevy.

Babička obrátila oči v sloup. Její třídní kategorie s feudalismem nepočítaly. Já ležela v pokoji a koukala do stropu, pod matrací dvacet čtyři dopisů s pampeliškami jako dvacet čtyři dokladů pro svatební povolení. Víc jsem neměla nic. Konkrétní ženich za devatero horami, které by jedno malinké letadlo přelétlo jako nic. Kdyby. Kdyby byly někde ryby.

Teta vedle jásala. Ten stařeček snad vlastnil všechny zámky od Rýna k Pyrenejím, hotov složit je Mášence ke kotníčkům. Já se na to vykašlu. Jak to řekla? Že pámbů je má přece jenom rád. Že jí pusa neupadne.

„Ach božínku," jihla vedle. „Všecko se nakonec v dobré obrátí, já jsem tak šťastná. Konečně se Máše dostalo všeho, co si přála. On je tak decentní, no šlechtic každým coulem, dvornej, nebo já nevim, jak bych to řekla. A do Máši úplně udělanej. Však ona si to zaslouží, po všem tom zklamání, co jí proved ten komouš. Mělas pravdu, babi, salónbolševik je to."

Že jí pusa neupadne. Já se na to vykašlu. Mášenka. Vzor nevinnosti, to jen ti chlapi jsou tak proradní, kdepak Mášenka, něžná, čistá, nezištná. Pámbů je má přece jenom rád. Já se na to na mou duši vykašlu. Panebože, ty snad už v tý naší sféře nemáš žádnej vliv, vytlačili tě a ty smíš působit snad už jenom tam za oponou, jíž se říká železná, ale je z něčeho mnohem horšího. Copak je tohle lidský? Ne. Já se za ním dostanu, i kdybych měla ty troje spřátelené hranice podhrabat vlastníma rukama. Copak je tohle nějaká spravedlnost? Máša dostává neustále, co se jí zamane, já se na to vykašlu. Už jsem tetu nemohla poslouchat.

„Teto," skočila jsem jí do vychloubání. „Nemohla bys mi píchnout? Nemohla bys mi přes ty svý známý na pasovce sehnat pas do Sovětskýho svazu?" Obličej jí ztuhl. Podívala se na mě, jako kdybych právě přistála ze Saturna. I matka s babičkou vzhlédly poměrně překvapeně. Všechny tři mlčely aspoň pět minut. Pak teta vykoktala:

„Do Sovětskýho svazu?"

„Jo. Já tam totiž mám jednoho frajera, co by si mě třeba i vzal," řekla jsem, jako by to říkala Jiřina odzdola z průjezdu.

„Cože, Věruško, já ti ňák... já ti nerozumím."

„No, takovej je tam jeden frajer, no, a já se za nim chci vodstěhovat, co je na tom tak zvláštního?"

Koukaly na mě tři páry očí a nějak nechápaly.

„To jako myslíš, to jako že by ses vdala do Sovětskýho svazu?"

„Jo. Vdala a žila s ním a měla s ním děti a tak, jako obyčejně."

Teta se podívala na matku, pak na babičku. Tváře jí vyhasly. Pak se podívala na mě. Stála jsem ve dveřích, kousala jsem si nehet a špičkou boty jsem kopala do díry v linoleu.

„Věruško... copak... ježišmarjá... snad... snad by sis nechtěla vzít nějakýho Rusáka?"

Tak. Na to jsem čekala. Tohle přesně jsem chtěla slyšet. Udělala se mi tma před očima.

„Ano, tetinko, Rusáka, to je to správný pomenování, von mi totiž přeříz a zbouchnul dóle v průjezdě a já teď budu chodit s bubnem a dělat rodině vostudu, dokud mi nevyběháš ten pas a..." Na tvář mi dosedly dva páry facek. Babička mě odvlíkla do pokoje a práskla se mnou do postele. Pak práskla dveřmi.

Z kuchyně jsem slyšela tlumené a vzrušené hlasy, teta vzlykala, asi nad mým osudem, chudinka, a babička něco kázala rychle a stroze. Pak všechno ztichlo. Na posteli u mne seděla maminka a plakala.

„Věrko," pohladila mě po čele. „Věruško, opravdu jsi

s ním... opravdu jste spolu něco měli?"

Měli! Co měli. Mít něco s někým, to má leda Máša v postelích s nebesy a ve vymramorovaných bazénech, anebo Jiřina v křoví na Černym vrchu. Měli! Maminko, na to není slovo, co jsme spolu měli. Ráj, panebože.

„Měli," řekla jsem nakonec.

Maminka odtáhla ruku a poposedla.

„A opravdu seš... opravdu si myslíš, že seš v jinym stavu?"

„Ále, neboj se... a i kdyby..."

„A Věruško, ty si s nim opravdu... dole v průjezdě?"

„Co by na tom bylo? Že by se někdo koukal? Tak by viděl."

„No, Věro, to bych se od tebe nenadála," vzlykla maminka. Trápila jsem ji a ona si to nezasloužila. Dívala se na mě a kolem očí se jí udělaly vějíře. Vzdychla ještě jednou a ještě desetkrát. Byla jsem zlá.

„Kde jste spolu byli, řekni mi," poprosila mě. Určitě ji děsila představa našeho špinavého průjezdu, jako by na tom záleželo. Konečně mi jí přišlo líto.

„U tety na chatě."

„To jaks mi řekla, že jedeš do Krkonoš, viď?" Schoulila se do sebe. „Já měla takový tušení, ale pak jsem si řekla, kdepak, Věrce já můžu věřit, Věrka je slušný děvče, ta by hned tak s někým..."

„To nebylo jen tak s někým, mami, prosím tě, věř mi, to nebylo jen tak s někým, kdybys ho jen mohla vidět, já nikdy nikoho jinýho nebudu mít ráda, jestli nedostanu ten pas, tak nechci žít."

Ječela jsem na ni, jako by za všechno mohla ona, jako by ona byla zodpovědná za všechna svinstva, za pokrytectví tety Vilmy, za její chlubení a hloupé řeči o Mášiných velkých citech, křičela jsem na ni slova pochycená ze slovníku pana Frejky, byla jsem hrubá a zlá a nespravedlivá. Daly mi na hlavu mokrý ručník a maminka natočila vodu.

„Vem si prášek, Věro, a spi. Jitro je moudřejší večera. Ráno si o všem promluvíme v klidu."

Když jsem vstala, byla maminka už pryč. Začínala od sedmi a do práce měla daleko. Babička si žehlila sváteční šaty a mračila se. Bylo mi nanic. Jsem hrozná a maminku jsem strašně ranila.

„Sbohem, babi," řekla jsem a dívala jsem se do země. U dveří jsem otálela. „Tak já du." Nic. U boty se mi najednou rozvázala tkanička. Dlouho mi nešla zavázat, byla nějaká zauzlovaná nebo co. Pořád nic. „Tak já du, pa." Konečně postavila žehličku. Podívala se na mě a pořád se mračila. Ve dveřích byla díra po nějakém šroubu, vešel se mi do ní nehet od malíčku. „Tak sbohem, babičko..." Konečně.

„Zejtra si vem volno. Pudeme na vrchnost."

Pan Frejka mě uvítal zbrusu nově.

„Ty vypadáš, cos dělala v noci?"

Radovala se, pane Frejka, byly plesy majálesy, samá legrace.

Přidělili nás do štábu nového trháku, ještě lepšího než o té slepičárně, v ateliérech stavěli pro změnu hutě.

Dostala jsem za úkol uklidit ve zvukárně, přepsat signatury a vymýt týden starý lógr z hrnků od kafe. Než postaví ty hutě, budu zas holka pro všecko i s těmi sprostými vzkazy.

„Pane Frejka," poprosila jsem. „Mohl byste mi zejtra dát volno? Já bych potřebovala k doktorovi."

„Že sem to věděl? Zbouchnul tě, co? Já to předpovídal. Kdepak, pustit takovouhle samičku do přírody."

„Ale ne, já tam musim kvůli něčemu jinýmu."

„Tak si di a nezapomeň, kdy má slušná holka bejt v posteli."

V devět, aby ráno v osm mohla bejt na place a poslouchat ty vaše řeči pitomý.

„Děkuju," řekla jsem. On vlastně není zlý, jenom prostě má pořád ty vejšplechty, pořád musí říkat nějaké vtipnosti a dělat si legraci z věcí, které mi připadaly vážnější než smrt. Jiné holky mu uměly odpovídat, ale byly starší než já, já proti nim byla fracek a maminka mi kladla vždycky na srdce, že nesmím být drzá.

82

Tak jsme šly.

Na vyslanectví Sovětských socialistických republik a babička cestou neřekla ani slovo. Sumírovala si patrně v hlavě, co jim všecko poví a jak, aby to znělo marxisticky. Já si taky sumírovala. Jak to bude nádherný, až za ním pojedu, po pastvinách pofičí vítr a bude točit mlejnama a nahánět vodu do polí a my budeme po těch loukách chodit, dokud na nebi nevypluje měsíc jako háček nad písmeny našich abeced a Pánbůh nás bude po očku pozorovat a bude si říkat, to jsem je vyzkoušel, že ale měli vejdrž, to jsem jim dal poznat, co jediné na světě má cenu, teď si toho budou vážit a neodloží lásku jako Máša blůzičku. Pak si sundá klobouček měsíce a odejde se kouknout jinam, protože bude vědět, že my už půjdeme dál bez držení.

Přijala nás úřednice s pusou namalovanou do tmavoruda, na okně kanceláře visely stejně tmavorudé záclony z plyše a zlatých ozdůbek.

„Co chcete," řekla bez úsměvu a babička nasadila výraz, jaký jsem u ní ještě neviděla.

„Právo," řekla, jako by citovala z Psohlavců.

„Právo na co?" Česky mluvila skoro bez akcentu.

„Na povolení k návštěvě Sovětského svazu."

Úřednice zmizela za dveřmi. V kanceláři byla vůně k zalknutí. Seděly jsem vedle sebe na lavici a babička nemluvila. Po červeném stínidle lampy lezla moucha. Na stěně tikaly hodiny se závažím na dlouhých masívních řetězech.

Dveře se otevřely.

„Pojďte. Chcete tlumočníka?"

„Ne," řekla babička.

Úřednice s karmínovou pusou nás propustila do vedlejší místnosti. Tam seděl v křesle pán, na ruce měl velký prsten a byl snad to jediné, co tam nebylo z plyše a ze zlata. Možná že měl zlaté srdce, ale to nebylo vidět. Zase ta vůně a horko. Karmínová pusa se usadila u okna pod fíkusem a na klín si dala blok. Pán se na nás konečně podíval. Dal si dlouhého šluka a pak típal zbytek papirosy asi pět minut.

Pak prohovořil.

„Vy mluvíte rusky?"

„Da," pravila babička a šla rovnou na věc. „Tohle děvče je moje vnučka. Chtěla by navštívit Sovětský svaz. Naše úřady tvrdí, že individuální návštěvy jsou proti zájmům naší přátelské politiky. Mám obavy, že jsou špatně informovány."

„Kam konkrétně do Sovětského svazu chce jet?" Podíval se na mě a v obličeji se mu nepohnulo vůbec nic.

„Do Lotyšska," přispěchala jsem, aby poznal, že i já mluvím rusky.

„Co je účelem návštěvy?"

„Sňatek," řekla jsem. Babička nadskočila. To jsem asi něco hloupě plácla. Zkřížila jsem jí plány, které si sesumírovala v tramvaji.

„Ne tak docela," snažila se zachránit situaci. „Nejdřív se musejí..."

„Co je důvodem sňatku?" skočil jí chmurně do řeči a díval se na mě asi tak čtvrt okem.

„Láska," řekla jsem a usmála jsem se na něj. On se neusmál ani kapánek. Babička mě šťouchla loktem. Stejně už nebylo co zkazit. Úředníka jsem nedojala. Díval se stejně, jako třeba kdybych řekla štafle. Babička se nadechla.

„To není hlavní důvod. Já bych si přála, aby moje vnučka poznala bratrskou zemi, jako i mně bylo dopřáno ji poznat."

Ve tváři se mu objevil nepatrný zájem. Zdvihl jedno obočí asi o půl milimetru.

„Já byla hostem v Sovětském svazu s delegací dělnických žen v roce dvacet pět a odnesla jsem si odtud zkušenost na celý život." Nelhala, zkušenosti to byly, do podrobností se nepouštěla. Ty máme jen pro doma.

„Proto mluvíte rusky, že?"

„Da. Vzhlíželi jsme k vám tehdy, v dobách, kdy naše hnutí se teprve rozvíjelo, jako k zářnému vzoru, který jsme byli odhodláni následovat."

Babi, já to nevydržím. Jako by tu místo zamračeného úředníka seděla teta Vilma a tys jí dávala kapky. Avšak ironie v babiččině hlase byla i pro cvičené ucho skoro nepostřehnutelná. A že já ho měla cvičené od kolébky. Úřednička zívla. Stály jsme v kabátech na uctivou vzdálenost od psacího velestolu, bylo to jak v parní lázni. Ústřední topení syčelo přetlakem. Babička mu vyjmenovala masokombináty, železárny, strojně traktorové stanice od Minska až po Sverdlovsk. Tam všude byla a všude se děsně poučila. Dalo jí to strašně moc do života. Je přesvědčená, že vnučka by individuální návštěvy za svými sovětskými přáteli využila k obohacení své dosud přece jen povrchní znalosti. Rusky mluví skoro perfektně.

„Vy jste studentka?"

„Ještě ne," předešla mě babička. „Nyní je v praxi jako dělnice, ale příští rok se hlásí na agronomii. Myslím, že by prázdniny strávené v nějaké zemědělské části Sovětského svazu pro ni byly nedocenitelným přínosem."

„Jestliže si vyjednáte všechno s vašimi úřady, není důvod, abychom vám nedali vízum," řekl a mně se zdálo, že přece jen laskavě.

„To eště nic neznamená," řekla babička, když jsme byly na ulici. „Samosebou, že ti dají vízum, když. Ale to když si zatraceně dobře ohlídají."

Podala jsem si novou žádost na naše ministerstvo. Babička ji vyplnila ještě marxističtěji.

„Vilma slíbila, že zajde za svým známým."

Slíbila. Jen jestli opravdu zajde. Strejda o zdárném výsledku pochyboval.

„Kdyby to bylo do Ruska, to bych eště řek snad, ale do Pobaltí, já nevim, nevim."

„To je přece jedno, strejdo, všecko je to SSSR."

„Já nevim. Tam si to furt zatraceně hlídaj. Každou chvíli je tam ňáký zatýkání."

„Jak to víš?"

Věděl. Na Barrandov jezdily spřátelené návštěvy, občas se našel delegát, který se nebál ledacos říct, mezi čtyřma očima a na čerstvém vzduchu, pochopitelně. V Gruzii byl nedávno pogrom. Rozstříleli demonstraci studentů, kteří místo zbraní mávali pravítky a pery a tužkami a nechtěli nic víc než míň přecpané učebny. Mrtvoly, želízka, pendreky. To vše v zájmu šťastného soužití národů. Strýček vrtěl hlavou a jako by ho ubývalo.

Po čase přišla umolousaná obálka z ministerstva, teta přece jen asi zapracovala. Na cyklostylovaném papíře stálo: Záležitost vaší cesty do SSSR byla projednána. Dostavte se tehdy a tehdy tam a tam. Byla bych začla tančit kozáčka. Babička však řekla:

„Nikde tu nevidim, jestli byla projednána kladně nebo záporně."

Kladně, babi, určitě kladně, copak by mi jinak napsali?

Poslala jsem Janýskovi dopis expres, panebože, jestli se to povede, já se zbláznim, honem, ať to ví, ať se těší se mnou. Ztracený ráj se zase vrátí.

Jásala jsem a pan Frejka přestal to o tom lajntuchu a cože jsem dělala v noci, díval se na mě a říkal, že mám švába na mozku.

„S tebou teda to jaro cloumá," smál se a byl milý, všichni byli milí a usmívali se, i babička.

Odpověď nepřicházela. Uplynul týden, dva, konec května, denně jsem pospíchala z práce domů. Přišlo něco? Nic. Možná že se můj dopis ztratil. Napsala jsem nový a zase domů, rychle. Přišlo něco? Nic. Babička se začala mračit a mamince zas naskočily vějíře kolem očí. Myslí si obě, že mě nechal. Kdepak, nenechal babi, Janis by mě nenechal, podívej těch dopisů krásnejch, dvacet čtyři, jeden hezčí než druhý, kdepak, někde vázne pošta, jen si nedělejte vrásky, však přijde dopis každým dnem.

„Přišlo něco?"

„Nic."

Hutě v ateliérech už stály. Tomášová hrála jeřábnici Boženku v modrácích, s vlasy staženými šátkem, a stejně byla krásná. Točila se dlouhá jízda jeřábu jako vysoko nad tovární halou. Pan Frejka dal zavěsit asi šest pevných mikrofonů ke stropu, ale nebyl spokojen. Při jízdě nebraly rovnoměrně. Zkusil se dát vytáhnout k herečce do kabiny a držet jí mikrofon, ale bylo ho vidět. Kabina byla malá a pan Frejka vyčníval. Snažil se tam vtěsnat, líbilo by se mu mačkat se Tomášový na kolena. Jenomže pivo se nahoru dopravovalo jen s potížemi. Nakonec funkci přepustil mně.

„Zatracená cejcha," řekl naštvaně. „Ty bych musel bejt úplný vyžle. Věro, pocem!"

Schovala jsem se s mikrofonem na dně kabiny a vytáhli nás nahoru.

„Nazdar," řekla mi. „Já jsem Marie," a podala mi ruku. Byla legrační. Že je Marie, to přece každý ví.

„Já jsem Věra," usmála jsem se.

„Jedem!" zvolal někdo dole a rozsvítili světla.

Dívala jsem se z úkrytu, jak hraje. Úplně stejně, jako mi řekla Nazdar. Normální. Vůbec žádná diva. Zatáhla za páku, zezdola uvedli jeřáb do pohybu. Marie-Božena se jako podívala dolů do haly, zamávala a volala:

„Františku, plán splníme! Mám tě ráda, ráda, ráda!"

To jako mělo zanikat v rachotu strojů, které pěly hymnus práce. František to absolutně nemohl slyšet, divák však musel, aby pochopil, že Boženka je jinak stydlivka a otevřeně by hned tak lásku Františkovi jako první nevyznávala. V téhle fázi filmu si s Františkem měla teprve začít.

„Stop!" zvolal režisér. „Posviťte na Mařenku ještě osmičkou."

Osmička byla málo, ani dvanáctka nestačila, radili se a my visely ve vzduchu. Dřevěněly mi nohy.

„Děvčata, vydržte to chvíli, pak vás sundáme."

Držela jsem se schovaná, aby mi pan Frejka nenadával.

„Teď se můžeš narovnat, nic se neděje," řekla Marie. Vysoukala jsem se a sedla jsem si. Dole pobíhali osvětlovači a režisér je péroval. „Když řekli chvíli, tak to bude aspoň hodina."

„Já vím, to je tak vždycky." Byla jsem trochu nesvá, že si tady povídám s Tomášovou jako nic. Teď už je pravda, že ji znám a ona mě. Máša by nemohla říct, že se vytahuju. Napadlo mi, že teď už by nebylo trapné říct jí o podpis na fotku pro toho Honzu z Mášiný třídy. Měla bych dobrý důvod ho zavolat, dát mu slíbenou fotku a při té příležitosti ho požádat, aby mi v univerzitce vypůjčil tu učebnici. Nebo aspoň česko-lotyšský slovník. Napsala bych Janisovi v jeho řeči, jak se mi po něm stýská a jak mám starost. Určitě bych to podle slovníku v přítomném čase svedla, i když jsem měla radši minulý. Ten pominulý v Zálesí. Babizna je teď zelená a plná pampelišek a na nebi modro. Náš pavouček už vyrostl a vesele požírá mouchy. Třeba zrovna dneska přijde dopis. Bude zastrčený za sklem kredence a babička s maminkou se nebudou moci dočkat, až přijdu a dají mi ho. Jsou zvědavé, co v něm je, ale otevřít, to by se jim příčilo. Babička říká, že je to podlé, číst cizí dopisy. Ale zvědavá je. To tedy ano. Jen jestli se na mě nevykašlal.

„Přišlo něco? "

Nic.

Kde jen ta fotka je? Dala jsem se do hledání, a přitom jsem našla spoustu jiných věcí, nad kterými jsem dávno udělala kříž. Ve starých sešitech a knížkách. V jedné kabelce jsem objevila prstýnek s pomněnkou od maminky. Nebyl mi ani na malíček, dostala jsem ho v první třídě za vysvědčení. Tu fotku musím najít. Je na ní Honzův telefon.

Byla v jedné tašce, zlomená, s ušoupanými rohy.

Scéna z myší perspektivy se točila ještě celý další den. Seděly jsme v jeřábu jak dva kanáři v kleci.

„Františkův, plán splníme! Mám tě ráda, rááda, ráááá-da...!" volala Marie už asi po sté, a pan Frejka dole reguloval nachhall, aby to zas bylo na státní cenu. A pořád stejně, nikdy nevypadala, že už ji to otravuje. Přemýšlela jsem, jak jí říct o ten podpis. Byla taková normální, bavily jsme se o škole a o plavání, a kam pojede na prázdniny, vůbec nebyla nafoukaná. Tak jsem se odvážila.

„Paní Tomášová, podepsala byste mi tuhle fotku?"

„Ty mně vykáš? Neblbni."

„Já nevim. To se přece..."

Dolovala jsem fotku z kapsy. Šlo to těžko, trávila jsem posledních pár hodin pololeže polosedě s hlavou nacpanou mezi lavicí, sedátkem a kašírovanými pákami, zdřevěnělou ruku s mikrofonem v jakémsi podivném předpažení. Podívala se na zmuchlaný obrázek a zatvářila se tázavě.

„Já... já vás... já tu fotku mám už od Anny proletářky. Strašně jste... strašně ses mi tam líbila...“

Podala jsem jí tužku.

Milé Věře Marie, napsala na koleně, čímž mi udělala čáru přes rozpočet. Ale *Milé Věře* se dá vygumovat. Zavrtěla jsem se.

„Já bych chtěla celý méno.“

Připsala *Tomášová*, zasmála se a dala to do závorek. Ty se taky dají vymazat.

Zavolala jsem Honzu. Byl překvapený, na fotku dávno zapomněl. Dali jsme si rande na Václaváku. Strčil obrázek do kapsy a ani se na něj moc nedíval. Pozval mě do bijáku. Do Urálu na Píseň o chlebě.

„Do Urálu? To tě tak zajímaj sovětský filmy?“

Nechtělo se mi. Ale třeba uvidím něco z Lotyšska.

„Musim to vidět. Máme o tom seminář a já píšu referát,“ řekl Honza. Koupil lístky do lóže. V bijáku nebyla ani noha. Kromě nás možná ještě čtyři. Na plátně se vlnily klasy, kombajny je podtínaly, hrála symfonie, pěvecký sbor a ruský hlas básnicky vysvětlil, že jde o pšenici. Pro gramotné střih a detail na pytle nacpané zrním s nápisem ZERNO. Ale všecko bylo jen z Ukrajiny. V Lotyšsku se asi pšenice nepěstuje. Tam mají mlýny a pastviny, co po nich půjdeme s Janýskem. Jen jestli...

Honza mě vzal za ruku a dal si ji na místo, kam dívčí ruka nepatří. Aspoň ne v biografu. Leda v Urálu. Taky mi to mohlo dojít. Vedle v loži vrzaly židle. Vylítla jsem a pádila ven. Zastavila jsem se až na stanici tramvaje.

Jiřina by tam možná zůstala. Té bylo všechno jedno. Mně ne. Mně vůbec ne. Z učebnice ale nebude nic. Ani ze slovníku.

Když jsem dorazila domů, ani jsem se neptala. Přestala jsem se ptát. Už to začalo být monotónní a babička odpovídala podrážděně. Bála jsem se smutné pravdy, nic nepřišlo a nikdy už nic nepřijde, jsem bláhová, když si myslím, že na mě nezapomněl. Nechal mě. Ale jak mohl? Po tom ráji v Zálesí. Nechal mě jako Franta Jiřinu, drželo ho to možná o něco dýl, vydržel psát pár měsíců a teď už ho to nebaví.

Maminka šila a babička se tvářila jako bubák. Šla jsem rovnou do pokoje, lehla jsem si na postel a koukala do stropu. Maminka přišla za mnou.

„Podívej, co dneska přišlo."

Podala mi obálku, vypadlo z ní něco na pergamenu a fotka. Máša. To je toho. Zlatým písmem na oslí kůži stálo:

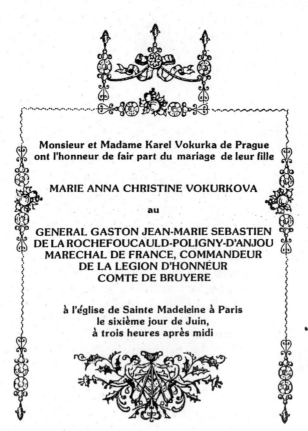

Monsieur et Madame Karel Vokurka de Prague
ont l'honneur de fair part du mariage de leur fille

MARIE ANNA CHRISTINE VOKURKOVA

au

GENERAL GASTON JEAN-MARIE SEBASTIEN
DE LA ROCHEFOUCAULD-POLIGNY-D'ANJOU
MARECHAL DE FRANCE, COMMANDEUR
DE LA LEGION D'HONNÉUR
COMTE DE BRUYERE

à l'église de Sainte Madeleine à Paris
le sixième jour de Juin,
à trois heures après midi

Na barevné fotce se smála Máša jak vystřižená z reklamy na šperky a kosmetiku a dámské vložky dohromady. Krásná, vyšlechtěná, dáma z velkého světa, lehce zavěšená do stařečka, který vypadal jako dobře udržovaný osmdesátník, svižný a bohatý a bezpečně ulovený.

„Hm," řekla jsem smutně. „Pámbů je má radši než nás."

Mamince zablýsklo v očích a zatvářila se napínavě. Pak sáhla do kapsy zástěry a podala mi dopis. Pampelišky!

„Mami, ty seš, víš, proč mě napínáš?"

Vyskočila jsem z postele a začala jančit. Páni. Já to věděla, já to věděla jak na beton, vidíš, babi, ty nevěřící Tomáško, vidíš, vidíš, kdepak Janýsek, moje tlapka medvědí, ten na mě nezapomněl, skotačila jsem po kuchyni a prodlužovala tu radost, to nejlepší nakonec, až to babička nemohla vydržet a řekla:

„Tak to rozlep, ty trdlo machovo."

Na obálce byla známka NDR, vidíte, co jsem říkala. Nemoh psát, byl na soustředění, trénovali na ten pohár města Drážďan, rychle jsem vyndala dopis z obálky, v záhlaví naše pampelišky a něčí rukou, cizím rukopisem tam stál ten ortel, ten nelidský rozsudek nad našimi životy, které vůbec, ale vůbec už nejsou v rukou božích.

Milá Věro,
Janisovi už nepiš. Není více na té adrese. Vzkazuje, že to, co dělal, myslel a říkal, bylo doopravdy. Miluje tě, rybičko stříbrná, a přeje si, abys mu věřila a nesla všecko statečně.
Líbám tě za něj, jak mi přikázal.

Tvůj přítel M.

Toronto za poštovní stávky na jaře 1975

PROČ JSEM
TAK KRÁSNĚ HRÁLA
BRUCHŮV KONCERT

Byla jsem tehdy vyjevená sextánka s vlasy ostříhanými na „pudla" a s neodbytnou myšlenkou na nějakého kluka, protože všecky holky ve třídě už chodily na rande a já jsem ještě ani nedostala od kluka pusu. Protože jsme byly dívčí škola, nenašlo se tolik příležitostí, a tak jsme vymetly kdejaký ples. Renáta, vždycky vyfintěná a elegantní s maminčinými šperky, hrála prim, ale ostatní holky se jí dokázaly aspoň trochu vyrovnat, i když nebyly z tak nóbl rodin. Byly bezvadně přizpůsobivé a v pánské společnosti dovedly konverzovat skoro tak jako Renáta. Já, nehledě k tomu, že jsem byla odjakživa dost málomluvná, neměla jsem zdaleka tak působivý zjev a oblečení, takže jsem vlastně ani žádného kluka nemohla mít.

Šly jsme zase na jeden z mnoha plesů. Tentokrát do Reprezenťáku, kde to nebylo tak výhodné, protože se tam nedalo lézt na půdu a do různých chodeb líbat se s klukama jako na Slovanském ostrově, ale to mně ostatně mohlo být jedno. Moje máma pro plesy a takové věci neměla vůbec pochopení a s bídou mi ušila jedny plesové šaty, které na mně visely zplihle a nedržely fazónu, protože to byla mizerná látka, co z ní byly ušité, ani se mnou nechodila jako garde, a tak jsem vždycky šla v doprovodu Renátiny maminky a její brácha mě odvedl na tramvaj, když se šlo domů.

Pamatuji se, jak mi na tomhle plese někdo šlápl vzadu na šaty a utrhl mi v pase půl sukně a jak mi to moje náhradní gardedáma sešívala a špendlila narychlo na záchodě. Vždycky, když jsem šla někam do společnosti, snila jsem o tom, jak nabalím nějakého kluka a jak o tom budu vyprávět holkám, až mě políbí. Strašně jsem chtěla být zamilovaná a bláznit a ječet o přestávkách jako všecky ostatní a chlubit se, že „padla“ nebo „padly“. To se tak mezi námi říkalo o pusách. Byla jsem už zamilovaná kolikrát, do kantorů a některých mužů, kteří se pohybovali v okolí školy, ale jenom na dálku, a taky do Renátina bratra, který nás všecky vždycky povinně provedl, a já jsem si představovala, jak by to bylo prima, kdybych se stala vlastně švagrovou Renáty, ale od té doby, co jsme spolu upadli na parketě na jednom čaji v Národním domě, se pro mě Lojza už neodvážil přijít, takže jsem většinou seděla s maminkami nebo chodila nápadně často upravit se na toalety, doufajíc, že potkám někoho, kdo mě vyzve k tanci, aniž by to vypadalo, že na to žádostivě čekám.

Za Zuzanou tehdy bláznil Ota Vyskočilů, o hodně starší než my a o mnoho ošklivější než já. Šel na tenhle ples kvůli ní a vzal s sebou kamaráda s tlustými brýlemi. Ani nevím, jak už se to všecko zběhlo, ale stáli jsem, my čtyři, na zadním schodišti a konverzovali. My se Zuzanou jsme pořád mlely, jak nám nejde matyka a jak jsou kantoři blbí, a kluci mezi tím vždycky utrousili něco duchaplného. Nakonec se ten brýlatý rozhoupal a vyzval mě na taneček. Vypadal dost přihlouple, ale mně to nevadilo, tancoval celkem slušně a mně se to zdálo nádherné a od toho okamžiku jsem nemyslela na nic jiného, než jak by to bylo fajn, kdyby si se mnou dal rande a čekal na mě před školou a líbal se se mnou a tak. Náhodou mi to vyšlo a já jsem se mohla druhý den holkám pochlubit, jak na mě bere a jak strašně je do mě blbej.

Čekal na mě v neděli před sv. Mikulášem v Pařížské, protože byl galantní a věděl, že tam vedle bydlím. Bylo to někdy v lednu, mrzlo, a já jsem se na to náramně oblékla. S naší Vlastou jsme se odjakživa praly o šaty a punčochy, takže jsme si zásadně jedna druhé nic nepůjčovaly, ale tajně jsme si půjčovaly jedna od druhé. Já jsem si půjčila její boty na podpatku, protože Arnošt byl vysoký a mně záleželo na tom, abych vedle něj nevypadala mrňavá. Pak jsem zjistila, že mi Vlasta vyfoukla moje jediné rukavice a vestu, čímž mě převezla, a tak jsem si musela vzít jedny staré roztržené a nebyl už čas je zašít. Z balkónu jsem viděla, že Arnošt už přechází u kostela s rukama složenýma na zádech a se širokým kloboukem. Tak jsme se vydali na mé první rande. Nevěděla jsem, jestli je to slušné ptát se, kam půjdeme, tak jsem to nechala na něm. Ten den byla opravdu strašná zima; já měla pod kabátem jenom lehkou blůzičku a ruce mě zábly, protože jsem se styděla vzít ty roztržené rukavičky na ruku a zdálo se mi beztak elegantnější držet je s kabelkou v jedné ruce; a pak jsem taky doufala, že si půjdeme sednout do nějaké útulné hospůdky, kde mě Arnošt bude držet za ruku, a budeme srkat kávu a já konečně pocítím ten sladký pocit, při kterém prý brní celé tělo, jak o tom vyprávěly holky, které se dr, držívaly s klukama za ruce v biografu.

Arnošt byl galantní, to je pravda. Při chůzi se potápěl, jako když tancuje vídeňský valčík, a rytířsky se držel ne po mém levém boku, jak nás to učili v tanečních, ale podle potřeby se vždy houpavě přenesl na tu stranu, kde byl okraj chodníku, aby mě tak symbolicky chránil před nebezpečím vozovky. A šli jsme. Paříšskou, po nábřeží, přes Letnou až někam k Dejvicům a konverzovali jsme hlavně o škole, já jsem pořád brebentila něco o tom, jak nesnesu matyku a jak našemu stylu kantoři nerozumějí, a ani mě nenapadlo svěřit se mu, že mi hrozí tři kule a reparát, protože jsem se bála, že mě nechá, když jsem tak pitomá, a tak jsem to zaobalila, že vlastně nemohu mít nějaký závratný úspěch ve škole, když je má budoucnost založena jenom na muzice. S velkou samozřejmostí jsem mu vykládala o svých houslích a o koncertech, o které jsem se jakž takž pokoušela.

Obešli jsme skoro celou Prahu, Arnošt se mě asi dvakrát zeptal, jestli mi není zima, zatímco já, celá fialová a zkřehlá, vlasy zplihlé vlhkem, jsem předstírala, jak mě baví se procházet a jak vůbec netoužím po tom, jít někam na kafe. Neměla jsem ani vindru a Arnošt asi taky ne.

K šesté hodině mě dovedl k našemu baráku se slibem, že mi zavolá.

Příští týden nás ale exekučně vystěhovali z bytu (protože táta byl znárodněnej kapitalista, a tak ho zavřeli), z našeho šestipokojového přepychu do pavlačového domu v proletářském Karlíně. Bylo to hrozné, ale já pořád myslela na Arnošta, jak mě teď bude volat a jak mu vysvětlím naše stěhování, a teď už jsem pomalu nabývala jistoty, že mě nechá, protože se to všecko dozví od Oty přes Zuzanu.

Byla jsem z toho tak sklíčená, že celá rodinná tragédie pro mne tolik neznamenala. Hrála jsem své etudy teď s velikým citem a snad jsem i napsala nějakou báseň na svůj smutek a samotu, a ta byla, tuším, příliš cynická na můj věk, protože jsem se s ní chtěla pochlubit Zuzaně, která tehdy pořád se mnou četla pod lavicí Villona a Poea, zatímco se ostatní třída zabývala rovnicemi a amoniakem, a taky jsem ji pak ukázala holkám a ony mě obdivovaly. Taky jsem pořád hrála na housle a četla básně a v každé z nich jsem viděla něco, co se vztahovalo k mému zbědovanému stavu. Ty, ve kterých jsem nenašla nic, co by se mi hodilo, se mi nelíbily. Ve škole jsem samozřejmě byla horší než kdy dříve a kantoři byli tak shovívaví, že mě vzhledem k naší rodinné situaci nechali jako sociální případ postoupit. Ale na to jsem z výšky kašlala. Pořád jsem snila o Arnoštovi, proč jsem na tom rande nebyla zábavnější, proč mě nepolíbil, ani nevzal pod paží a tak pořád dokola. Vydrželo mi to dlouho. Pořád jsem doufala, že se ozve. Ozval se.

Šli jsme spolu do bijáku na Fernandela, ale nevzal mě tam za ruku. Chechtal se tak příšerně těm fórům s banánovými slupkami, až hekal a chroptěl, a snad zapomněl na své vídeňské vychování — prskal.

A já po celou tu dobu myslela jenom na to, jestli se s ním budu líbat, až půjdeme domů, jak to udělat, aby mě vzal za ruku, a smála jsem se jenom ze slušnosti, přestože ten film byl opravdu legrační.

Z bijáku jsme šli rovnou domů a rozloučili jsme se podáním ruky, Arnošt mi něco řekl, jako že ví, jak to s námi je, a že chápe, že nemám teď smysl pro zábavu, a dal mi vale. Nejdřív jsem měla vztek, hrozný vztek na naši rodinu, a pak mi všecko přišlo strašlivě líto. Ten den se vrátil táta a hned chtěl slyšet, kterak jsem za tu dobu, co byl pryč, pokročila ve hře na housle. Já je bez řečí vzala a zahrála jsem mu volnou větu z Bruchova koncertu s takovou bolestí a procítěním, že zůstal paf a hned potom začal snít o tom, jakou udělám do světa díru, že si sourozenci mají ze mě vzít příklad, a podobně. Tohle mi bylo fuk. On nevěděl, že takhle hraju kvůli tomu brejláči s ponornou chůzí, který mi ani nedal pusu, a že to už v životě takhle nezahraju.

Byla jsem ještě dlouho smutná, s holkama jsem se o klucích vůbec nebavila, jenom jsem pořád myslela na to, jak jsem asi nepřitažlivá a nezábavná, a pro jistotu jsem si kroutila řasy, kdybych ho náhodou potkala.

A potkala jsem ho, včera, přesně deset let po tom všem, ve stejném kabátě a klobouku, s očima dvakrát menšíma než dřív. Neviděl mě, sama jsem se k němu přihlásila. Řekl mi s obdivem, s tou svou vídeňskou dvorností, že hezky vypadám, a odešel, zase tou svou houpavou chůzí, aniž se dozvěděl, jak krásně jsem tenkrát hrála toho Brucha, tak krásně, jak ho už nikdy hrát nebudu.

NA ZÁJEZDĚ

Sedím v autobuse a kodrcáme, stará škodovka nemůže jinak, alespoň pokud se musí prát s pražským dlážděním. Venku z města to možná bude trochu lepší, asfaltka na Hradec Králové, Brno, Bratislavu, cesta dlouhá a k uzívání, číst se nedá, jedině spát anebo koukat z okna a přemýšlet, vzpomínat, v duchu si říkat o životě, jaký byl, a kreslit si ho, jaký bychom chtěli, aby byl, ale nebude, je za mnou sotva z poloviny a kodrcá hůř než tahle ošuntělá škodovka. Dvanáct hodin drncání a nadhazování přede mnou, devětadvacet let klopejtání za mnou, otec už dojel, už zaparkoval ve stanici zvané věčnost, odkud nikdy nic nejede zpátečním směrem. Unesla jsem ho v jedné ruce, sama, proč burcovat lidi, kterým se den pohřbu zrovna nehodí, nutit je připochodovat s pugéty a tvářemi naladěnými do mramorových výrazů smutku, účasti, ze sedmdesáti let života, práce a myšlenek hrnec popela, který člověk unese na malíčku jedné ruky. Kam se dějí, kam jdou ony hodnoty, jež člověk za život vyprodukuje? Do nás a do dalších pokolení? Kolik jich ale přijde nazmar. Před týdnem se smál, popíjel víno a poslouchal Pražský dechový kvintet, ‚Hergot, to je muzika, ten mladej Pejška má pozoun utkanej snad z živý tkáně, zkus to, Heleno, pojď sem, zkus to jako on‘. Vyndala jsem pozoun ještě zahřátý z odpolední zkoušky a zkusila to jako Pejška, marně, můj pozoun není z živé tkáně a já na něj hraju spíš jen proto, že musím. Aby měl radost a já příjem, pozoun je v dané době nástrojem mé obživy, mé i otcovy, na cello hraju líp a raději, ale cellistku nepotřebovali. Obstála jsem u konkursu jako pozounistka, otec byl spokojen. ‚Vidíš,' říkal, ‚vidíš, Heleno, k čemu bylo dobrý, že jsem tě měl taky k dechům'. Možná ano, všechno zlé je dobré k něčemu, držel mě přísně u pozounu a trubky a lesního rohu, mám na dechy pajšl, říkal, fyzickou dispozici, již mi zdokonalil tak, že mě snad docela odženštil. Přiletoval mě k pozounu snad už navždycky. Před týdnem se ještě smál a vychutnával souzvuky vycházející z rádia, dnes shořelý na popílek, vrácen zemi, jež si nesentimentálně bere zpátky, co kdysi velkoryse propůjčila. Na věšáku v předsíni visí jeho kabát a pod ním vyčištěné boty, v kuchyni nad umývadlem stará dřevěná krabice s holením, prasklé zrcadlo, prasklé už od dob, kdy mě fascinovala namydlená tvář s čerstvou hladkou stopou po žiletce jako projetá silnice mezi zasněženými svahy, mýdlo a kus kamence ohlazeného dokulata. Na stěně v rámu diplom, poděkování za pedagogické služby prokázané hudební akademii v Praze. Propustili ho dávno před tím, než se posílají lidé do penze, alespoň mu tehdy dali diplom, aby vyhazov nevypadal jako vyhazov. Od té doby skoro nikam nechodil, ponechal si pár soukromých žáků, které učil dál, zadarmo; leckterého leccos naučil. Patřila jsem mezi ně. Mne táta učil na pozoun a krok za krokem, aniž tušil, mě odnaučoval všechno, co dělá ženskou ženskou. Však se dobře vidím. Vždycky špatně oblečený kolohnát s hrudníkem závodního plavce, ruce, nohy pouze na překážku, nanejvýš mohu dělat z nouze ctnost a stylizovat se do ještě neohrabanější polohy potrhlé muzikantky. Což činím. A takhle jako hastroš, jako stará potrhlá panna prokodrcám s pozounem pod paží zbytek života, který je ještě přede mnou. Co se mnou však chudák měl podnikat jiného. Pro mužské oko jsem objekt hodný pozorování asi tak jako kus zbytečně velkého nábytku, vztah mezi mnou a mužskými kolegy nikdy nepřekročil hranici klukovského kamarádství.

Sedím na zadním sedadle, vždycky sedím vzadu, kde to

házi nejvíc, tanečnice a zpěvačky si chrání vaječníky, vepředu to tolik neháže a taky nechodí k autobusu na poslední chvíli jako já, párky obsazují prostředek, na liché zbývá zadek, který vyhazuje. Někdy až půl metru nad sedadlo, je-li v asfaltce nečekaně velká díra. Koukám z okna, je podzim, na polích už ostrovy sněhu nebo jinovatky, zmrzlé kaluže a ve vesnicích, jimiž projíždíme, bláta pomalu po pás a hromady cukrové řepy olepené hlínou.

Když ještě žila matka, posílala mě na gymnastiku a do tanečních, pořídila mi růžové a bleděmodré a bílé šaty, prý mi opravdu moc a moc slušely, chudák, chtěla mě opít rohlíkem, a i kdyby se jí to bylo podařilo, taneční lekce by hned vyvrátily její tvrzení. Většinu času jsem proseděla vedle matky a pozorovala hezké holky a kluky a trápila se. Ale zvykla jsem si, dávno už se netrápím ani nelituji, mám muziku a dobré kolegy v orchestru, zaskočí-li mne cit, nechám si ho pro sebe.

„Hele, kombajn," volá kdosi vepředu a ukazuje na maličkou babku, samotnou uprostřed lánu, sehnutou k řípě, již nemůže vytáhnout.

Bláto a syrovo, jsem však ráda, že jedu pryč, že nejsem doma s tím pláštěm v předsíni a krabicí na holení, všecko jsem nechala, jak to otec míval. První zastávka je v Poděbradech, vystupuji z autobusu a stavím se do fronty u záchodu, který je jen jeden, špinavý a pokálený, stěží schopný uspokojit poptávku autobusové frekvence. Mohla bych se vidět v poloslepém zrcadle na dveřích, ale raději se nedívám. I ta nejhorší představa je pořád lepší než skutečný obraz. Radši se dívám na tanečnice, jsou hezké s dlouhými vlasy a těly, která ať se pohnou nebo složí jakkoliv, vždycky je v tom krása. V bufetu si koupím polévku s rohlíkem, voní kantýnou a odbytostí, ale je teplá a já ještě nesnídala. Otec stejně lepší nevařil. Naproti mně si sedá Honza Bárta, trumpeťák, s talířem polévky a srká ji rychle a dívá se na mě.

„Dobrý, co? Jako když vyždímá hadr na zem," říká a ušklíbne se nad zbytkem, který nedojí. Flautista Petříček stojí čelem ke zdi a dloube do ní ukazováčkem.

„Myslíš, že von je fakt blázen nebo to jen dělá?" ptá se

101

Honza. „Vždycky všude dloube do zdi. Co ho znám."

„Asi že je cvok," povídám a usměju se skřehotavě a hluboko, můj hlas se podobá Honzově tenoru, jenom není tak libozvučný. Jsem-li v šatně s tanečnicemi, vždycky je vyděsím, když něco řeknu, rychle ukrývají nahotu a ječí ‚Vyžeňte toho mužskýho' a pak se uklidní a vyčítají ‚No jo Helena, nemůžeš nás předem upozornit?' Je cvok, myslím si, všichni jsme nějak pošinutý, zejména dechaři, smějí se, že nám při hraní rezonuje v lebeční dutině a od toho cvokatíme. Možná. I mně z pozounu a ze všeho začne brzy strašit ve věži. Osvojím si něco jako dloubání do zdi a budu šťastná. Petříček je podle mého nejšťastnější člověk na světě. Geniální flautista zažraný do dvou věcí. Do muziky a čtení. Nikdy si nesedne za pult bez otevřené knihy na klíně, dokáže číst i v osminových pauzách a nikdy se mu nepřihodí, že by nenastoupil včas.

„Popojedem, panstvo," volá vedoucí zájezdu, Petříček naposled dloubne a klátí se s pohledem šílence zpět k autobusu. Nikdy s nikým nemluví, na pozdrav nereaguje, čte i v chůzi na tramvaj.

Kodrcáme pomalu dál, před námi kolona traktorů s řepou, bláto zavalilo cestu, suneme se krok co krok, autobus brzdí a rozjíždí a znovu brzdí, vedoucí ztrácí trpělivost:

„Předjeď je, sakra, jedem jak s hnojem."

„Co sem naložil, to vezu," směje se šofér, přidává plyn, brzdí, znovu rozjede a prosmykne se kolem kolony s řepou, na traktorech sedí udřené babky a dědové a mávají nám.

Přede mnou v oddělení pro čtyři sedí holky zpěvačky, kufr na kolenou a mastí kanastu. Helga opravdu zkrásněla, jediné, co na ní kdy bylo k opravení, byl nos, dlouhý a špičatý, jenž dodával tváři uštěpačnosti a zloby, dala si ho předělat, šmik, a teď má nosopršku jako princezna.

„Stejně jí to zase spadne," říkaly dobré kamarádky odborně. „Plastika dýl jak pět let nevydrží."

Pět let. Kdybych věděla, že mě zplastikují do pořádné podoby, riskla bych to, byť i jenom na pět let. Za pět let se dá leccos zažít. Co by však se mnou všecko museli udělat.

„Osm set dvacet šest," hlásí Helga sopránem, který si

šetří ke zpěvu, jemně a šetrně s ním zachází jako se vším, co jí pánbů přidělil. Umí si vážit darů přírody a dobře je používat. Za tu dobu, co s nimi jezdím, už do ní byla zamilovaná celá mužská část souboru s výjimkou snad Petříčka, jenž dával přednost knihám, dloubání do zdi a při pohledu na ženskou (i na mě) se červenal.

„Hezká holka, ta Helga," povídám Honzovi vedle sebe a vyruším ho z dřímoty.

„Hm," zabručí bez zájmu anebo otráveně, nevím, snad že by jeho zájem nepřicházel v úvahu. Polo sedí polo leží, nohy natažené do uličky, ruce položené v klíně, má krásné ruce, myslím si, bílé a štíhlé s ďábelsky dlouhými prsty, můj zájem ovšem v úvahu taky nepřipadá, nikdy nepřipadal, k čemu se snažit. Otevřel pouze jedno oko a ani jím se na mě nepodíval. Co by taky viděl. Stárnoucí pozounistku ve smutku. To přinejlepším. Znovu se mi vybavuje otec, úsměv, gesto, chůze, autorita věkem nachýlená, i hlas slyším jasně, jak říká ‚Zkus to jako Pejška, malinko zavibruj dechem, ten jeho pozoun mluví...' a já sahám raději po cellu a vibruju si Čajkovského a snažím se artikulovat prostřednictvím čtyř strun, otec sedí, poslouchá a smutně kývá hlavou. Vím, co si myslí, nesplnila jsem jeho sen, neudělal ze mne, co chtěl, nepodařilo se mu naučit mě promlouvat prostřednictvím plechu, tím, že tak moc chtěl, udusil ve mně možná jiný talent, možná a hlavně ten prazákladní, ženský. Helga se jenom podívá a v pohledu má víc než celé mé vibrato dechem. Zklamala jsem ho a on mi to nikdy nevyčetl. Vedl (špatně) domácnost, vařil (špatné) polévky a udržoval pořádek, abych já měla čas věnovat se naplnění jeho snu. Pár dní před smrtí mi domlouval, ‚Nesmíš to vzdát', a v očích už neměl tu starou autoritu, ale bezbrannost, stáří člověka vysvléká z póz a masek do nahoty pokory a moudrosti.

„Je ti smutno, viď?" říká mi Honza. Už nespí.

„Je," přisvědčím a zase koukám na pole u silnice a na hromady řepy cukrovky a bláta.

„Je ho škoda," praví Honza, vlastně první, kdo mi projevuje soustrast. Chodíval k nám na hodiny, plachý vytáhlý mladík, dnes plachý vytáhlý stárnoucí mládenec. Kývnu hlavou a mlčím. Je mi smutno, je a stýská se mi po něm. Ještě zdaleka nejsme v Hradci, jedeme pomalu, opravdu jak s hnojem, zezadu vidím dívčí hlavy a ostříhané klukovské, jeden druhému odpočívá na rameni, zvedají se, naklánějí k druhým a tichou poštou předávají heslo: „My chceme pauzu." Nikdo si jich nevšímá, autobus teď žene stovkou po silnici mezi lesy. „Zastavte," volají, „nebo umřem jak Tycho de Brahe."

Konečně; dámy vpravo, páni vlevo, jdu na vzduch, po okraji silnice, je syrovo, Sladovníková zase pokouší, dohání Libora, strčí do něj oběma rukama, jako by ho chtěla povalit, směje se a prchá, vyzývá ‚chyť mě, chyť' a Libor ji polapí, sevře, kolébají se a špitají. Pan Herrman, starý basista, rychle šlukuje, prsty má hnědé, místo páni vlevo dává přednost spařené partyzánce, v noci prý se budí každou hodinu a musí jednu vykouřit. Violista Toníček Klátilů žertuje s děvčaty, ‚ty zlobíš, viď, že zlobíš', pořád totéž na každém zájezdu a děvčata se smějí, ‚pane Klátil, to víte, že zlobím, to se přece musí zlobit.'

Opouštíme lesní silnici a zase vidím pole, traktory a řepnou kampaň. Pepík Vosáhlo začíná zpívat, přidávají se k němu ostatní, Honza vedle mne šaltuje do fistulky a vokální autobusová skupina složená z muzikantů paroduje překrásně Mills Brothers a Swingle Singers, čísla mnohem lepší než celý folkloristický program, jímž jedeme oblažit Slovensko. Swingují Bacha a Vosáhlo basuje, Honza s Toníčkem trylkují v dvojhlasu, není nic krásnějšího než profesionální hudebníci, kteří hrají a hudebně vtipkují na vlastní hlasivky. Žádný sbor školených zpěváků se jim nevyrovná. „Vy teda válíte, páni," raduje se Jiřina, sápe se po kytaře, na niž umí tři akordy, přidává se k chóru a vulgárním altem překřikuje komornost starých českých mistrů exhibicionistickým podáním písně ‚Jářku, mám rád Shimmi Mařku'. Muzikanti umlkají a dávají zelenou zpěvačce z povolání.

„Žejdlíková, nech toho, šetři se na představení," napomíná ji sbormistr, ale Jiřina myslí, že jsme z ní všichni u vytržení, vydrží vyřvávat až do Hradce.

Máme hodinu na oběd, jdu se podívat, jestli bych tady sehnala boty na svou nohu, ne, jedině v pánském oddělení, jako všude jinde.

V hotelové restauraci je všechno obsazeno, odcházím jinam a ve dveřích slyším Honzu:

„Heleno, poď, držíme ti místo."

Sedám si mezi Honzu a pana Herrmana a Vosáhlo objednává rundu na památku mýho táty.

„Něco do mě přece jen vtlouk," povídá, pohladí mě po vlasech a je to víc než pyramida kondolenčních dopisů od pánů kolegů, kteří mu dali ten diplom, co visí u nás v kuchyni. Honza mi pohladí ruku, bouchne svou sklenicí do mé a tiše praví:

„Já ho měl rád. Já ho vopravdu měl rád."

„Já taky," říkám a je to pravda, zase mě přepadá lítost a smutek nad vším, nad jeho zmarněnou snahou udělat ze mě Pejšku i nad odosobněným kabátem v předsíni, nad hrníčkem prachu, v nějž se obrátil, ale nebrečím, upíjím ze sklenice na jeho počest.

Je po poledni, Bratislava daleko a vedoucí nás žene do autobusu, jedem, to nejde se takhle courat, všichni si ještě dojděte, žádná pauza už nebude. Dojdu si a pak zase koukám z okna a kodrcáme ven z města, po chodníku jde malá holka a táhne housle, možná dokonce violu, vláčí je těsně nad zemí a vypadá otráveně. Spíš asi by raději šla do baletu nebo plavat, škoda zmarněných nadějí, jednou bude třeba taky harcovat s muzikou, řemeslně, pro obživu. Anebo skončí jako sestřenice Iva, talent jako hrom, tvrdíval táta, ale líná, dospěla taky příliš brzy a místo flauty hned dvě děti najednou, rozvod a trápení. Čehož já jsem zůstala ušetřená, Iva pobrala z rodu všechny lepší stránky, tak to prostě na světě je a já jsem se s tím vyrovnala.

Na silnici si lehá příšeří, protijedoucí auta rozsvěcují světla, holky už na karty nevidí, složily hru. Je ticho. Hlavy, které vidím nad opěradly, se pohupují s kodrcáním autobusu, oknem mohu rozeznat tmavnoucí lesy od lánů, do zad nám mrtvě svítí bílý pruh nebe nad soumrakem západního obzoru. Vzdychnu, ani nevím proč, mnu si oči, zavřu je a mám před nimi zase tátu, pokorný výraz, úsměv a pak prázdnotu v bytě, odkud odešel, a sebe samotnou. Nějak už dokodrcám, teď sama, po svých, jako stará potrhlá panna s pozounem pod paží.

Po opěradle za mými zády se provléká Honzova paže, pokládá se mi na rameno, prsty mě pohladí po tváři a jemně přitahuje mou hlavu k jeho.

KDYBYS
NEPRAVOSTI VÁŽIL,
HOSPODINE...

„Honzo, vstávat!"

Hlas, unavený spíš nešetrným zacházením než ranní indispozicí, prolomil můj ranní polosen. Zavrtěl jsem se na znamení, že nejsem hluchý, a pod zavřenýma očima jsem si ujasňoval skutečnost. Pokaždé, když se přiblíží ten děsivý okamžik vylézt z postele, nedokážu si rychle uvědomit realitu, mám jenom pocit reality, že odhazuji peřinu, naskakuje mi husí kůže, lezu do pantoflí, protahuji se, jdu se opláchnout a už sedím v tramvaji a jedu. Jenomže většinou nejedu, to je to.

Dneska, díky strašlivému hlasu a ještě strašlivější intonaci, s jakou mi přikazoval vstát, se moje myšlení vytříbilo poměrně rychle.

„Tak co jsem ti říkala? Koukej vylézt z pelechu, za chvíli se začnou sjíždět!"

Vlastin hlas se mi zasekával do mozku jako širočina a nedopřál mi, abych počítal do tří jako obvykle. Ráz, dva, tři a sklopka a hup. Povede se mi to většinou až po šesté nebo i později. Tentokrát se mi to podařilo bez počítání. Bylo lepší sebrat síly a vstát, než jí dávat další příležitost k uplatňování práva staršího.

Vlasta je moje o deset let starší, vdaná, nejchytřejší, nejroztomilejší a nejpůvabnější sestra. Kdybych měl tu moc, jmenoval bych ji vrchním velitelem čs. ozbrojených sil nebo ředitelkou kostomlatské polepšovny. A být její dítě, požádám o rozluku od mateřského lůna hned v počátečním stádiu embryonálního vývoje. Radši bych dorostl v erárním živném roztoku.

„Dělej," strhla ze mě peřinu, „pudeš nakoupit!"

Zvedl jsem se a teprve pak jsem otevřel oči. Stála u postele, celá černá jako vrána — obočí, vlasy, oči, nohy — všechno kromě do běla zpudrované pleti. Byla totiž přesvědčená, že ji Bůh přímo stvořil pro černou barvu, takže pro uplatnění jejích půvabů byla nejlepší příležitost pohřeb, což je právě dnes v jedenáct nula nula na kopečku Mračnici, sídle obecního hřbitova. Přijede komplet rodina, protože dnes budeme pochovávat našeho dědečka.

Vystřelil jsem do kuchyně. Jako bych skočil do teplé lázně, našampónované vanilkou a citrónovou kůrou. Připomnělo mi to vánoce. Jenomže nebyly vánoce, nýbrž na Hromnice o dvě více a dědeček měl pohřeb. Na Ježíška ještě obdaroval Vlastu meltonkami po babičce a přidal k nim tlusté vlněné punčochy dvě hladce dvě obrace s podotknutím, že ženská má mít nohy v teple, aby nenastydla na frndu. Dědečkův veteránský humor naši manekýnu soustavně urážel. Taky mu to neodpustila do jeho nejkratší smrti.

Za sklem kredence se černobělalo smuteční oznámení se čtyřmi hustými sloupky jmen pozůstalých. Byli jsme veliká rodina. Z deseti úřady schválených mustrů na parte vybrala maminka ten s citátem z Wolkera o těžkém umírání, protože dědeček měl těžké umírání na rakovinu plic. Do poslední chvíle se vyhýbal lapiduchům, takže si připravil umírání vpravdě nejtěžší.

Matka krájela vánočku a po zapoceném okně tekly slzy. Přečetl jsem si citát za sklem a v hlavě se mi roztočil výbor z Wolkera. Smrt není zlá—poštovní schránka na rohu ulice je modrá—dneska máme oranžový—rozřízl jsem tě milá má—nenarodí se?—Antoníne topiči elektrárenský—. Matka zachrastila lopatkou na uhlí a z hrnce na kamnech mi nalila vodu do umývadla.

„Umyj si dobře uši," řekla mi diskrétně a vrátila se k vánočkám.

V té chvíli vstoupila do kuchyně sestra a upřela pohled na páru, stoupající z lavóru.

„Takovej klacek by se měl mejt venku! A sněhem! Jen počkej, až budeš na vojně!"

„Správně, vojna není kojná," dovolil jsem si souhlasit.

„Nebuď drzej, smrade!" Strčila do mě, že jsem se málem utopil.

„No tak," řekla matka. Podala mi ručník a vylila vodu z umývadla. „V ložnici máš čistou košili, Jeníčku."

Oblékl jsem se do černých šatů z tanečních. Nevypadal jsem špatně a s uspokojením jsem zkonstatoval, že mi od minulých tanečních už zase vyrazily vousy.

„Neměl bych se ještě oholit?" zeptal jsem se matky, když jsem se vrátil do kuchyně.

„Ukaž," přitáhla mě matka k oknu a pohladila mi tvář. Ruka jí voněla vánočkou. „Ještě to není vidět, jenom na omak."

„Tak se holit nemusím?" pronesl jsem mužným hlasem a podíval jsem se na sestru.

„Co chceš holit?" pohoršila se. „Vem tašku a koukej mazat!"

Nemohla prostě přenést přes srdce mou dospělost. Už se mnou nemohla cloumat, jak byla zvyklá, a když mi chtěla vlepit facku, tak musela počkat, až se mi rozváže tkanička u boty. To ji pěkně žralo, že byla mrňavá. A zrovna teď, kdy je móda dlouhých, nohatých hubeňourů. Když jsem ji chtěl hodně namíchnout, říkal jsem jí, aby si z toho nic nedělala. „V malých lidech obyčejně sídlí velký duch. Podívej, třeba Napoleon. Takovej prcek a jaký dokázal udělat zmatky na světě." Za to mě tak strašně nenáviděla, že kdyby byla o něco větší, tak mě na místě začne škrtit. Jenomže na mě už byla krátká. Pro tentokrát jsem ji přehlédl.

„Co mám koupit, maminko?" pronesl jsem hluboce. Matka mi urovnala límeček u košile, dala mi do ruky tašku a peníze a já šel.

V kůlně hystericky štěkala dědova Pollyna. Odvázal

jsem ji, aby se náhodou nepomátla. Skákala jak utržená od řetězu a tlapkami mně orazítkovala kabát.

Mrzlo. Na polích ležel sníh jako písečné duny Sahary. Za Mračnicí se pomalu zvedalo bílé slunce.

Vzal jsem to oklikou kolem Rážových. Bylo by docela užitečné potkat dneska Hanku, když jsem tak pěkně oháknutý. Pollyna se na mou duši pomátla. Lítala jako pometlo, chvíli za mnou, chvíli přede mnou, až jsem pochopil, že si chce hrát. Udělal jsem ze sněhu kouli a hodil jsem ji daleko do pole. Vrhla se za ní a vrtala čumákem v závěji, jenomže úplně jinde, než kam koule zapadla. Když ji to přestalo bavit, přiběhla za mnou. Na obličeji měla jinovatku jako Krakonoš.

„Seš bambula, Pollyno! Tušíš vůbec, že se něco stalo?"

Hafla a chtěla, abych jí hodil jinou kouli.

„Žádný hraní nebude. Správnej věrnej pes zcepení, když ztratí pána, a neblbne jako ty."

Naklonila hlavu, aby lépe slyšela. Dlouhé, plandavé kokří ucho se jí odchlíplo a vypadala, jako když si ze mě utahuje. Netušila vůbec nic. Hodil jsem jí jinou kouli. Rozběhla se za ní a na chvilku zmizela ve zvířeném prašanu. Přestal jsem si jí všímat, protože u Rážů se otevřely dveře a na zahradu vyšla Hanka. Přidal jsem do kroku. Když jsem doklusal k jejich plotu, Hanka zrovna zavírala popelnici. Měla na hlavě šátek a pod ním barevné natáčky jako cukrové špalky.

„Ahoj, Hanko," řekl jsem. Bylo na ní vidět, že se stydí za ty natáčky, ale přece jenom přišla k plotu a podala mi zapopelenou ruku. Ani mi ji neuměla stisknout.

„Já ti přeju upřímnou soustrast," řekla vážně. Neměl jsem chuť bavit se s ní o soustrasti. Stejně nevěděla, co to je. Jí ještě nikdo neumřel. Jedině Kikina, angorská kočka, ale to už je několik let. Tenkrát jsem taky brečel a měl jsem soustrast, když jsem Hance pomáhal Kikinu hledat a našli jsme ji u trati s ujetou hlavou. Hanka chtěla hlavu nasadit k tělu zpátky, ale nešlo to. Zahrabali jsme kočku do příkopu a brečeli jsme. Od té doby se z Hanky udělala docela hezká holka. Nevěděl jsem, co mám povídat.

„Přijdeš na pohřeb?" zeptal jsem se nejapně, jako bych nevěděl, že její děda a můj děda jsou staří kamarádi z války.

„Přijdeme," hlesla a nakreslila bačkorou oblouč
do sněhu. „Tak zatím ahoj," řekla po chvíli a odhopkala. Popel za ní zaprášil jako závoj. Stál jsem u plotu, dokud Hanka nezašla do domu.

„Haf," řekla za mnou Pollyna, a když jsem se otočil, vyrazila, že se budem honit. Uši za ní vlály jako mávátka. Rozběhl jsem se taky a hnali jsme to až do vsi.

V samoobsluze bylo narváno, jako obvykle. Když jsem se tam objevil, všichni ztichli. Někdo mi dal svůj košík, abych nemusel čekat. Jako bych byl invalida. Naházel jsem do něj nákup a postavil jsem se do fronty k pokladně. Zase mě pustili napřed.

„Třicet a dvacet je padesát," řekla mi soucitně pokladní, „a padesát je sto. Má to za sebou, co? Chudák, ještě tu pár let moh bejt." Cinkala slovy jako penězi. „Je ho škoda, pozdravuj maminku."

Všichni na mě koukali a zapomněli nakupovat. Dostal jsem křeč do tváře, jak jsem si dával pozor, abych se ani trochu neusmál. Složil jsem nákup do tašky a důstojně jsem vyšel z krámu. Pollyna na mě hned hupla a zase chtěla utíkat. Vždycky se přede mě postavila, naklonila hlavu, zavrtěla ocáskem a pak najednou vyskočila téměř kolmo do výšky a pádila několik metrů dopředu. Když viděla, že neutíkám, vrátila se a celou akci opakovala. Nemohl jsem si dovolit honit se dneska po náměstí se psem. Dal jsem jí kus salámu, aby se uklidnila.

Obešel jsem ještě zelinářství, pekařství a řeznictví. Pekařka Feiglová se na pohřeb omluvila z důvodů dodávky zboží, řeznice rovněž a zelinářka přislíbila účast pod podmínkou, že doprodá ty čtyři kapusty, co jí zbyly v sortimentu.

„Teď budeš muset dědečka zastat ty, chlapče. Teďka budeš hlava rodiny."

Měla vlastně pravdu. Tatínka jsme neměli už dávno. Aspoň já jsem ho nepamatoval. Narodil jsem se pár dní po tom, co ho tady na náměstí srazil náklaďák. Mě vychoval děda svou vypracovanou zemědělskou rukou. Moc se se mnou nemazlil, takže bych vlastně měl být rád, že už mě vychovávat nebude. Ale nějak jsem nebyl rád. Když jsem si na něj teď pomyslel, připadalo mi všecko neskutečné. Teď už doma nebude žádná legrace. Děda měl humor většinou vousatý a rakouský, ale někdy měl fóry bezvadný. A pokud se týkalo mě a Vlasty, vždycky stál na mé straně. Válčili spolu s Vlastou už od nepaměti a já mám dojem, že to začlo masem. To s námi děda s oblibou hrál. Jeden se vždycky musel předklonit, zakrýt si oči a druzí dva ho šlehali přes zadek. Když uhád, kdo ho praštil, šel na jeho místo ten, co ho praštil. Děda vždycky dával Vlastě slabé rány, aby si myslela, že jsem to já, a já jsem jí beztrestně mohl dát šlehu, že se rozbrečela, a děda si z ní utahoval, že má ze zadku krvavej biftek. To ji pokořovalo víc než ty rány. Pokaždé se pak vrhla na kanape a brečela, až usnula. Děda ji pak budil slovy ‚vstávej, pudeš si lehnout‘, a když nevstávala, dal na kamna rozpálit pětník, plivnul jí na zadek a ten rozpálený pětník položil na to plivnutí. V momentě byla na nohou a rozeřvala se nanovo, že má ke všemu ještě na zadku puchejř a že jí po puchejři zůstane jizva. Takové měl děda fóry.

Představil jsem si ho, jak leží sám a nehybný nahoře v márnici, jak už nikdy nebude vyrábět legraci a vyprávět stále stejné historky z války, a udělalo se mi smutno.

Na věži odbilo devět. Mlhou skleněně prosvítalo slunce, bylo bílé jako veliká sněhová koule a já jsem se do něj mohl klidně dívat. Když jsem pak zavřel oči a přikryl je dlaní, abych si udělal úplnou tmu, bílý kotouč postupně zlátnul, růžověl, červenal a trvalo chvíli než splynul s černou tmou pod víčky. A i v ní ještě šlo chvílemi rozeznat tmavorudou tečku.

„Neplač, Honzíku,“ ozvalo se za mnou.

Sundal jsem ruku z očí a podíval jsem se.

„Já nebrečim, pane Ráž.“

„Jen se nestyď, člověk se musí vyplakat.“

Proč mi tedy říkal, abych neplakal. Nechal jsem ho při tom. Potřásl mi rukou a Pollynu podrbal mezi ušima.

„Však se ještě dneska uvidíme. Přijdu přece vyprovodit

starýho kamaráda, bože můj, ale to jsem nečekal, že pude dřív než já."

Zpátky jsem šel jinou oklikou, přes kopec zvaný Boule, abych se vrátil domů co nejpozději. Stejně by mě moje spravedlivá sestra zase pro něco vyhnala. Nesnášel jsem ji a moc se mi ulevilo, když se před třemi roky vdala a odstěhovala se od nás. Musela se vdávat a já jí to strašně přál. Ale i tak byla u nás víc než doma a pořád si připadala, že je přinejmenším moje poručnice.

Z Boule byl pěkný výhled naproti na Mračnici a dole, u její paty, stálo naše stavení jako perníková chaloupka. Před vánoci natřel děda okenice na červeno a já jsem si vzpomněl, jak nadával, že barva mizerně schne. Ještě dneska trochu lepí. Z komína se kouřilo jako v pohádce a všude svítil sníh.

Po ccstě k našemu stavení se sunul bledě modrý trabant, za ním volha ekonomického strýce z Týniště a ohavně zelený moskvič zákonného manžela mé sestry, tudíž i její moskvič. Přivážel mou předčasně narozenou neteř, krev krve rovněž mé sestry Vlasty.

Svezl jsem se po klouzačce z Boule dolů a s Pollynou v závěsu jsem se loudal ke stavení.

Zpod moskviče čouhaly velké švagrovy nohy v gumových holínkách.

„Nazdar, Vláďo," sehnul jsem se pod vůz, „co vyrábíš?"

Hekl a naslepo hmátl po nářadí rozloženém na sněhu.

„Chci vyměnit olej, dokud je to teplý."

Hekl podruhé a do bělostného sněhu vytryskl proud hustého černého oleje. Vyvrtával v něm hlubokou dírku.

„Tady se to dobře vsákne, beztak nikdy nevím, kam s tím vyjetým svinstvem."

Vsakovalo se to a ze sněhu vznikala nazelenalá kaše.

„Můžu ti pomoct?"

„Vem tady tu pikslu a dej ji nahřát ke kamnům. Jinak to tam v týhle zimě nenaleju."

Zdvihl jsem plechovku a vyšel jsem po schůdkách do domu.

V síni viselo tlustých černých zimníků jako v konfekci, po zemi se válely boty, stékal z nich rozehřátý sníh a proměňoval podlahu v brodiště. Z kuchyně vyšla teta s kbelíkem.

„Nazdar, chlapče," usmála se zavřenými ústy a dala mi pusu.

„Nazdar, teto, jak žiješ?"

„Nemůžu se smát, podívej, vytrhali mi všecky zuby a na protézu budu čekat nejmíň půl roku."

Postavila kbelík a vycenila na mě holé červené dásně.

„To nic, dneska se stejně moc nenasměješ."

„Máš pravdu." Natáhla bleskurychle moldánky a smrkla. „Chudák tatínek." Pak se shýbla pro kbelík. „Běž dovnitř, já to tady musím setřít. To je nadělení!"

Nevěděl jsem, jestli myslí louži nebo úmrtí v rodině. Spíš asi louži, protože moje teta myslela vždycky jen v jedné rovině.

Postavil jsem plechovku ke kamnům a sedl jsem si na truhlík, abych si zul boty.

„Co tady dřepíš," oslovila mě sestra. „Vypadni a koukej něco dělat."

Zůstal jsem sedět, jako bych neslyšel. To je vždycky nejlepší dělat, že mi momentálně vypověděl sluch. Zamnul jsem si dlaní bradu. V tichu kuchyně bylo slyšet, jak mi vousy drhnou o ruku. To ji naštvalo ještě víc.

„Tak slyšel jsi! Koukej koukat mazat něco dělat," řekla inteligentně.

„Co mám prosím vykonat?" zeptal jsem se gentlemansky.

Nic ji nenapadlo. Zatvářila se velmi dotčeně, posadila se ke stolu a podepřela si hlavu udělanou od holiče. Při tom kroutila nohou v pantofli a propínala nárt. Maminka mi podala tác, hrnky a konvici s čajem a požádala mě, abych to donesl do pokoje.

Kolem do běla rozžhavených kamen seděly zimomřivé tety a mlely panty. Když jsem vešel, zmlkly a činorodě se vrhly na tác. Na strejčkách bylo vidět, že by si s gustem hodili mariáš a něčeho pořádného si zunkli. Seděli v rohu kolem stolu a kritizovali prezidenta. V místnosti bylo na omdlení. Otevřel jsem dveře do vedlejšího pokoje. Svítilo se tam. Předsvatební poklesek mé sestry seděl u zrcadla a rozmazával si po obličeji její draze koupené maxfaktory. „Co tu děláš?" vybafl jsem, jako že jsem bubák. Ani ji nenapadlo se leknout. Domatlala si zelenou šminku na víčka a na hlavu si narazila Vlastin smuteční kokrhél se závojem. Ani se na mě nepodívala a začala si před zrcadlem tančit. Chvíli se v sobě zhlížela a pak odbaletila do pokoje mezi příbuzenstvo. Vůbec mě to nepřekvapilo. Před rokem, na svatbě sestřenice Lenky, provedla totéž v bílém. Lenka tenkrát omdlela, když spatřila, jak jí dítě poničilo myrtový symbol už dávno neexistujícího panenství, a Vlasta si vymkla ruku, když dceru tělesně trestala. Museli jí dát rameno do sádry, takže tím výrazně utrpěla její elegance. Začal jsem se těšit na dnešní výsledek.

Holčička předtančila za zpěvu vlastní písně „Já jsem smutná princezna, umřel nám pan král' a pokračovala by v tvořivosti, kdyby v pravý okamžik nezasáhla vykloubená ruka spravedlnosti. Servala dítěti klobouk z hlavy a zatáhla je do síně. Okamžitě se odtud ozval řev zoologické zahrady. Bezzubá teta z Týniště se snažila skandál trochu zasklít. Využila luftpauzy v síni a zasmála se pečlivě zavřenými ústy.

„Chudinka malá, nemá z toho pojem. Ale byla legrační, že jo? Takovej špunt a jak umí bejt legrační."

Tety a pratety kysele přikývly. Nastalo trapné ticho. Z kuchyně k nám dolehl matčin konejšivý hlas a Helenčiny vzlyky. V síni se polohlasem hádal Vláďa s Vlastou o výchovné metody. Byl na hlavu poražen.

Vrátil se zdrceně mezi nás a žuchl sebou ke stolu mezi strýčky. Vůbec mi ho nebylo líto. Když se přiženil do naší rodiny, byl to hezký kluk, plný energie a sebevědomí. Vlastička ho obskakovala, Vládínek měl ve všem pravdu, jenom ale do svatby. Na to byla chytrá dost. Musela být, Helenka se jí už příliš nápadně rýsovala pod zřasenou sukní. Sladce klapala zobákem, obletovala ho a i já jsem se dal oklamat. Dočetl jsem se v nějaké příručce o manželské harmonii, že těhotenství některou ženu do základu promění. Ale chyba lávky! Vlastička se vyhoupla do sedla hned na radnici po podepsání úpisu. Od té chvíle ho měla pevně pod bačkůrkou a Vláďa začal chátrat. Už dávno to nebyl hezký kučeravý chlapec, ale bačkora s bambulí místo břicha, s neustálou tendencí schovávat se se svým hořem pod karosérii zeleného moskviče.

Teta z Týniště s ním soucítila. Podala mu hrnek s čajem a přistrčila talíř s vánočkou.

„Najez se, Vládíčku, jen se najez, co jinýho na tom světě máme."

Vláďa se odstrčil od stolu a skočil po aktovce u okna. Vyčaroval z ní láhev rumu, zarazil malíčkem zátku do hrdla a nalil všem mužským do čaje.

„Trochu pro zahřátí," utrousil omluvně a větší zbytek dolil sobě. Strejčkové oživli, chutě se chopili hrnků a málem zapěli živijó.

„Já tady mám taky něco," prozradil ekonomický strýček z Týniště a postavil na stůl láhev.

„To je pro dámy," zasmála se teta holými dásněmi. „To je z našich bezinek, počkejte, jak vám bude chutnat."

Objevilo se ještě několik jiných lahví a začal se rozjíždět docela slibný mejdan. Vláďa si dával bez ohledu na řidičský průkaz, ale vráska v zarudlé tváři mu zůstávala stále hluboká. Nechápal jsem ho. Byl jsem zvyklý na to, že moje sestra bývá občas duševně marod, a příležitostně jsem proti ní používal tělesného násilí. Stejně to bylo jediné, k čemu její ženství dokázalo muže inspirovat. Rád bych se Vládi zeptal, jestli má taky někdy chuť dát jí roubíka. Chuť asi měl, ale na víc se nezmohl. Tomu nebylo pomoci. Potvrdilo se to, když do pokoje vrazila Vlasta a neomylným nosem nasála vzduch. Vláďa šupem odstrčil svůj hrnek přede mne a tvářil se jakoby nic. Tím se u mě definitivně odrovnal.

Její přítomnost poněkud zabrzdila rozvíjející se zábavu. Navrhla, abychom raději už šli, protože musíme pěšky, cesta ke hřbitovu je nesjízdná, dědečka tahali koňma na saních a bylo by trapné přijít pozdě. Přesně tak to řekla. Vláďovi pak soukromě pošeptala, že po tom rumu by stejně jet nemohl, tak ať kouká mazat. Všichni se poslušně zvedli a v síni nastal zmatek. Šel jsem do kuchyně.

Dítě klečelo v koutě na struhadle a rtěnku, kterou stíralo prsty z obličeje, rozmazávalo po stěně. Dala mi rozkaz, abych je umyl a oblékl. Já! Pak práskla dveřmi a šla si dovyřídit účty s mužem.

Oslovil jsem Helenku tónem, z něhož mohla vytušit, že jsem na její straně.

„Vlasta říkala, že prej tě mám umejt."

„Já nechci," odpověděla, protože nevytušila nic. Zajela si pomalovaným prstem do nosu a obrátila se čelem ke zdi.

„To se nedá nic dělat. Matka Vlastapasta nám to přikazuje."

Neodvážil jsem se připomenout jí, že hodné holčičky se v nose nešťourají. Slyšela to i tak v jednom kuse. Doufal jsem, že spíš zabere na lehčí tón. Prst v nose se zastavil a dítě se usmálo. Okamžitě jsem jí zul jednu bačkoru. Úsměv zmizel a holčička se přemístila do druhého kouta. Prst zajel do nosu hlouběji a urputně v něm zavrtal. Z taktického důvodu jsem se držel dál první osoby plurálu.

„Vlastapasta nám dá pár facek."

Definitivně se přestala dloubat v nose a vypískla nadšením.

„Eště!"

„Až se oblíkneš."

Přistoupila ke mně a dovolila, abych ji svlékl.

„Řekni eště něco. Kdo nám dá pár facek?"

„Vlastapasta."

Zaklokotalo jí v krku a dožadovala se pokračování.

„Eště. Řekni eště něco."

„Vlastapasta polívku chlastá," zašeptal jsem jako největší tajemství a odtáhl jsem ji k umyvadlu. V momentě byla vymydlená a dala se i učesat. Ta líbezná poezie zapůsobila na její nespravedlivě utržená jelita jako hojivá mast.

„Vlastapasta polívku chlastá," šeptala po mně, „že jo?" Objala mě kolem krku a já cítil, že mě miluje.

„Ano," řekl jsem a neotálel jsem s jedním z možných pokračování, kterými jsem si donedávna kompenzoval své ponižující postavení v rodině. „A knedlíky polyká, aby byla

117

veliká." Zazpíval jsem jí to pro jistotu ještě jednou celé, na melodii známého evergreenu Houpy, houpy, kočka snědla kroupy. Helenčino nadšení vzrostlo a hulákala píseň na celou kuchyň. Pak zase chtěla eště. Nespatřoval jsem v tom už žádný efekt, protože daný úkol jsem splnil. Helenka byla oblečená, umytá a jako nad plán učesaná. Jiný rozkaz jsem nedostal.

„Dál už to není."

Podezíravě se na mě podívala.

„Náhodou je," řekla po chvilce přemýšlení.

„Já osobně už to dál neznám."

„Já jo, a lepčí!"

„Jak?"

„To se nesmí říkat."

„To se vymlouváš, protože to dál nevíš, když to dál neni."

„Náhodou je, víš?"

„Tak mi to zazpívej."

„To se nesmí."

„Vidíš, že to dál neni."

„Je. Ale nesmí se to říkat."

„Tak mi to pošeptej."

Pošeptala mi originální rým, který měl i logickou dějovou návaznost.

„Když to všecko sežere, tak se strašně — " odmlčela se a čekala, že poslední slovo dopovím za ni. Dělal jsem, že nechápu.

„Co?"

„To se nesmí říkat. Ty nevíš, co se nesmí říkat?"

„No," zamyslel jsem se. „Na příklad pitomá, blbá, vůl — "

„Ale ne. Tak to neni. Hele — když to všecko sežere, tak se strašně to — po — no, co se nesmí říkat?"

„Jo, ták," udělal jsem, že už vím. „Teda, řeknu ti, vymyslelas to pěkně. Mě by to nenapadlo."

„Viď?" pravila sebejistě.

„Ale takhle to stejně není."

„Je."

„Není."

„Náhodou je, víš?"

„Tak mi řekni, kde ses to naučila."

„Nikde. Já to takhle zpívám."

„Tys už to znala?"

„Ne. Ale zpívám to takhle."

„Dobře, ale kdo tě to naučil?"

„Ty."

„Tohle jsem tě teda nenaučil."

„Naučil. Ty jsi to tak zpíval."

„Ty lhářko! Počkej, až tě uslyší máma. Nadělá z nás karbenátky."

Dítě radostí zařehtalo, ale vlk, o němž byla řeč, strčil do dveří hlavu v pomuchlaném závoji a zahafal:

„My jdeme! Koukejte si pospíšit, ať nás doženete! A ne aby vám to trvalo věčnost!"

Dveře bouchly a v síni odezněly rychlé, poněkud zatěžkané krůčky. Dům ztichl jako po vymření.

Narazil jsem neteři beranici, oblékl jsem se a ruku v ruce jsme vypadli z baráku.

V kůlně opět jančila Pollyna, kam ji někdo zavřel, aby neplašila návštěvy. Litoval jsem, že ji nemohu vzít s sebou. Ale vlastně, proč ne? Je to dědečkův pes? Je. Odvázal jsem ji. Vystřelila z kůlny a viditelně doufala v nějakou novou legraci. Helenka navrhla, abychom se šli sklouznout na Bouli.

„Musíme na pohřeb."

„Proč?"

„Rozloučit se s dědečkem."

„Proč?"

„Než ho pochovají."

„Kdo ho bude chovat?"

„Pan farář."

„Bude mu zpívat?"

„Ano."

„Já mu taky zazpívám."

„Co? Vlastapasta?"

„Třeba."

„To by se mu líbilo."

„Ne, já mu zazpívám ‚Podívej, kvete růže‘, to je hezčí."

„Myslíš?"

„Jo. To se mu bude líbit."

Přemýšlel jsem, jak rozšířit její vědomosti o tu jednu, podle všech lidí nejsmutnější, vědomost o smrti. Jenomže jak? Sám jsem s tím měl dost starostí.

„Nebude se mu to líbit."

„Proč?"

„Nic už se mu nebude líbit ani nelíbit, protože je po smrti."

„Tak mu zazpíváme Vlastapasta."

„Povídám ti, že je mrtvej, což znamená, že nic nevidí, neslyší, že se nehejbá a nebude se hejbat, ani kdyby padaly trakaře."

„Proč se nehejbá?"

„Protože umřel, protože já taky jednou umřu a ty taky a všichni lidi, i ty, co se teprv narodějí, všichni umřou a budou mrtvý."

„A kdy umřeš, Honzo?"

„Já nevím. Možná zejtra, možná za padesát let, to se dá těžko odhadnout."

„Proč?"

„Proto."

„Já neumřu."

„Tak dobře a nech už toho."

„Já neumřu a ty taky neumřeš, když budeš hodnej."

„Dědeček byl taky hodnej a umřel."

„Nebyl hodnej."

„Byl."

„Nebyl. Říkal, že jsem cácora."

„To je toho!"

„A taky říkal, že mi dá pětník na zadek."

„No, vidíš."

„No. Proto umřel, že nebyl hodnej. Ale já neumřu, abys věděl."

Nechal jsem ji při tom. Stejně z ní žádná intelektuálka nebude. A co je malý, to je roztomilý. Ale nejsem na ni zvědavý, až jí bude dvacet. Až z ní bude stejná nána, podle zákonů dědičnosti a vlivu rodiny na vývoj charakteru.

Prošli jsme zahradou na pláň. Procesí už bylo daleko před námi. Stoupali po bílém svahu a prošlapávali úzkou cestu sněhem. Vypadala jako klikatá jizva na dívčí pleti. Najednou se mi udělalo doopravdy smutno, když jsem si pomyslel, že dědeček je mrtvý.

Rozběhl jsem se do stráně.

Helenka klopýtala za mnou a ječela, že jí to klouže. Pollyna se metelila mezi námi. Byla patrně přesvědčená, že právě teď začne ta pravá psina. Průvod jsme dostihli až na vršku před hřbitovem.

Stál tam hlouček známých z vesnice a několik lidí přijelo i z Prahy. Tiskli mamince ruku a poměrně stereotypně vyjadřovali pocity, které neměli. Rozhlédl jsem se, jestli někde není Hanka. Stála se svým dědečkem stranou, na hlavě černý šátek s třásněmi, pod ním asi kudrlinky z těch bledě modrých natáček. V ruce držela pugét a byla krásná.

„Ahoj, Hanko,“ řekl jsem. Sklopila oči a já si všiml, že má řasy až na tváře. Mlčela. „Já to jdu obhlídnout dovnitř,“ řekl jsem. Uvázal jsem Pollynu u vchodu a Helenku jsem předal mamince.

Na hřbitově ještě nebyla ani noha, jenom naše Vlasta. Procházela se sólo mezi hroby a připadala si, že je Sarah Bernhardtová. Vítr jí povíval závojem, takže vypadala spíš jako ze sovětského filmu, ale fakt je, že pod tím tylem byla podstatně hezčí.

Vrátil jsem se před vchod k matce, vzal jsem ji pod paží a pomalu jsme kráčeli ke hřbitovní kapli. Po cestě nás zastavil zřízenec v ušmudlané livreji, smekl čepici a zaždímal ji v rukou, do nichž se zažrala černá hřbitovní hlína jako tetování.

„Pani, budete ho vokazovat?“

„Já nevím,“ řekla matka bezradně. „Snad ani ne, nebo—“

„To se dycky dělá,“ mávl funebrák čepicí. „Tak jo, že jo?“

Na věži zaklimbal umíráček.

Vstoupili jsme do kaple. Uprostřed stála rakev se zdviženým víkem, jako pootevřená krabice za výlohou zlatnictví, a uvnitř ležel dědeček. Ještě nikdy jsem neviděl mrtvého člověka. Děda vypadal jako někdo jiný. Rty měl propadlé mezi dásněmi, a snad proto mu tolik vystupoval nos. Nechápal jsem, proč mu vyndali protézu. Přece si ji zaplatil. Ruce měl zkřížené na prsou jaksi nedobrovolně a mezi zahnědlými prsty pravé ruky držel svatý obrázek jako viržinko. Všichni šli nejdřív k rakvi, předháněli se v šahání na dědečka a dělali mu křížky. Udělal jsem mu taky křížek, ale těsně nad čelem, abych se ho nedotkl. Bylo mi divně. Helenka se oběma rukama chytla rakve a vytahovala se, aby bradou dosáhla na okraj.

„Já nevidím. Já chci vysadit!"

Vláďa ji vzal pod pažemi a na okamžik ji nadzvihl.

„Jé, von se nehejbá. Tati, von se nehejbá," zaječela na celou kapli a fortissimo se rozeřvala. „Proč se nehejbá... tati, von nespinká... von je mrtvej..."

Všem se orosily oči. Vláďa ji rychle zatáhl stranou do lavice. Dítě ztichlo. Rázem ji zaujalo klekátko. Zkoušela, jak se na něm stojí. Ujela jí noha, praštila se do kolena a rozeřvala se nanovo. Vlasta jí důstojně vrazila pohlavek a z výšky s ní žuchla na sedadlo, jen to kaplí zadunělo.

Všechna místa k sezení byla obsazená a hodně lidí ještě stálo. Zůstal jsem taky stát v uličce mezi lavicemi. Někdo mě zatahal za kabát.

„Mladej pane, poďte si sednout, tady dobře uvidíte."

Vmáčkl jsem se vedle babky Konečných. Bylo odtud vidět skutečně pěkně. Představení mohlo začít.

Varhaník se hotovil šlápnout do pedálů. Nejprve se mu podařilo vyloudit z nastydlého harmonia dlouhé basové zachrčení a teprve potom se ozvalo několik neladících akordů. Nejprv durových a hned nato dlouhá mollová preludia, aby posluchači náležitě rozměkli. Za harmoniem se vynořily dvě ženské postavy, postavily si k nohám tašky s nákupy a spustily ve strašlivém terciovém duetu ‚Zasviť mi, ty slunko zlaté'. Do toho se zvenku ozvala Pollyna. Zavyla tak žalostnou kadenci, že to všemi škublo.

„Chudinka, pláče pro páníčka," zašeptala babka vedle mě.

Vlastapasta si opatrně utírala oči miniaturním kapesníčkem a dělala, že s ní házejí vzlyky. Jenomže to přeťápla, jako každý ochotník. Škubala rameny jako v záchvatu padoucnice. Dojímala se, ale víc sama nad sebou, protože snad jedině v takovouhle chvíli si dokázala uvědomit, že je taky smrtelná. Ale hlavně proto, aby o ní pak ve vsi vyprávěli, jak plakala, že nemohla ani jít.

„...osuš zóčí slzí tók..." zpívaly ty dvě hejkalky každá jinak a poskytovaly tím vlastně perfektní zvukovou kulisu k jejímu hereckému projevu. Bůh ví, kdo je sem přizval. Patrně měly smlouvu s Pohřební službou — komunální podnik hl. města Prahy nebo možná s Pražským kulturním střediskem. Patrně to byly nějaké vysloužilé sboračky, propuštěné z pěveckého sboru pro zjev a dýchavičnost. Nadechovaly každá jindy a hlavně uprostřed slov, hlasy se jim klepetaly těžkým vibratem, těžko šlo rozeznat malou tercii od sexty. Čekal jsem, kdy se děda v rakvi vztyčí a zařve, aby přestaly kokrhat. Ale děda, přestože byl hudebně založený, se vůbec nepohnul. Když dopěly, objevil se farář a jeho čistý baryton se rozezněl kaplí jako úleva. Jenomže hejkalky mu odpovídaly, takže úleva dlouho nevydržela a kněz, aby nerozmnožoval naše utrpení, vzal mši hopem. Oddychl jsem si, třebaže dneska bych byl ochoten odříkávat za dědečka otčenáše do večera. Ještě nám bylo přetrpět závěrečnou píseň ‚S Pánem Bohem už jdu od vás', jejímž úkolem mělo být očištění skrze slzy, ale glissanda a artikulace zpěvaček nás mohla očistit leda skrze křeč našich bránic, kdyby to bylo únosné. Poctivě vyslovovaly všechna *j* u slov jako *jdu, jsem, jste,* znělo to jako parodie. Jenomže to nebyla parodie. Harmonium chrčelo ještě dlouho potom, co ho varhaník opustil.

Zřízenec vytáhl klacky podpírající víko a s rachotem dědečka definitivně přiklopil. Sfoukl svíčky, sejmul věnec a pentle, luskl prsty a ode dveří přiskočili jeho parťáci.

Dali jsme se na pochod hřbitovem. Vedli nás oklikou, ačkoliv naše rodinná hrobka čekala otevřená přímo proti dveřím kaple. Tam je můj tatínek, napadlo mě, kterého jsem nikdy neviděl. Dechovka s citem zadula smuteční marš a nasadila hodně pomalé tempo, aby jim vydržel, než obejdeme hřbitov. Průvod táhl dlouhými kroky jako zpomalený film. Srovnal jsem si levou a pravou a vydal jsem se s ostatními. Rážovic dědeček foukal do heligónu, nadouval tváře a ve vráskách mu rejdily slzy jako horské potůčky.

Kolem hrobu se vytvořil široký kruh, doprostřed si stoupl pan farář, aby vykropil rakev a rozloučil se s mrtvým. Zpíval krásná slova o lidských nepravostech a na chvíli mě smířil i s tím, že naše Vlasta je nána, a já jsem ji najednou měl docela rád. Když skončil, vyloupl se z hloučku Rážovic děda a rozloučil se s dědečkem za všechny jeho kamarády a hlavně za sebe, protože už byl poslední, kdo s ním válčil v sedmnáctém u Zborova. Nevydržel to a rozplakal se naprosto neoficiálně, co že tady na tom světě ještě dělá, že moh jít místo Lojzíka, poněvač je proti němu úplnej matuzalém. Hanka stála za ním a na nose jí seděla slzička jako korálek. Najednou jsem měl pocit, že mi roste srdce, díval jsem se na ni a chtělo se mi taky plakat. Děda Rážů se ovládl, řekl rakvi ‚pro tebe, kamaráde' a zatroubil na heligón vojenskou večerku. Bučivý a smutný tón se nesl dolů ke vsi a odrážel se od Boule na protější straně. Za vrátky žalostně zaníkala Polly.

Funebráci zaškubali popruhama a začali spouštět rakev. Děda troubil, dokud nezmizela v jámě. Vlasta bulela už úplně neafektovaně a maminka stála s obličejem v dlaních. Děda zakončil večerku dlouhým tónem do ztracena a co mu stačil dech. Nastala vteřina krásného, smířlivého ticha. Všichni stáli se sklopenými hlavami jako zkamenělí.

Jenomže zpěvačky ještě neměly po šichtě. Přerušily to smutné ticho a tady, uprostřed přírody, už vůbec nebyly k poslouchání. Nákupní tašky jim ležely u nohou, z jedné se sypala rýže. Farář jim dával dvěma prsty znamení, že mají po druhé sloce skončit, mával rukou čím dál tím netrpělivěji. Pochopily ho špatně a podle mávání ruky zrychlovaly tempo. Poctivě přezpívaly všech šest slok, sebraly tašky s nákupy a pospíchaly k východu. Všechno už trvalo moc dlouho. Zábly mě uši a zalezlo mi pod nehty. Nebyl jsem sám. Všichni podupávali a od úst jim táhly oblaky. Vlasta se o mě opřela, jako by na ni šly mdloby, a nemocným hlasem děkovala za kondolence. Bál jsem se, aby neudělala, že omdlela. Naštěstí sebou nesekla, jenom se jako zakymácela. Lidi nám tiskli ruce a dávali si pozor na výraz ve tváři. Hanka s dědečkem přišli taky. Podala mi ruku a měla ji teplou, usmála se, ale tak krásně smutně a byla líbezná. Nejradši bych se s ní rozběhl z kopce dolů a utíkal někam, kde není nikdo, leda Pollyna. Díval jsem se za ní, jak se vede s dědečkem cestičkami mezi hroby, a všecko se mi zamžilo.

Teta z Týniště stála vedle mě a plakala velice vydatně. Ale stejně na ní bylo vidět, jak pořád myslí na svoje zuby. Vlasta se držela v roli do konce. Měla zdvižený závoj a barva na očích jí bezvadně držela. Poslední přišli funebráci, nastavili dlaně a každý dostal od maminky na pivo. Couvali a klaněli se tak horlivě, že málem spadli za dědečkem.

Ze hřbitova jsme šli poslední. Odvázal jsem Pollynu od vrátek. Vyskočila na mě a přihlouple mi olizovala obličej. Z nebe se sypal sníh, černé skupinky zase brázdily stráň a mizely v houstnoucím chumelení. Sestřenice Lenka vytáhla z kabelky tranzistorák a přiložila si ho k uchu.

„Co posloucháš, Leničko?" zeptala se matka.

„Detektivku. Já už měla strach, že nestihnu pokračování. Tam ti je mrrrtvol, teti!"

Zamrazilo mě. Maminka se však zatvářila naprosto andělsky. Naše tragédka přiskočila k Lence.

„Dej to víc nahlas. Já jsem celá napnutá, jestli někdo zabije taky toho, jak mluví tim vysokým hlasem."

„Ten už je přece mrtvej od minule."

Lenka zesílila zvuk, Vlasta se do ní zavěsila a šupajdily spolu ze stráně dolů.

„Kdo je mrtvej, Honzo?" zapištěla Helenka.

„Ten s tím vysokým hlasem." Musel jsem ji zachytit, aby neuklouzla. Maminka ji vzala za ruku z druhé strany.

„Babi, von je mrtvej jako dědeček? Taky se nehejbá?"

„Ne, Helenko. To vysílají takovou pohádku. Není ti zima?"

Měl jsem chuť pověsit se mamince na krk. Ach bože, kéž by ty dvě nány uklouzly a kutálely se až k Bouli. Za Vlastou vlál smuteční závoj jako prostěradlo a nohy v promáčených italských lodičkách měla červené jak tlačenku. Než jsem si své přání stačil uvědomit, podjely pod ní a Vlasta se poroučela. Lenku strhla s sebou. Nekutálely se sice tak daleko, jak jsem si přál, ale i to bylo dobré. Otřepaly se a s ušima na rádiu klopýtaly dál.

Maminka přidala do kroku. Vláďa se přidal k nám a vzal Helenku na koně. Vypadali jsme opravdu důstojně. Helenka ječela, jak ji Vláďa natřásal, Pollyna lítala v závějích jako dělobuch a ty dvě rozhlasové posluchačky zůstaly za námi.

Pod kopcem se k nám připojila teta z Týniště a několik rozvětvených strýčků. Taky nevypadali právě pohřebně. Všichni jsme se tetelili zimou. Čím víc jsme se blížili k domovu, tím rychleji se šlo. V poslední fázi jsme skoro klusali.

Byl čas k obědu.

PAS DE TROIS
Milanu Kunderovi, mému učiteli

Bože, jak tanečnice milují sladkosti!

Ester vběhla zadním vchodem do divadla a brala schody po dvou. Ještě měla tři minuty čas shodit kabát a šaty, opatrně stáhnout drahé silonky a vklouznout do trikotu, který včera ve spěchu hodila pod židli. Ještě byl zpocený a Ester se ušklíbla. Ale co, stejně nás zase bude honit do umdlení, večer si ho přeperu. Dnes neměla rande, nebude muset pospíchat, aby vyběhla z divadla první, aby unikla zvědavým očím a naskočila do Petrovy modré oktávie za rohem. Dnes byl opět trénink od půl deváté, utíkala chodbou a po cestě si spínala rozevláté vlasy do drdůlku na temeni. Holky už stály u tyče a rozcvičovaly se. Přiřadila se k nim, zadýchaná, podařilo se jí proklouznout nepozorovaně, paní profesorka Šimková se právě domlouvala s korepetitorem a stála zády ke dveřím. Rychle začala cvičit, propínala nárty, protahovala zádové svaly, ukláněla se hloub a hloub do stran a tělo měla bolavé. Sálem projel hlas, ječivý a přísný, a nastala čtyřhodinová drezúra s krátkou pauzou na napití, na relaxaci namáhaných svalů, cigaretu anebo trysk na záchod.

„Raz a dva a tři a čtyři," hlas počítal tiše, téměř laskavě, klavír klinkal melodii denní a stejnou a ohranou jako etudy Bayerovy školy hry klavírní.

„Raz a dva a tři a čtyři, neprošlapuj tak do pat, Helgo,

pak naříkáš, že máš lejtka jako džbány, á dva á tři, kdo tě tohle učil, prokristapána!" hlas vyjel do výšky, zlobila se, nikdo jiný Helgu ani ostatní děvčata neučil, odchovala si je od prvního ročníku konzervatoře, tenkrát ještě byly hubeňoučké a nemotorné, bože, čas tak utíká, dnes jsou z nich už mladé ženy na vdávání. Pro nově založené divadlo Pokrok vybrala ze své líhně právě tyhle tři, nadané a pilné, tvořily půvabnou trojici výrazně odlišných zjevů, bude se jí s nimi dobře pracovat, myslela si tenkrát (a nemýlila se), jsou soustředěné jen a jen na své (nevděčné, a přesto nejkrásnější ze všech) umění, a přitom stále ještě mladinké a nevinné (mýlila se), aby se daly rozptylovat milostnými pletkami anebo proboha pitím a zhýralostmi, jež někdy, bohužel, umělce na cestě životem (zejména divadelním) potkávají. Držela je zkrátka, vedla jejich první profesionální kroky železnou rukou, kázeň a píle kombinovaná s talentem a půvabem, to je základ, na němž stavěla. Místo šéfky baletu jí nabídlo ministerstvo kultury, její pedagogická sláva už dávno přesáhla dávnou a tak rychle uplynulou kariéru primabaleríny. Přeladila hlas do měkkého rejstříku a počítala dál a neúnavně: „Raz a dva a tři a čtyři á dva á tři, zvolna, demi-plié a obrat a nalevo raz a dva a tři a čtyři..."

Ester se pohybovala mechanicky, rozcvička byla denně stejná, nemohla se soustředit na práci jednotlivých svalů a kontrolovat ji mozkem, jenž byl dnes tolik ospalý, nejraději by se stočila do rohu na žíněnky a spala a snila, při každém pomyšlení na uplynulých dvanáct hodin se jí po těle rozlévalo blaho a mozek se koupal ve slastné mlze zamilovanosti.

Chodíval do divadelního klubu, jemuž říkali Kajuta. Byl jako lodní kajuta s kašírovanými kulatými okénky a potetovaným panem Vejmelkou, který kdysi sloužil u pražské paroplavby. Divadlo Pokrok bylo miláčkem a ochraňovaným mládětem ministra kultury a jeho úřednictva. S myšlenkou založit mladou experimentální scénu, angažovat do ní začínající umělce, dosud nedotčené manýrami a cynismem, jež, žel, tak často lze potkat v tradičně profesionálních divadlech s ustáleným repertoárem. Petr sem chodíval často, jednak z pověření své funkce na ministerstvu, jednak proto, že miloval to ovzduší, pohled na bezelstné mládí, pěstěná těla tanečnic, které už trochu znal a rád si s nimi povídal a ještě raději naslouchal těm rozkošným zobáčkům, ať štěbetaly o čemkoliv. Ten večer zašel do Kajuty a přisedl k blondýnce, jež seděla u baru a námořník Vejmelka jí naléval limonádu. Rozhovořil se temným hlasem o zdařilosti dnešního představení, o profesionální úrovni, na niž se v tak krátké době kolektiv vyšvihl, o půvabu dívek, z nichž Ester je nejpůvabnější a technicky nejvyspělejší. Vnímavá a ctižádostivá dušička se jí zachvěla jako okvětní lístek leknínu.

„Opravdu si to myslíte, soudruhu náměstku?" pravila hláskem utkaným z hedvábí.

„Petr," usmál se na ni chrupem bez poskvrnky a dodal skoro neslyšně, ale o to vřeleji: „Říkejte mi Petře, Ester, prosím." Pohladil ji prstem po hřbetu ruky, jež svírala sklenici, a dodal ještě tišeji: „Pokud to ovšem nebude na veřejnosti."

„Ano, Petře," špitla a nejraději by mu položila hlavu na rameno. Cítil to a nabídl jí, že ji odveze domů.

Od té chvíle prožívala sen, z něhož se probouzela jen na okamžik a nerada. Petr Pinkas, psala si prstem po zrcadle a jméno jí připadalo jako z romantického příběhu, jako z nějaké středověké balady, jichž znala mnoho nazpaměť. Netušila však pravý středověký význam Petrova příjmení, byla mladinká a všímala si jenom krásných věcí.

Přicházel stále častěji a odvážel ji modrou oktávií domů, těch krásných večerů a nesmělých sbližování, které se minulé noci tak romanticky naplnily. Odvezl ji na Hubertus, všechno bylo decentní, číšníci se diskrétně usmívali, znali Petra dobře, měl ve svém povolání na ministerstvu kultury spoustu společenských povinností, hodně cestoval a hostil kulturní delegace spřátelených zemí. Doby dělnických halen a pulovrů se záplatami naštěstí už minuly, Petr je nenáviděl, nastal konečně čas elegance a všeho, co s ní souvisí. Petr měl rád hezké věci a dovedl si jich vážit. Ester byla ten večer obzvlášť krásná, tančili a večeřeli (srbské ražniči a dvě láhve Cuvée des Saints Pères a banánové pyré s mandlemi, Petr si potrpěl na bezvadnou formu) a pak ji odvedl do pokoje, který taktně rezervoval den předtím. Daroval jí láhev parfému Chat Noir, miloval tu vůni a naléhal, aby jinou nepoužívala. Voněla jí i teď, polila si s ní ráno skráně i podpaží a ta vůně jako by ji unášela o dvanáct hodin zpět.

„Ester," zařízlo se jí do snu, šéfka už zase křičela vysokým hlasem a přiběhla k ní: „Levá je tady, pravá tady. Soustřeď se, prosím tě!"

A znovu raz a dva a tři a vlevo, raz a dva a tři a vpravo, nemohla se dočkat poledne, po obědě si zdřímne, aby na večerním představení podala zase dobrý výkon.

Stála s Helgou a s Karlou na scéně za staženou oponou, dole v díře (ano, v díře, žádný profesionál neřekne orchestřiště) doznívala předehra a cimbálová muzika na jevišti pozdvihla nástroje, s posledním akordem orchestru nasadila stylizovaný čardášový rytmus a opona šla nahoru. První jednání muzikálu otevřely tři sólistky, pýcha a uspokojení paní profesorky Šimkové. Utvořily kroužek a v záklonu se otáčely kolem hrdinného tenora Jána Žbána představujícího Ferdiše, hrdinu Větrů na horách. Těly a vlajícími chitóny měly dívky tvořit okvětní lístky kolem pestíku mohutného Žbánova těla, režisérovi záleželo hlavně na tom, aby jim pěkně vlály rozpuštěné vlasy a sukně, a pro zdokonalení efektu na ně pouštěli prudký proud vzduchu z větráku ukrytého v otvoru podlahy. Živý kvítek měl symbolizovat čistotu a bezúkladnost mládí, rozevlátého a hravého věku lidské nevinnosti. Dívky kroužily kolem Ferdiše po dobu šedesáti osmi taktů a na trylek klarinetisty se rozprchly do stran. Ferdiš se ocitl sám uprostřed scény a nasadil furiantskou vstupní árii dlouhým ej na vysokém cé:

Ej frajerky bílé
co že jste mně milé
kterú z vás si vybrat mám
nevím sám

Cílem divadla Pokrok byla nejen snaha připravit dorost pro tradiční profesionální divadla, a tak je omlazovat a ozdravovat, ale vychovávat i prostého diváka, tříbit a zjemňovat jeho vkus mnohde bohužel ještě narušený pozůstatky dekadentního měšťáckého umění a jazzu. Pro tento účel visel též nad jevištěm, vysoko u stropu, veliký nápis NEBOJTE SE UMĚNÍ, povzbuzující i nejprostší a nejskromnější spotřebitele nové a důsledně ozdravované kultury. Autorem sloganu byl ředitel divadla Kostrozhryz, starý a osvědčený příslušník předválečné proletářské avantgardy. Kromě funkce pedagogické mělo divadlo také funkci experimentální scény a muzikál Větry na horách experimentálně spojoval klasické a folkloristické prvky naší národní kulturní tradice. Větry na horách však bohužel byl (ach, bohužel i zde, v tomto mladém a nezkažcném prostředí) titul jako stvořený pro parafráze a pitvoření a stejně tak (ach, bohužel) i samo jméno divadla Pokrok. Hudebníci, známí smyslem pro humor hrubšího ražení, sestavili pro název muzikálu dlouhý seznam variant a tajně chystali vylosování nejlepší. (Leč takovýmto šprýmům netřeba věnovat příliš mnoho pozornosti, leda později a co možná stručně.) Oč vlastně jde v muzikálu, na jehož titul se pořádá soutěž?

Ferdiš je dobrosrdečný, avšak trochu nemotorný traktorista. Miluje všechny tři dívky a nemůže se rozhodnout, kterou by si vybral. Dívky ho pokoušejí, škádlí, žádná to s ním nemyslí vážně. Konečně se Ferdiš rozhodne, vystrojí svatbu a k obřadu se dostaví všechny tři ustrojené k nerozeznání. Ferdiš je zmaten, zoufá si, neví, která je která, dívky na něj tím více dorážejí, pohrávají si s ním, vysmívají se mu, dokud Ferdiš zahanbeně neprchne ze svatební síně. Pak se teprve rozvíří pravá vesnická veselice, přijme do svého víru i ponaučeného nemotoru a roztančenou scénu pomalu přikrývá opona. Folkloristické prvky dodávaly muzikálu lidovosti, klasické pak dosvědčovaly, jak si vážíme kulturního odkazu našich předků, z něhož umíme čerpat zdravé a správné tradice a aplikovat je na náš současný život. V tanečním projevu se též oba prvky umně prolínaly, tanečnice školené v klasickém baletu tančily čardáš na špičkách, zatímco Ferdiše obuli do dřeváků a narežírovali mu nerytmické dupání, aby tak byla podtržena jeho dobrotivá nemotornost. Sbor vesničanů v pozadí tančil skupinový tanec v choreografii čerpající z české besedy.

Ester si zkoušela, jak jí jednou půjde nový podpis, Ester Pinkasová, čmárala prstem po skle, Petr a Ester, neuvěřitelně krásná kombinace jmen, zněla jí téměř vznešeně jako Pýramos a Thisbé, musí být trpělivá, Petr nemá šťastné manželství (ne, nemá, jakkoli to zní banálně a ošuměle), jeho manželka Milena mu prostě nerozumí. „Žijeme vedle sebe, ale jsme si cizí," říkával a pomýšlel na rozvod. Není však vhodná doba, Petr má kariéru teprve před sebou, neurovnané rodinné poměry by ji mohly snadno ohrozit, musí se před soudruhy na ministerstvu přetvařovat (jistěže jen v tomto smyslu) a ještě nějaký čas setrvat v roli vyrovnaného a spořádaného představitele naší společnosti.

„Co se děje?" zeptala se Karla a Ester rychle smazala čmáry na zrcadle. Bylo to její tajemství a Karla, ač je dobrá kamarádka, o něm zatím nesmí vědět, Petr je společensky příliš angažovaný člověk a v divadle není radno se svěřovat. Petr občas přicházel do Kajuty i ve dne, jen aby ji viděl, jen aby mohl poslat úsměv, jehož význam chápou jenom oni dva, baví se i s Helgou i s Karlou, ale Ester nežárlí, drží se stranou se svým sladkým tajemstvím. Na milostná setkání o samotě si vyhradili pátky, to pro ostatní svět bývají na ministerstvu noční porady, jimž musí Petr předsedat, pro Ester jediný den v týdnu, který zaručoval, že se nebude muset vzdálit služebně z Prahy jako tak často v jiné dny.

„Nic se neděje," usmála se Ester úsměvem, který říkal, že se něco děje.

„Nekecej, to bych tě nesměla znát."

„Opravdu nic."

„Už jsi zase do někoho beznadějně udělaná, viď?" Jestliže Esteřin hlas byl upředen z hedvábí, Karlin, jako pevná pytlovina, byl utkán z konopí. „Mrkvajze už jsi pustila k vodě?"

„Dávno," mávla Ester rukou. Dávno, dávno už zapomněla na klavíristu Mrkvičku, s nímž chodila ještě před několika týdny. Zklamal ji. Nebyl zdaleka tak něžný a jemný jako Petr. Ach, s Petrem nelze nikoho srovnávat. Petr Pinkas, její jediná veliká momentální láska.

„Jakej je?" zvídala Karla. „Myslím v posteli."

„Ty seš, víš." Ester odmítla pokračovat v rozhovoru. O takových věcech se nemluví. O takových věcech se smí pouze snít.

„Dobrej?" naléhala Karla bezostyšně. Ach, Karlo! Přeju ti, abys taky potkala lásku, opravdovou, ne jenom takovou kvůli zdraví, skutečný hluboký cit. Pak tě přejdou legrácky. Láska tě zušlechtí a zjemní a uklidní.

Do dveří nakoukl bubeník Ferda Nesvadba.

„Dámy, přijímám poslední přihlášky do soutěže. Máte něco?"

„Já nehraju," řekla Ester. „Eště z toho bude průšvih."

„Neboj, Esterko, návrh můžeš podat anonymně."

Ester zavrtěla hlavou. Na sprosťárny ona není. A co jiného než sprosťárny mohou oni vymyslet.

„Helgo, máš něco?"

„Mám," zasmála se hihihi, „ale vono je to asi pitomý."

„Sem s tím."

Pošeptala mu variantu titulu Větry na horách a Nesvadba padl na židli.

„Pitomý, až je to krásný," řekl.

„Já ti řikala, že je to pitomý, já si nic nemůžu vymyslet," pravila smutně. „Mně nic vtipnýho nenapadá."

„To nevadí, Helgo, máš zase jiný přednosti," řekla Karla.

„Nadýmání na horách," pravil Nesvadba. „Pitomý, až je to krásný."

„Bude z toho průšvih, že znevažujeme divadlo," řekla Ester.

„Ano, Esterko," řekl Nesvadba. „My si neděláme legraci, my jen dotváříme, co ještě není dotvořený." Chtěl ji pohladit po tváři a Ester ho plácla.

„Di pryč, musíme se převlíkat."

„Jen se převlíkej, Ester, mně to nevadí," řekl a znovu

k ní vztáhl ruku.

„Nech si to."

„Esterko! Vždyť já tě zbožňuju! Poď se mnou v neděli, dáme si buřty s cibulí a bude nám fajn."

„Di pryč."

„Jé," vyjekla Karla, „já mám inspiraci," a vyprskla ji Nesvadbovi do ucha. Nesvadba se popadl za břicho a vyletěl ze dveří. Za chvíli se ze šatny muzikantů ozval řev a Ester se zamračila.

Karla byla ospalá a měla kocovinu. Včera vypila příliš mnoho vína a přejedla se sladkostí. Ale nemůže prostě za to. Vidí-li dorty, je k neudržení. Večer byl bezvadný. Zavezl ji na Konopiště, večeřeli v zámecké restauraci (beef Stroganoff a čtyři láhve Mommessinu a mísu šlehačkových zákusků, které snědla všechny sama, tanečnice jsou úplně nemocné na sladkosti), v hotelovém křídle zámku rezervoval pokoj, nikdo se nic neptal, vedoucí hotelu se jenom diskrétně usmíval.

„Karličko, vytoč víc nohy, musíš to cítit až do pat. Musíš mít pocit, jako by ses v dolní části trupu ce—lá—pěk—ně—roz—ví—ra—la." Profesorka předvedla cvik. „Znovu, Karličko, víc, víc, ráz dolů, zvolna, cítíš to, cítíš?"

„Ano, paní profesorko," hekla Karla a potichu dodala: „Sotva sem se zavřela, už se mám zas rozvírat."

„Hihihi," vyprskla Helga a dala si pěstičku na pusu.

„Ticho, děvčata! Cvičíme dolů, zvolna a nahoru zvolna..."

Karla vzpomínala. Jak to všechno začalo v Kajutě, seděla po představení u baru a pan Vejmelka jí naléval rum. Přisedl si k ní, usmál se chrupem bez poskvrnky, zadíval se na ni a řekl:

„Dnes bylo představení výborné, Karlo. Moc jste se mi líbila. Myslím, že jste na tom technicky skvěle."

„Fakt?" zamávala řasami.

„Fakt," neobratně ji napodobil.

„Jen jestli to vopravdu tak myslíte, soudruhu."

„Petře," špitl jí do ucha. „Říkejte mi Petře. Pokud to

ovšem nebude na veřejnosti."

„Tak jo."

V zrcadle za barovým pultem zahlédla holky. Seděly u stolu s muzikanty a naslouchaly, jak Ferda Nesvadba předčítá poslední návrhy do soutěže o nejlepší parafrázi titulu Větry na horách. Byla zvědavá, už už se k nim chtěla rozběhnout, ale Petrova ruka ji jemně zadržela.

„Nechoďte pryč, Karlo."

Nešla. Však o soutěž nepřijde. Zachytila Esteřin pohled a úsměv. Petr Ester vesele pokynul.

„Roztomilé děvče," řekl, „ještě trochu moc dětská, že?"

„Dětská?"

„No nic," mávl rukou.

Odvezl ji domů a ještě dlouho si povídali v autě zaparkovaném před Karliným domem. Pak už se scházeli pravidelně, každou středu, kdy Petr míval porady na ministerstvu, jediný den, kdy mohl bezpečně zůstat v Praze.

„Miluješ mě?" ptal se často a Karla vášnivě odpovídala „ano".

„Zatím ale musí naše láska zůstat tajemstvím," kladl jí na srdce. „V postavení náměstka ministra si nemohu dovolit, aby se to rozkřiklo. Obzvlášť v divadle, Karlo."

„Já vim, tam je děsná drbárna. Kdepak, Petře, já dovedu mlčet, když chci, hrob je proti mně ukecanej."

Objal ji. Byla roztomilá a někdy měla výrazy u roztomilých dívek poněkud neobvyklé. Věnoval jí láhev parfému Chat Noir.

„Miluji tuhle vůni," řekl, „kdykoliv jsme spolu, navoň se s ní, prosím."

Věděla, jakou paletu taková láhev stojí, a tak si ji šetřila jen pro středy. Během týdne se polévala levandulovou vůní za tři koruny z Ary. Pokud ho potkávala v divadle, nikdy nedala najevo, že se mezi nimi pne ona vzrušující šňůra tajemství.

„Hihihi," kuckala Helga, „já se snad poč..."

„Tak bude ticho, děvčata," vyjel hlas paní profesorky do řezavé výšky. „Co je to s váma dneska? Vždyť už přece nejste malé děti, abyste se hihňaly každé hlouposti."

Dívky zmlkly a zatvářily se nevinně.

"Teď si sjedeme tu část, kde Ferdiš svádí Pepičku. Esterko, do té arabesky se musíš dostat přesně na čtvrtou dobu á..."

Šest drobných skoků a na sedmý už Ester plula v dlouhé arabesce kolem paní profesorky, která suplovala Jána Žbána. "Musíš být jako květ leknínu, jako průzračný závoj mlhy... Pamatujte, děvčata, že ty tři charaktery musíte výrazově neustále rozlišovat. Pepička je ta subtilní a tvoje Anička, Karlo, s tou zas čerti šijou."

Znovu a znovu a znovu, Karle se chtělo zoufale spát, nejraději by se svalila na žíněnky a dala si dvacet.

Petr seděl v režisérské lóži a uvažoval. U stropu nad staženou oponou se křižovaly boďáky (ano, boďáky, žádný profesionál by neřekl bodové reflektory) a osvětlovaly ředitelovo geniální heslo vyzývající dělníky, rolníky a pracující inteligenci, aby se nebáli umění. Umění milovat, pomyslel si a zacukalo mu v koutcích. Jak to napsal ten Ovádus nebo jak se jmenoval. Ano, umění milovat, neboť to je jedno z nejkrásnějších.

Bylo po přestávce, opona se zvedla a na scénu vběhla Helga v roli Marušky, neposedné a usměvavé. Přitančila do Ferdišovy náruče a hrdinný tenor Žbán rozezvučel sál:

Ej co mi do Aničky
Ej co mi do Pepičky
keď mám svoju Marušenku
třepotavú holuběnku

Třepotala sněžnými pažemi, jako by plaše odlétala a zase se vracela, Ferdiš se snažil půvabného motýlka polapit, motýlek unikal, popolétal, poposedával, až složil křidélka a dal se znovu obejmout. Následovala lyrická árie. Jáno Žbán se s citem úměrným své postavě pokládal na dlouhé noty a v sále tekly slzy. V tomto okamžiku stával režisér Váša vždycky ve výkrytu a zahalen černým sametem nahlížel do hlediště a počítal, kolik diváků pláče, jaké je jejich pohlaví a věkový průměr. Dával si tak dohromady statistiku, podle níž chtěl dále zlepšovat svou estetickou koncepci. Během árie poletovala třepotavá holuběnka dál lehounkými skoky a jemným závojem pohybů podtrhávala lyričnost Žbánova hlasu. A potom malý, podařený klimax, zlom, jehož si režisér Váša obzvlášť cenil (byl to jeho nápad), nečekaný skok z lyriky do komiky, objevné prostřídání žánrů. Holuběnka tajně, za zády milostně zaníceného Ferdiše přivolá své dvě kamarádky, poradí se a roztančí kolem hrdiny divoké kolo, kličkují a unikají, škádlí ho, hrdina se snaží polapit alespoň jednu z nich, nemotorně tápe rukama a klape dřeváky, dívky mu vyklouzávají z náruče, otáčejí se rychleji a rychleji a na stop time, kdy se přetrhne proud až do nemožnosti zrychlené hudby, přetrhnou se Ferdišovi kšandy a on najednou stojí jako kůl v plotě jen v puntíkatých spodkách s kalhotami kolem kotníků. Pláč v sále se obratem změní v úlevný smích (i teď režisér Váša počítá, kolik lidí se směje hlasitě, kolik se jen usmívá, jaké je jejich pohlaví a věkový průměr), který narůstá souběžně s Ferdišovým úsilím domotat se v zajetí spadlé části oděvu někam do ústraní. Trojice dívek se obejme kolem pasu a uzavře scénu veselým *pas de trois* na rampě.

Helga stačila mrknout do lóže a poslat úsměv. Je sladká, pomyslel si Petr. Všechny tři jsou sladké a hebké, objímají se, hubičkují a netuší. V tom je to právě vzrušující: že netuší. Že jenom on sám jediný ví. Kolikrát ho napadlo, jak je tato složitá hra vlastně nebezpečná, mohly by se jedna druhé svěřit, odhalit ho jako lháře (prokrista!), jako sukničkáře (proboha!), ale je si téměř jist, že se nesvěří, že ho neodhalí. Měl je rád všechny tři, každá měla něco z ideálu ženy, o níž snívat, každá byla jinak přitažlivá, každá zamilovaná svým způsobem. „Musíš mi být věrná,“ kladl jim často na srdce, nemohl snést pomyšlení, že by se o některou měl s někým dělit, a byl přesvědčen, že mu věrné jsou a že si navzájem nic nepovědí. Ženy nejsou, jako bývají (někteří) muži, nevychloubají se úspěchy v klínech svých protějšků. Pro ženu je intimní vztah tajemstvím. Alespoň v první fázi.

Miloval ty první fáze, napětí a mnohoslibnost prvních schůzek a tajných výletů za Prahu, nikdy nepřivedl dvě různé ženy na totéž místo. Měl-li nějakou opravdu rytířskou vlastnost, pak to byla diskrétnost a ohleduplnost vůči vlastní ženě Mileně. Nikdo nemá potuchy, jak bohatý citový život on dovede žít. Vychutnával trestný čin polygamie, jejž tak promyšleně páchal, díval se na rej svých tří souložnic a usmíval se.

Byl čtvrtek, Helžin den. Odvezl ji modrou oktávií do Jílového. I tam měl známé, rezervace se snadno zařídí, je-li člověk čtvrtým náměstkem ministra kultury a potřebuje se někde ukrýt se svou malou přítelkyní. Mlčenlivost personálu se snadno koupí nebo poručí. Povečeřeli (kuře po provensálsku, starý ročník Coteaux du Tricastin a tucet sněhových koulí obalených v čokoládě a oříškové strouhance, ó tanečnice mají rády sladkosti), pokoj byl příjemně osvětlen, lože pohodlné a Helga voněla vůní Chat Noir, kterou jí daroval. (Ne že by ho ta vůně nějak zvlášť vzrušovala, měl jí někdy plný nos, Milena však jinou nepoužívala a vynikala dobrým čichem.)

Helga ležela na žíněnkách v rohu tanečního sálu a dřímala. Bylo devět hodin, paní profesorka ohlásila, že se opozdí, měly se rozcvičit samy. Ester se česala před zrcadlem a Karla si ocvakávala nehty na nohou. Na chodbě zaklapaly podpatky.

„Vstávej, už de," zatřásla Karla Helgou. Utíkaly k tyči a začaly předstírat, že jsou dávno v plné práci.

„Výborně, Helgo, jenom ještě malinko víc z kyčlí," pravila profesorka a v chůzi si odkládala kabát. „Mám z vás radost, děvčata. Kázeň a píle; to jsou základní vlastnosti umělce. Ano, dolů, zvolna, Helgo, vytoč víc nohy v kyčlích, ták, musíš to cítit až do pat, dolů, ještě níž, ještě, musíš mít pocit, jako by ses v dolní části trupu ce—lá—pěk—ně—roz—ví—ra—la. A nahoru."

Helga přestala cvičit a začala se smát do zavřené pěstičky.

„Co je?" zeptala se Karla.

„Nic," vyprskla znovu a hihotala se zas do druhé. „Já jsem si vzpomněla, cos tudle řekla."

„Co sem řekla?"

„To o tom rozvírání, hihihi."

„Hele," naklonila se k ní Karla. „S kym?"

Helga zavrtěla hlavou.

„To se neřiká."

„Ale řiká. S Nesvadbou?"

„Kdepak! To bys neuhádla a já ti to nepovim."

„Je hezkej?"

„Hm."

„A jakej je v posteli?"

„Ty seš, víš, jakej by měl bejt?"

„Ticho, děvčata," poznamenala profesorka, dnes laskavě. „Helgo, ty snad nikdy nebudeš dospělá. Co je ti, prosím tě, pořád tak k smíchu? Pojď, sjedeme si to tvé sólo z druhé půlky. Nesmíš zapomenout, že pohyb paží má připomínat motýlí křídla, to těkání, poposedávání, hledání a takovou jako veselost a hravost. Á..."

Helga třepotala znavenými pažemi, obíhala kolem paní profesorky znovu a znovu, stále to nebylo ono.

„Mysli na to, Helgo, nemůžeš těma rukama jenom cukat. Ty pohyby musí být vláčné a jakoby malinko trhavé. Vidělas někdy motýla, jak popolétá?"

„Ano, paní profesorko."

„Tak ho napodob. Á... Tak, pěkně... děvčata, teď přibíháte, vidíte Ferdiše, jak koketuje s Maruškou. Něco se ve vás zlomí, i když všecko je to jenom hra. Vy teď musíte mít výraz, jako by vás zklamala velká láska. Víte, děvčata," zasnila se, „velká láska, je-li to opravdu láska, se snadno změní, je-li oklamána, ve velikou nenávist. Tak. To by z vás mělo vyzařovat. Vezmem si to celé od začátku."

Dřela je zas až do jedné, znovu a znovu a znovu.

Soutěž byla v posledním kole. Odehrávala se potají, pouze mezi zasvěcenými, u dlouhého stolu vedle baru, kde seděla parta muzikantů, pan Vejmelka a Helga s Karlou, bez Ester. Ester o takovou zábavu nestála. Seděla sama opřená o barový pult a přemýšlela.

„Co to bude? Arakóla?" pan Vejmelka přerušil tlumené rokování a přišel jí podat láhev limonády.

„Vobsluž se sama, já musim schůzovat."

Tlačili hlavy dohromady a bubeník Ferda Nesvadba potichu předčítal pravidla hry. Ester to nezajímalo, byla naplněna láskou, nechtěla si zakalit ten slastný pocit, vždycky mají nakonec sprosté řeči. Karle to sedí, samozřejmě, ta nikdy nesmí chybět, když se někde dělá nějaká vulgární legrace. Karla je dobrá kamarádka, ale nevyrostla jako Ester v závětří smyčcového kvarteta, kde tatínek hrál na cello a pod přísným dohledem maminky. Jednou bude maminku muset postavit před skutečnost, že má hocha, jak tomu maminka říkala. Že je ženatý, o tom zatím pomlčí.

„Eulálie," vykřikl někdo od stolu a hned nato vybuchla kanonáda smíchu.

Ester usrkla limonády a zamračila se. Takové hlouposti. Každý tuhle nechutnou hru zná. Každý, kdo někdy v životě spal s větším množstvím lidí v jedné místnosti. Vždycky se najde někdo, kdo s tím začne.

„Větry na horách aneb Eulálie, Džibřid a Ruprt v šumavských hvozdech, třetí cena pan Vejmelka," vyhlásil Nesvadba fistulovým hlasem a zase výbuch smíchu. Karla upadla na pana Vejmelku a ječela.

„Já to nevydržim, já se poč..."

Jednou, ještě v prvním ročníku konzervatoře, jely společně na výlet po hradech a zámcích, spaly v noclehárně na Hluboké, šedesát dívek v jedné dlouhé ložnici, a když se zhaslo, začala se hrát tahle pubertální hra. Karla se pochopitelně přidala první. Vyráběla pusou o hřbet ruky napodobeniny odporných zvuků a smály se, až na ně přišla paní profesorka. Už tu dlouho nebudu, pomyslela si Ester a po tváři jí přelétl úsměv. Až si vezmu Petra, jistě mě dostane do Národního, a tam se bere umění vážně. A taky se tam dělá vážné umění, ne takové tanečky od Šumavy k Tatrám. S ideou. Helga se hihotala hihihi, ačkoliv ani nebylo čemu. Petr, Péťa, Petříček Pinkas, stupňovala si Ester to sladké jméno, láska je povznášející a inspiruje ke kráse. Večer budu tančit jako peříčko.

„Pokrok v divadle Rozkrok aneb Jak se Váša vyrovnal s meteorismem," řval Nesvadba. „Druhá cena: Franta Vrba, kontrabas."

Celí oni. Vrba, Nesvadba, Karlička a Helga za ní jak ocásek. Znechuceně dopila limonádu a vstala. Ještě z toho budou mít průšvih.

„Větry na horách aneb Prdy, na který sme hrdý," zastihlo ji ještě ve dveřích slavnostní vyhlášení první ceny. Karla, pochopitelně, a Ester se proti své vůli konečně usmála. Alespoň je to přesné, i když neslušné.

„Za deset minut nástup na scénu," zachraptěl amplión. Helga vyskočila.

„Ježiš, Karlo, honem, eště nejsme voblečený!"

„Nástup na scénu! Nástup na scénu!"

Karla doběhla na poslední chvíli. Opona šla nahoru a cimbálová muzika navázala na symfonický orchestr v díře. Okvětní lístky se roztočily kolem pestíku Jáno Žbána. Karla si umínila, že o muzikanty dole nezavadí ani okem. Paní profesorka by se zlobila a opakovala by, že profesionál ze sebe vždycky vydá vše, i kdyby hra, v níž vystupuje, byla sebehorší. Taky si asi o Větrech na horách myslela své. Ale zlobila by se a mrzelo by ji, že její dívky, že právě její dívky, ne, musím se ovládnout. Ani okem nezavadit o muzikanty dole.

Dotočily se, a když hudba sjela do vyčkávacího pianissima a nad jevištěm se nesl dlouhý tón flétny, ozvalo se z díry fistulkovým hláskem:

„Eulálie."

Trubky nasadily pozdě, s kiksem, a Karla zachrochtala. Jáno Žbán se vyšplhal na vysoké cé a držel ho přes třicet taktů, už mu počal docházet dech, konečně někdo skřípl na housle, přidal se cimbál a zpěvák mohl pokračovat:

Ej frajerky bílé
co že ste mně milé
kterú z vás si vybrat mám
nevím sám

Karla se nutila myslet na smutné věci, jak jí umřel dědeček, jak všichni plakali, jak je to strašně smutné, když se pouští rakev do hrobu. Malinko to pomohlo, přetančily svou část a Karle se podařilo udržet si na tváři neměnný úsměv. Zvolna, zvolna, ritenuto á dva á tři, hlavu vpravo a nedívat se do díry, zvolna, zvolna, do ztracena...

„Džibřid," zabečel jiný hlas a Helga zakopla, hihihi. Karla měla pocit, že na místě pukne, držela se, ale čím více smích potlačovala, tím více s ní cukal. Cítila, jak jí teplý proud stéká pod trikotem, ježišmarjá, ten Vrba, já to nevydržím, dědeček, honem, dědeček, rakev, pláč. Dotančily, lépe řečeno dokodrcaly se do výkrytu, spadla opona a smích najednou nikde. To je zvláštní úkaz, říkala si Karla a utíkala do šatny.

„Tohle fakt, holky, neni žádná profesionalita," rozčilovala se Ester. „Přestaňte blbnout, nebo si to odnesem."

„Ano, Esterko," pravila Karla provinile. „Já už to víckrát neudělám."

Po celou pauzu nevyšla na chodbu mezi muzikanty, jistě vymýšlejí další legrace, aby je na scéně mučili. Jestli se Petr dívá, asi se diví. Ne, bude se ovládat, nesmí zkazit představení. Převlékla si mokrý trikot a docela se uklidnila.

Druhá půle se dařila, Helga třepotala křidélky, dokonalý motýlek, i rej kolem zmateného Jána Žbána (netěšil se příliš velké politické důvěře, takže o soutěži nevěděl) utančily bez nehody, rychleji, rychleji, rej chitónů a vlasů, rychleji, stop time, přetrhla se muzika, přetrhly se kšandy a do luftpauzy zabučel hlas díry:

„Ruprt."

Konec. Exploze, všichni se smáli Ferdišovu zmatku, smála se i Ester, i když profesionálně, Karla dostala záchvat, utekla z jeviště a svíjela se v zákulisí křečí, takže zmeškala nástup na závěrečné pas de trois. Helga a Ester ho odhopsaly samy.

Z toho bude řízení, důtka, možná i výpověď. Ale Karla si nemohla pomoci. Záchvat se už nedal ovládnout. Čím víc myslela na následky, tím víc se smála, pomóc, zavolejte doktora, břicho ji bolelo, slzy smíchu oslepily, nešlo s tím nic dělat, ačkoliv se snažila představit si vlastní pohřeb.

Ten večer dopadl muzikál Větry na horách strašlivě. Diváci se divili (jak známo, divák je od diviti se, nikoli dívati se), cože to bylo za komickou operetu, Větry na horách, Cikánský baron je stejně lepší.

Režisér Váša zuřil, zatínal zuby a hotovil se dát okamžitě výpověď celému divadlu.

Na příští den svolal schůzi souboru. Musí se zjistit, kdo je původcem toho hanebného zesměšňování, a provést disciplinární řízení. Esteřina předpověď se začínala plnit.

„Půjdeme tančit?" zeptal se a pohleděl jí do snivých očí. Byla krásná, dobře oblečená (vážil si dobře oblečených žen) a milovala ho.

Objala mu šíji a on k sobě přivinul to mladé ohebné tělo, štíhlounké a přitom ne hubené. Jenom ňadra by mohla mít větší. Proč tanečnice s tak dokonalými těly nemají větší ňadra? Jednou se zeptal Karly, té vášnivé a divoké, ale zkrotitelné, jak sladce zkrotitelné, a ona roztomile odpověděla:

„Páč je máme vyskákaný."

Nyní tančil s Ester a pohrával si s láskou ve sférách, které měl nejraději.

„Miluješ mě?"

„Moc."

„Seš mi věrná?"

„Nikdy bych ti nemohla být nevěrná. Patřím jenom tobě," šeptala mu do ucha, voněla jeho parfémem značky Chat Noir a krček, jehož se dotýkal prsty, měla porostlý hebounkým chmýřím, znatelným jenom na velice jemný dotek. Celá byla heboučká a jemná a dobře vychovaná. „Já jsem s tebou tak šťastná."

Polil ho hřejivý pocit. Skutečně, člověk má druhé činit šťastnými, má se umět rozdávat bližním. A to on uměl vrchovatě. Jenom musí dbát na správné rozdělení sil, aby se příliš nevyčerpal, neunavil (minulou středu usnul, sotva se položil, a Karla ho nemohla probudit. Mrzel se sám na sebe). Je do mě opravdu strašně zamilovaná, myslel si s potěšením a k dovršení slasti Ester opakovala:

„Miluji tě, Petře, ani nevíš jak."

„Vím," pravil temným hlasem. „Vím."

Miloval tyhle hovory, nikdy mu nemohly zevšednět, miloval ty okamžiky vyznání. V takových chvílích miloval vášnivě i sám sebe.

Schůze byla ponurá a dlouhá. Režisér Váša už trochu vychladl, mluvil klidným hlasem, ale přísně a nesmlouvavě.

„Vaše kázeň klesla tak hluboko, že včerejší představení se dostalo na úroveň nejhorší šmíry. Chci vědět, kdo celou tu hanebnou situaci vyprovokoval."

V sále panovalo ticho, nikdo se neodvážil pohnout.

„Kdo, soudruzi? Kdo je za tím vším zlehčováním a zesměšňováním?"

Ozval se bzukot mouchy, která se snažila proletět zavřeným oknem a znova a znova narážela na sklo. Režisér se marně snažil vypátrat pachatele. Zeptal se tedy proč. Vysvětlení nepřicházelo. Uvědomil si, že musí být adresný.

„Helgo! Kdo a proč?"

„Já nevim," zavrtěla Helga hlavou. „Já jsem nic nepozorovala. Teda pozorovala, že je ňáká legrace, ale já nevim, vo co šlo."

„Karlo?"

Karla pokrčila rameny a poposedla.

„Já taky nevim, soudruhu režisére. Já sem se smála, jak tady Helga zakopla."

„To bylo tak strašně k smíchu, žes musela zmeškat výstup?"

„To ne," zatvářila se smutně a pomalu mávla řasami. „Mně prask trikot, soudruhu režisére, zrovna tady," a ukázala si na Venušin pahorek. „Já se bála, že z rampy to bude vidět."

„Nechápu, co je na tom k smíchu," pravil režisér.

„Já sem se nesmála, soudruhu. Já brečela, že nemůžu na scénu a zkazím představení."

Režisér pohrdavě frkl a obrátil se na třetí umělkyni. „Ester? Co ty k tomu povíš?"

Ester si prohlédla nehty pravé ruky a mlčela.

„No? Tak povídej."

„Já, soudruhu režiséře, já s tim..." zakoktala a v Karle ztuhla krev. „Já jsem se tak soustředila, že vůbec nevim, že se něco dělo."

„Pozoruhodné," pravil režisér. „Tak ty se tak soustředíš, že ani nepoznáš, když ti nepřijde partnerka na scénu?"

„To já jsem poznala, soudruhu, ale když jsem ji viděla, jak se... jak brečí ve výkrytu, tak jsem si myslela, že se jí něco stalo."

Karla si oddychla. Ať je Ester jaká chce, žalobnice není. Dovede držet basu, i když má vztek.

„Nikdo nic neví, nikdo nic nepozoroval a představení vypadalo pod psa," zařval Váša a sedl si. Vstal ředitel Kostrozhryz.

„Soudruzi, já bych chtěl říci toto: Naše divadlo může být na svůj repertoár právem hrdo. Zejména na poslední experiment s Větry na horách, který patří k tomu nejlepšímu, co naše kultura v posledních letech vůbec vytvořila. A vy, nejen že si nevážíte možností, jaké na této scéně máte, vy si dokonce dovolujete dělat švandu a tropit posměšky nejen v kuloárech, ale i na samotném jevišti." Nadechl se a přidal na hlase. „Okamžitě, tady na tom místě, chci vědět, kdo s tím vším začal!" Odmlčel se a udělal dva kroky sem, dva tam. „Dřív tuhle schůzi nerozpustím, dokud se to nedovím." Sedl si vedle Váši. Uběhlo pět minut, pak deset, pak si někdo odkašlal a všechny oči k němu vzhlédly. Nic. Ředitel se tvářil nesmiřitelně. Poslední výhrůžkou se však dopustil chyby. Schůzi rozpustit musí tak nebo onak, večer je představení, které přece v zájmu zjištění viníka neodvolá. Vinní i nevinní, všichni mlčeli a trapné ticho narůstalo.

Situaci vyřešila paní profesorka Šimková. Z půlhodinového projevu věnovala dvě třetiny nekázni, ledabylosti, lenosti a lajdáctví, vyčetla souboru i jiné nešvary, i když ty se v něm, pravila, vyskytují zřídka nebo vůbec ne, jako například opilost nebo sexuální promiskuita, a na závěr pak promyšleně zařadila vlastní zkušenost z minulosti primabaleríny a přednesla psychologickou studii určenou ředitelství o stavu reprodukčního umělce, který se po určitém počtu odehraných představení blíží hysterii:

„...a v takovém nervovém vypětí je člověk blízký pláči stejně jako smíchu, stačí nepatrný popud a propukne v jedno nebo druhé. To, co možná vypadalo jako výsměch a legrace, byl vlastně jen ventil, který měl posloužit k uvolnění nervového vypětí. Proto se přimlouvám, soudruzi, aby celá záležitost byla uzavřena v klidu, bez vyvozování důsledků, a celý soubor si z ní vzal ponaučení do budoucna."

Tanečnicím při tréninku pak s úsměvem prozradila jednu ze svých mnoha zkušeností.

„Pamatujte si, děvčata, pravý profesionál je skromný a nedá se vyvést z míry za žádných okolností. Žádné nadýmání, i kdybychom na ně měli být sebehrdější, vás nesmí snížit na úroveň amatérů."

Na zkažené představení se brzy zapomnělo. Větry na horách obdržely i tak státní cenu (za objevnost a ideovost), kolektiv divadla dostal navíc Řád práce (za vynikající interpretaci objevnosti a ideovosti) a režisér Váša se ve svých dvaatřiceti letech konečně dočkal uznání za celoživotní snahu ve formě titulu zasloužilý umělec, což mu dodalo chuti pokračovat v experimentování ještě lépe, radostněji a vynalézavěji. Nosil už v hlavě nápad na další muzikál, tentokrát z prostředí velkoměsta, hodlal v něm postavit do protikladu přežívající nešvary (žel, pohlavní promiskuita existuje i v továrnách a úřadech. Těch nevěr! Těch pitek! Kdosi mu vyprávěl o šestnáctileté jeřábnici, která si vysoko u stropu tovární haly, v kabině jeřábu, zařídila dokonalou živnost. Samozřejmě, tyto projevy nejsou pro naši společnost typické, přesto však je nutno odvážně je tepat) a to nové, co je dnes cítit na každém kroku. Měl už dokonce promyšlenou závěrečnou scénu, zobrazí v ní prvomájový průvod, roztančí celou scénu s vlajícími prapory (bude potřeba objednat alespoň čtyři silné větráky navíc), příběh bude tentokrát opravdu milostný, Ján Žbán se bude výborně hodit na roli mladého slévače, do role plánovačky Věry pravděpodobně obsadí Karlu, je taková prostá a lidová. Na titulu si dá záležet, něco, co by asociovalo ono škádlivé rčení Ať se mládí vydovádí, ale jinak, musí dbát, aby název ani v nejmenším neinspiroval k zlomyslnému zesměšňování jako Větry na horách. Kdyby byl tušil, k jak nejapnému žertování název soubor vyprovokuje, byl by se snažil přijít na jiný titul. I když Větry na horách se mu stále zamlouvalo, vyjadřovalo to takovou jako rozevlátost a volnost a přitom jakoby názvuk nebezpečí, stačí málo a nevinné rozevláté mládí podlehne přežitkům minulosti. Ne, přes hořkost, již od posledního skandálu stále pociťoval, pociťoval současně na své Větry na horách stále vzrůstající hrdost.

Ministerstvo kultury uspořádalo pro laureáty cen gigantickou recepci v sále Valdštejnského paláce, ministr přednesl krátký (asi hodinový) projev, v němž podtrhl hrdost státních činitelů na naše mladé talenty, na jejich odvahu a rozhodnost, s jakou se chopili budovatelského úsilí v oblasti kultury.

„Žijeme v době velikého přerodu a budiž čest všem těm, kdož mu pomáhají," uzavřel (mimořádně) výstižnou metaforou a pozdvihl pohár.

Ferda Nesvadba nasadil ocelový výraz a řekl Karle koutkem úst.

„Připadám si jako porodní asistentka u přerodu naší společnosti. Všímáš si, jak sem hrdej?"

Karla se začala dusit. Naštěstí spustili Píseň práce a všichni se dali do zpěvu. I Nesvadba zpíval zaníceně a falešně. Petr, jenž stál po boku své ženy Mileny, zpíval vážně, ale pianissimo. Jak ladil, věděla jenom Karla. Jednou ho celou cestu na Konopiště učila známou lidovou Ta podolská porodnice, ale zvládl pouze slova. Žena po jeho boku zpívala také, elegantní tmavá blondýna, maličko už při těle, ale pořád ještě hezká a přitažlivá. S posledními takty hymny stále více očí počalo šilhat po dlouhých stolech s velkorysým pohoštěním.

„Nemáš zbytečnej igeliťák?" zašeptal Karle do ucha

Franta Vrba, kontrabas.

„Ježiš, já zapomněla."

„Tak to nacpem do tvý tašky."

„To ne, vona by se umastila."

Spustila hudba k tanci. Franta vzal Karlu do náruče a decentně odtančili k bufetu. Pohled na velehory dortů ji odpoutal od tanečníka.

„Nejdřív si to nacpu do břicha," řekla a řítila se k talíři. „Pak budu hledat nějakej vak. Nejlepší vynález světa jsou dorty, nikdy se jich dost nenasytím."

„Aby se ti z toho neudělaly bubliny za ušima," řekl Franta. „Já jdu na párky."

Přitančila i Ester a Helga, všechny tři mlsaly a přivíraly oči slastí ze sladkosti na jazyku, patře, v žaludku. Pro tanečnice jsou nejlepší vynález světa dorty, ano, všechno ostatní přichází až dlouho potom.

Petr k nim přistoupil. Vzrušovala ho skutečnost, že je tu má všechny čtyři pohromadě a že žádná nemá tušení. Klíč k té důmyslné skládačce má jen on, každá z nich zná jen část tajenky, toho slastného tajemství, sladšího než celá mísa dortů, kterou právě pořádají. Ach, tanečnice rády sladké! Dorty představovaly na účtech z výletů vždycky nejvyšší položku. A netloustnou, to je zvláštní. Milena se drží, odpírá si, a stejně se čím dál víc zakulacuje, pomyslel si mrzutě. Škoda. Kdysi bývala taky pružná a štíhlá, s ňadry vyhovující velikosti. Škoda. Ale vlastně ani ne. Vyzval k tanci všechny tři popořadě. Ester se celá zachvěla, když jí velmi opatrně (nejdříve se nenápadně rozhlédl) zašeptal do ucha „Miluješ mě?" Helga se jen usmívala štěstím a na jeho otázku odpověděla pouze očima. Karla ho však málem přivedla do maléru, skoro zalitoval té otázky. Přitiskla se k němu celou dolní polovinou těla a neopatrně, polohlasem, s vášní pro ni tak typickou pravila: „Chci tě, divochu, teď hned tě chci!" Zatmělo se mu před očima a musel se od ní odpoutat ještě dřív, než dohrála hudba. Tančil i se svou ženou, dlouho a zamilovaně, sledoval nenápadně, zda je vidí ministr a první náměstek, pro jistotu kroky kolem jejich stolu. Musejí vidět, v jak dokonalém souladu je jeho soukromý život.

Ministr je zaznamenal a usmál se, Milena mu úsměv oplatila. Tak to má být, bez řečí a nepřesvědčivých tvrzení. Stačí jen malé gesto a zapůsobí víc než dlouhé řeči. Vyzval k tanci i manželku soudruha ministra (tlustou, že ji sotva objal) i sekretářky, a dokonce i soudružku uklízečku (je to konec konců taky člověk a Petr byl konec konců demokrat. Mimoto byla hezká. Byla to žena bývalého továrníka, ale to Petr nevěděl.).

Karla odběhla ze sálu. V předpokoji toalet pro dámy pracovala soudružka v bílém plášti. Podala jí čistý froťák a miniaturní mýdlo. V křesílku u zrcadla seděla paní Pinkasová a česala se. Poslala milý úsměv Karlinu obrazu v zrcadle a přepudrovala si nos. Docela hezká, pomyslela si Karla, všechno je tu hezký. I ten hajzl. Čistej, s kobercema a voní. Voní. Á sakra. Přešla kolem paní Pinkasové, vrátila jí úsměv a nasála vzduch. Chat Noir, blesklo jí hlavou, nasála znovu a v hlavě se jí rozsvítilo naplno. Tak takhle to je! Oblíbený parfém. Tudle! Petr nechce přinášet domů vůně, které by se třískaly s parfémem manželky Mileny. Chytrej chlapec! Rozvrat manželství na základě totálního neporozumění patrně dosud nenastal. Kdyby tahle holka žila v rozvratu, sotva by se teď na ni smála jak buclatej andělíček. Leda že je nalíznutá, ale to se obvykle spíš brečí, je-li někdo v rozvratu. Petříček je kapánek potvora. Kapánek moc asi. A z prudkého osvícení v hlavě se zrodil nápad.

Franta Vrba igeliťák zřejmě sehnal. Pod sakem měl bouli a v ní dvanáct párků a čtyři taliány.

„Co bych si nevzal svůj drobeček ze společnýho stolu blahobytu."

„Seš hamoun, mohs tam nechat něco pro mě," řekla Karla.

„Tys měla dost. Viděl sem tě moc dobře, jak se dlabeš. Každej něco pro vlast, ne?"

Něžně mu pohladila bouli pod sakem.

„Di domů, ať to dětem doneseš teplý."

Bylo před půlnocí. Váša se napil a posedla ho kuráž

ještě větší než po udělení státní ceny. Podařilo se mu přitočit se ke stolu ministra. Vyprávěl o svém novém nápadu a v očích mu plálo.

„Je to jako těhotenství, soudruhu ministře. Jako bych ten plod v sobě nosil a opatroval, dokud řádně neuzraje, a pak přijde porod, tvrdá práce, pot a krev. A možná že se rovnou zrodí dvojčata. Mám ještě jeden nápad: zkombinovat město a vesnici v jednom.“

Ministr zívl a vstal. Sál se už skoro vyprázdnil. Na talíři v bufetu seděl smutně poslední kousek oříškové rolády. Všechno bylo snědeno anebo ukryto v igeliťácích pod saky muzikantů. Karle se kousku zželelo. Ležel tam tak sám, chudinka. Nacpala si ho do pusy a sešla po měkkém koberci širokého schodiště jako dáma.

Soubor se podle neustále opakovaných nabádání režiséra Váši soustředil na představení. Část v šatnách a v zákulisí (jenom ti ovšem, kteří to brali vážně), jediný Ján Žbán se soustředil přímo na scéně, kde byla velká frekvence kulisáků a osvětlovačů. Učil se tak uzavírat okruh veřejné samoty podle Stanislavského. Větší část souboru se soustředila v Kajutě a naslouchala historkám pana Vejmelky, jež však s lidovostí muzikálu Větry na horách nesouvisely. Přitom popíjeli neškodné nápoje, protože pan Vejmelka dostal přísný zákaz nalévat alkohol, dokud neodejde poslední divák z hlediště.

„Jednou to všechno sepíšu, pánové, a uděláme z toho operu nebo balet. Esterko, ty bys mohla představovat vod hodiny tu vílu, co mě tenkrát navštívila ve snu a řekla mi, že budu slavnej. Na to sem přišel až teďko. Budu slavnej spisovatel. Co já blbec už rozdal námětů. Nejvíc Frantovi Němcovi. Já mu dodal nejmíň polovinu těch soudniček. No jo. Ale mám jich ještě plno v zásobě, který jsem nerozdal.“

Měl jich skutečně v zásobě plno, ale rozdával je na potkání. Většinu z nich si stejně vymýšlel.

„No jo, když to ale nejsou experimenty,“ řekl Ferda a napil se piva z termosky.

„To ti Bůh řek, že ne. Já na tom žhavym jádru života,

150

jak by se teďko řeklo, seděl nejmíň padesát let. Já nepotřebuju experimentovat. A že to byl život strakatej." Pan Vejmelka mávl rukou a tvářil se, jako by neměl mnoho chuti vyprávět o té strakatině. Patrně si však v hlavě teprve sesumíroval nějakou novou variantu příběhu z předměstí, která se traduje pouze ústně a je možná starší než dva Vejmelkové dohromady a vybrušuje se jako kámen v potoce, každým dalším vypravěčem o stupínek vylepšená.

"Chceš Arakólu?" zeptal se Ester. Otevřel láhev a elegantním pohybem nalil do sklenky. Ferda ji šťouchl loktem. Ester pochopila.

"Pane Vejmelka, vy jste taky někdy ten parník řídil?"

"No samosebou, ale to až sem se k tomu dopracoval. Nejdřív sem musel vod píky, žádný rovnou ke kormidlu jako dneska."

"Kolik vám bylo, když jste začínal?"

"Štrnáct, když mě vzali k vorařům. Pánové, já poznal vodu líp než vlastní matku. Tenkrát byla eště čistá. No, sem tam se v ní vobjevil chcíplej pes nebo kůň, anebo i ňáká ta nešťastnice, co ji vopustil milej, ale v zásadě ta voda byla jako lílium. Jednou ji ale Podskaláci zasvinili, mně to mohlo srdce utrhnout, já tu vodu měl rád, ale pomstili jsme ji. Voni Libeňský s Podskalákama byli furt na válečný noze. Vodjakživa. Stačilo málo a byla rvačka jedna dvě. Po nějakým tom nedorozumění, který sme my Libeňský spravedlivě vyhráli, se Podskaláci vodmlčeli. Asi tak na tejden, mohlo to bejt čtrnáct dní a my sme začali bejt neklidný. Drželi sme se v pohotovosti, ale málo platný. Jednou takhle plavíme vory kolem Vyšehradu, já se vyvaluju na sluníčku, voda nás nese, Pepík Šourků jen sem tam dloubne dno, abysme nevypadli z lajny, a u Císařský louky se to najednou přihnalo."

"Bouřka?" zeptala se Helga.

"Jo, bouřka. Krupobití, že sme málem šli ke dnu i s vorama. Lítalo mi to kolem uší, plesk na hlavu, plác do ksiftu, sehnu se, jak si chráním palici, a koukám, voni to sou koňský kobližky, některý suchý, ale některý jak čerstvý kravince, lítalo to nad náma, do nás, vory zaflákaný, voda zkalená. Popadli sme bidla a dloubeme dno jak diví, abysme už byli z dosahu. Pak teprve sme se rozhlídli. Frantovi to zacpalo uši a von propad panice, že vohluchnul, měli sme ty kobližky všude, kde si to jen můžete představit. Podskaláci je sbírali po městě celejch čtrnáct dní a sváželi si je na Cindu, měli promyšlenou stratégii a mysleli si, že sou chytrý. No, byli, páč my sme sice drželi pohotovost, ale todle nás zaskočilo."

„Kde mohli sehnat tolik koňskejch těch..." zeptala se Helga nedůvěřivě. Pan Vejmelka se rozčílil.

„Jak já mám něco sepisovat, když tadykle ta generace nic neví. To bude snad vyžadovat extra vysvětlivky pro absolutně nevzdělaný."

„Přivezli je z Chuchle," řekl kdosi. Pan Vejmelka se chytil za hlavu.

„Vy nevíte, že po Praze jezdily vozy s koňma? Pošťáci, pekaři, řezníci. To myslíte, že na to tenkrát měli Čé Es Á Dé?" zlobil se a pronikal do role hloub a hloub. Byl v podstatě herec, který se minul povoláním. Prohrábl si šediny a zatvářil se jako učitel, jenž se právě od žáčka dozvěděl, že pět a tři je patnáct.

„Ba ne, na ty pošťáky já si pamatuju," řekl Ferda. „Dycky sme naskakovali na to stupátko vzádu a kočí po nás práskal bičem."

„No prosim, konečně někdo vzdělanej," oddychl si pan Vejmelka.

„A metaři, že jo?" pokračoval Ferda snaživě. Mrkl na partu u stolu. „Voni mívali takový škrabadla na opačnym konci koštěte, že jo, a těma ty kobližky vyškrabovali mezi dlažebníma kostkama."

„Výborně!" Pan Vejmelka si dal dlouhého šluka z fajfky (nezbytné součásti role námořníka pražské paroplavby). „Dloubali ty kobližky, pak vobrátili koště, chytli ho jednou rukou za ten umazanej konec a smetli je na lopatu. Pak si takovej metař sed na kraj chodníku, vyndal chleba z novin a dal si gábl."

„Fuj," ošklíbla se Helga.

„Jakýpak fuj. To byl život, pánové. Takže vidíte, že materiálu mohli Podskaláci shromáždit, kolik chtěli. My se teda cejtili pokořený a Pepík Šourek hned rukávy vyhrnutý a dem na ně."

Pan Vejmelka vychutnal napětí, o němž se domníval, že se zmocnilo posluchačů, a pomalu pokračoval.

„Počkej, Pepiku, povídám. Svaly sem měl, ale rvát se na pěstě, to se mi nechtělo. A řek sem mu, co sem měl na mysli." Dlouze se napil vody. „Dali sme dohromady partu, asi tak patnáct mužů, vozbrojili se kleštěma a páčidlama a za noc sme jim ty jejich vory rozebrali a zase smontovali jen tak na čestný slovo. Měli je zaparkovaný na pravym břehu, bez vobav si vyspávali se svejma fuksiema anebo vychutnávali slastné vítězství v hospodě U pajdavýho telete. A druhej den šli plavit, vodpíchnou se a bác. My na to koukali z mostu. Vltava v tom místě vypadala, jako kdybyste do ní vysypali celou sušickou sirkárnu. Každý břevno zvlášť, rozpadlo se jim to na polínka."

„Nástup na scénu, nástup na scénu," zanaléhal hlas z ampliónu.

„Tak dělejte, já vám to pak dopovim. A dneska žádný vylomeniny, jednou jsme laureáti, tak do tý srágory dejte trochu noblesy."

Karla bloumala po Václavském náměstí a přemýšlela, co si dřív koupit za poslední výplatu. U výkladních skříní Jasu byl nával, lidi se strkali, aby zahlédli poslední výkřik obuvnické módy, gondoly ve všech barvách na každou nohu. Ušklíbla se a pokročila k dalšímu výkladu, který jako by ji magicky přitahoval. Patřil nikoli obchodu s obuví, dříve Baťa, nýbrž obchodu s dorty, dříve Štěrba. Zákusky, koláčky a jahodové košíčky zvítězily. Posílala si je po patře do žaludku, zneškodňovala jeden po druhém, až už nemohla. Ale musela. A při té malé cukrové orgii si vzpomněla na svůj nápad z recepce. Zaplatila za sladkosti v hodnotě nových bot a vykročila směrem k Sovětské knize, jež kromě knih sovětských autorů nabízela spřáteleným spotřebitelům samotřetí až samodesáté panenky z pomalovaného dřeva, omalovánky se strašlivými kresbami předních sovětských umělců, ušanky a kosmetiku.

Zakoupila lahvičku zaručeně trvanlivého smradu zvaného Duchy Moskvy.

Byl jejich den. Rychle se osprchovala, lehce nalíčená a těžce navoněná, a pospíchala k modré oktávii za rohem. Auto se rozjelo směrem na Konopiště. „Co to máš za divnou vůni?" zeptal se rozmrzele. Bylo to pochopitelné. Vůně voněla strašlivě. „Proč nepoužíváš ten parfém, co jsem ti dal?"

„Já už ho vypotřebovala."

„Tak proč neřekneš? Koupil bych ti jinej."

Přitulila se k němu a zamávala řasami.

„Já nechci, aby sis mě vydržoval."

„Ale jdi, ty hlupánku. Přece ti můžu dát dáreček, když mě máš ráda."

„Já vim," zakňourala co nejrozkošněji. „Ale co když pak tvoje žena příde zkrátka?"

„Karlo," zaúpěl, jako by ho udeřila do nejbolavějšího místa. „Moje manželství je v absolutním rozkladu. Po prázdninách zažádám o rozvod."

„Opravdu?" pravila spisovně. „Já jsem s tebou tak šťastná."

Přisedla si ještě blíž a vůně se těžce zdvihla rozvířeným vzduchem. Otevřel okno. Políbila mu ruku na volantě, paži, ucho. Usmál se.

„Miluješ mě?"

„Děsně. Seš nejlepší milenec, jakýho sem kdy měla."

„Ano?" zdvihl obočí. „A kolikpaks jich měla?"

„Možná patnáct, možná dvacet jedna, už ani nevím," vymýšlela si a prstem psala po paži svírající páku řízení. „Ale žádnej nebyl tak bezva jako ty."

„Jen jestli seš mi věrná."

Řasy se pohnuly dvakrát, třikrát a nevinný hlásek pomalu řekl:

„Tobě člověk musí bejt věrnej, i kdyby nechtěl." Pak sjel do altu a naléhavě zašeptal: „Chci tě."

Petra se zmocnila nepřekonatelná touha. Šlápl na plyn, auto se hnalo stovkou, riskantně předjíždělo v zatáčkách, sto dvacet, sto čtyřicet, motor řval a silnice jako by neubývalo. Karla se tiskla ještě těsněji, každý její dotek mu působil muka. Bože, jaká to bude noc! Konečně Konopiště, číšník se zasvěceným úsměvem (nejraději by dnes večeři vynechal, ale nevypadalo by to dobře hnát se hned do postele), tanec a mísa dortů, bože, proč jsou v restauracích tak předražené, a konečně noc. Kája, sladká, živelná, sladší než mísa punčových zákusků, pružná, štíhlá, všechno jí dnes vynahradí. Svlékla se, sotva vešli do pokoje, a tančila před ním nahá, viděl ji ze všech stran a ze všech úhlů, ďábelsky vzrušující. Než se mu podařilo odnést ji na postel, tělo ho zradilo. A zradu, ach bože, tu zradu nenapravilo do rána.

„To nic," utěšovala ho, „to se stává." Dřímala mu na rameni, dlouhé řasy se chvěly, příště jí to musí vynahradit dvakrát. Cítil se unaven, zklamán sám sebou. Musí si rozdělit síly ještě promyšleněji. Tolik, tolik se rozdává, že na něj pomalu nic nezbývá. Bylo mu líto sebe sama.

„Tak pa, miláčku," řekla na rohu pod divadlem a políbila ho na tvář. „Přijď někdy aspoň na chvíli do Kajuty. Já bez tebe umřu." Zpod řas se vykutálela slzička. Sáhla do kabelky pro kapesník. Lahvička s importovanou vůní vypadla na sedadlo a zátka se odkutálela.

„Ježiš," vykřikla. „To sem ale trdlo. Vono se ti to tu vylilo!"

Otevřel všechna okna a měl zlost. Nemohl však udělat scénu kvůli rozlité voňavce, jak by vypadal. Jistě to neudělala schválně. Mileně řekne, že vezl nějaké sovětské soudružky, anebo lépe soudruhy, je známo, že i důstojníci používají Duchy Moskvy, nebo jak se ten smrad nazývá. Snad brzy vyvětrá. Rozjel se rychleji, aby vzduch více vířil. Pak zastavil před parfumérií a koupil tu největší láhev Chat Noir. Polil sedadlo i sebe a vešel do brány ministerstva.

Večer se šel podívat do divadla. V Kajutě byl rámus a řehot, námořník Vejmelka citoval z nějaké knihy a chlubil se.

„Tohle má taky vode mě. Tu stóry vo tom záchodě sem mu vyprávěl já. ‚Vyběhla jak Madlenka z fáry', to je přece, jak sem mu to přesně povidal."

Předčítal ze Soudniček a v jednom kuse se dovolával spoluautorství.

„Pánové a dámy," řekl a opřel se o barový pult jako o řečnický stolek. „U nás v Libeňskym přístavu se děly věci, to se ani nedá napsat. To byste museli vidět. Těch nádhernejch hádek květnatejch. A vo nic, pánové. Jenom snad pro to představení na dvorečku nebo na pavlači."

Petr si sedl ke stolku až na konci místnosti a rozhlížel se. Mezi muzikanty zahlédl Karlu a Helgu vedle ní, poslouchaly toho otetovaného paroplavce a Helga měla otevřenou pusinku. Sladkou, náruživou, rozkošnou. Ester seděla stranou, upíjela limonádu a četla si básně. Její profil osvětlovala lucerna z parníku, jíž pan Vejmelka, kromě jiných rekvizit, Kajutu vyzdobil. Každá jiná, jinak dokonalá, přejížděl očima z jedné na druhou, všechny jsou moje, všechny tři mne milují.

„Hádaly se jak dvě posedlý roupama, kdo vylil ty šlupky do kanálu na dvoře, a jejich manželé to sledovali z oken a počítali body. Jeden za slovo sprostý, dva za rouhavý, tři za dosaváď neslyšenou nadávku, kerá to vyhraje ve prospěch rodiny a ke cti rodu. A najednou vyvrcholení, pánové a dámy, Mařka, už celá vysílená, hlas jí přeskakoval, ale musela mít poslední slovo, chytne se za boky a zaječí na celý nádvoří: ‚A víš co, Božka, ty mně polib...' a sjede rukama ke kotníkům, zvedne sukně a vystrčí na Božku úplně holou, nádhernou a kulatou, před vočima veřejnosti, pánové. Já v tu chvíli cejtil libý pokušení. A manžel ve vokně se rozchechtal a křičí: ‚Deset bodů, Máňo, tos jí to dala, chachá,' votočí se, sundá kalhoty a vystaví i svůj zadek a vystavuje ho minutu, dvě, pokušení mě vopustilo, ale Božka najednou vymrští ruku, ukáže prstem do toho vokna a řve, až se vokna třesou: ‚Vidíš, už ti lezou střeva, Franto! Dej pozor, aby se ti neutrhly!' A dvoreček se válí smíchy a Božka kráčí vítězně po pavlači, málem se klaní jak subreta v Uránii. Tuhle stóry a eště jiný už Franta nesepsal. Ale já to dám jednou dohromady a uděláme slavnej muzikál."

Karla se zas válela v záchvatu smíchu, Helga jenom

hihihi, a když řev utichl, zeptala se:

„Voni mu fakt ty střeva vylezly?" Nová kanonáda, lidi, pomóc, Helgo, ty nádivo, je to možný, já se na mou duši... Petr poposedl. Ne, tohle neměl rád. Vulgaritu, přízemní humor periférie, kdo ví, co to bylo za buržoazního dekadenta ten František Němec, ne, tohle opravdu nesnášel. Přisedl si k Ester.

„Miláčku," špitl opatrně a zkontroloval kluzkým pohybem očí okolí. „Máš mě ráda?"

„Mám," hlesl hedvábný hlásek, „ty jsi pro mě jako princ, co mě vysvobodí ze zakletí. Péťo, já už bych tak chtěla bejt v tom Národním."

Měl chuť ji políbit. Ale tady ne. Jenom se dotkl prstem ručky, svírající sklenici s limonádou, a vstal.

„Však to bude brzy. Půjdu se dnes na tebe podívat, jak tančíš."

„Nástup na scénu, nástup na scénu!"

Karla se rozběhla, Petr stál ve dveřích, proplula dlouhými, lehkými skoky kolem něj a stačila mu vtisknout nepozorovatelný polibek na ucho.

„Miláčku," špitla a rozkošně hopkala dál chodbou, na konci se zastavila, zdvihla chitón a vyšpulila tu sladkou část jako z povídky pana Vejmelky, jenomže mnohem poetičtěji. Helga kráčela pomalu, u Petra se zastavila, utáhla si tkaničky u střevíčků a vzhlédla široce položenýma očima, které vyznávaly lásku. Pohladil ji letmo po tváři (ne, nikdo to neviděl), sladkou cukrovou panenku, ach, jak jsou všechny vzrušující a každá jinak. A všechny do mne tak zamilované. Co dělat. Mám v sobě něco zvláštního, snad něco jako hudební nadání nebo bůh ví, co je to za dar. Jsem vlastně jako umělec. Ano, umění milovat, to je ten správný výraz, kdo to k šípku napsal, bude se muset zeptat topiče na ministerstvu, to je klasický filolog. A jak se umím rozdávat, ach, bože můj.

Bylo mu nesmírně dobře.

Karla seděla v šatně sama, Helga odpočívala po tréninku dole na žíněnkách. Ta holka je vždycky v pátek ráno jak mátoha, myslela si Karla, to by mě zajímalo, s kým to pořád

157

dělá takové tajnosti. Že by přece jen Nesvadba? Jede po ní už dávno, jenomže po kom on nejede, a Helga, potvora, pořád samé hihihi, jakoby nic. Proč by ale jen jednou za tejden, když se vidí v divadle denně? Přitáhla si pod nohy židli od vedlejšího stolku, ověšenou zmuchlanými částmi oděvu, něco spadlo na podlahu. Karla se líně natáhla a zvedla to. O nos jí zavadila vůně. Zamávala sukní a nasála. A opět a ještě jednou. Z tkaniny se táhla nepřekonatelná vůně, duchové Moskvy se prošli šatnou, ten zaručeně trvanlivý smrad, jejž žádný Chat Noir nikdy nemůže přetrumfnout. Odhodila sukni a na čele jí vyvstala vráska.

Když odhopsaly závěrečný taneček a rozdaly poslední úsměv unešenému publiku, rozběhla se Ester do šatny a vlítla pod sprchu první. Těšila se na něj dnes obzvlášť, snad jí řekne víc o tom Národním, schoulí se mu do náruče a usne v ní. Než doběhly Karla s Helgou, stačila se osprchovat a nanášela si jemnými doteky parfém Chat Noir na vymydlenou pokožku.

„Ešte sem,“ píchla ji Karla do zadečku.

„Nebuď protivná.“

„Hele, vod kdy používáš Chat Noir?“

Ester se zatvářila tajemně.

„Co je ti do toho?“

„Máš rande?“

„Hm.“

„S kym?“

„To bys ráda věděla.“

Esterka se usmívala. Nepoví, kdepak, nikomu se nesvěří, ani mamince, dokud se ten problém nevyřeší. Už to nebude trvat dlouho, řekl jí, brzy bude pověřen vyšší funkcí, stane se třetím náměstkem, ministr s ním v té věci už hovořil, dostane na starost Národní, a pak sbohem divadlo Pokrok, Esterka už nebude muset hopsat odzemky na špičkách a poslouchat sprosťárny v Kajutě. Petr jí pomůže umělecky vyrůst. Miláček. Drahý miláček. Už čeká. Rychle se dooblékla, urovnala líčidla na stolku a dveře za ní zapadly. Karla si kousala nehet a zůstala dlouho sedět zamyšlená u zrcadla. Pak se zdvihla a seběhla do Kajuty.

„Ruma, pane Vejmelka, dvojitýho!"

V sobotu ráno čekala v šatně s napětím a vztekem. Jestli si ale někdo myslí, že budu bulet, tak je vedle. Polkla a hlasitě se vysmrkala.

„Ty troubíš jako slon, hihihi," vyprskla Helga.

„Ty se zas hihotáš."

„Co ti přelítlo přes nos?"

„Nic."

Konečně se přihnala Ester, natřásla svlečené šaty a přehodila je přes opěradlo. Karla nasála. Víc nebylo třeba. Vstala a pomalu sešla do tanečního sálu. Trénink započal.

Přemýšlela celé dopoledne, vztek v ní kumuloval. Čím víc přemýšlela, tím to bylo horší, zatínala zuby, zabít je málo. Já ho roztrhnu vejpůl. To se mu teda povedlo! Určitě si myslí, jak je důmyslnej. Ale tak chytrá sem taky. Ale zároveň blbá, to je bohužel fakt. Řečičkama o lásce se dát vmanévrovat do lásky, do zamilovanosti, bylo mi ho líto. Páni! Já ho chtěla konejšit!

Když se všechny tři sešly v šatně, zavřela dveře a opřela se o ně.

„Dámy, mám pro vás zprávičku."

„To bude zas nějakej blbej fór, že jo?" ušklíbla se Ester, „A sprostej."

„Blbej a sprostej, strašně uhozenej, ale autor nejsem já."

„Co je to?" zahořela Helga.

„Nic originálního, ale určitě vás to bude zajímat."

„Ty teda mluvíš, Karlo. Dyk ti vůbec není rozumět."

Karla polkla. Pak se odrazila ode dveří a vytáhla zásuvku stolku. Mezi polámanými tužkami na obočí, štětečky a barvičkami ležela poloprázdná lahvička. Odzátkovala ji a obrátila dnem vzhůru. Šatnou se začali plížit zaručeně trvanliví duchové.

„Říká vám to něco, dámy?"

Ester zbledla. Pak zprůsvitněla.

Helga se jen podívala nechápavýma očima.

„Co blbneš, čoveče, teď tu bude smrad půl roku. To vůbec nejde vyvětrat." Najednou se zarazila. „Ježiš!" a přikryla si dlaní otevřenou pusinku.

„Takže jo. Takže nás soudruh náměstek votahával všechny tři. Simultánně."

„To neni pravda!" zavyla Ester a zhroutila se na stolek. Helga si kousala pěstičku a oči měla jak vykoupané v atropinu. Pak spustila moldánky.

„No vlastně," vzlykla po chvíli, „mně to bylo hned divný, co v tom autě to... zapáchá a von mi řek, že vez nějaký sovětský delegáty na nádražííí... Co budeme děláááт...?"

„To si povíme, až se vybrečíte."

„Já ho zabiju," zařvala Ester. „Já ho zabiju a sebe taky!"

„Zabít je málo," sykla Karla. „To by chtělo ucvaknout u samýho pytlíka."

Ester teď plakala tiše, ale o to usedavěji.

„Nebrečte, holky. Musíme něco vymyslet."

„Ale co?" zaplakala Helga.

„Já to napíšu jeho manželce," škytla Ester. „Napíšu jí to, aby věděla!"

„To je vono, Esterko. Ať je vo jednu pokořenou vosobu navíc."

„Tak to napíšu na ministerstvo. Ať vědi, jakej von je soudruh."

Karla jen odfrkla.

„Pinkas," ucedila opovržlivě a netušila, jak moc si tím slovem mohla ulevit, kdyby znala jeho středověký význam.

Ten večer měl pan Vejmelka co dělat. Holky se mu v Kajutě svorně zrumovaly, zlískaly se hůř než námořníci pražské paroplavby po vítězství nad Podskaláky. Polévaly jedna druhou hořkými slzami, hubičkovaly se a slibovaly pomstu nějakému podivnému zlosynovi a sobě věrnost až do hrobu. Vejmelka vrtěl hlavou. Že by podlehly módě a daly se na lesbičanství?

Zlila se, děvčátka, sežrala se jak dráteníci, takhle žádná

z nich domů nemůže. Pan Vejmelka je jednu po druhé láskyplně uložil na lavice v Kajutě a něžně přikryl zbytky staré opony, kterou našel ve skladišti.

Petr seděl v lóži a díval se na představení Větrů na horách snad už po sté. Teď přijde ten okamžik. Na scéně osamějí jeho tři kachňátka, svorně se drží kolem pasu a netuší. V dokonalé souhře pohybů, bez sebemenší známky nesouladu dotančí to půvabné *pas de trois* na rampě, odběhnou a za scénou si dají hubičku. V duchu se usmál a opět ho obléval blahý pocit. On je ten jediný, milovaný, hýčkaný v té trojité náruči mládí a svěžesti. Byla středa. Na Konopišti už čeká pokoj, jejich pokoj, jeho a Karliččin, a Petr se dnes obzvlášť těšil. Cítil se v dobré formě a náladu měl přímo skvělou. NEBOJTE SE UMĚNÍ, četl slogan nad jevištěm, nejraději by zvolal a vyzval všechny lidi NEBOJTE SE UMĚNÍ MILOVAT! Ano, napsal to Ovád, topič mu to potvrdil (řekl, samozřejmě, soudruhu náměstku, Umění milovat napsal Ovád v dvacátém století před Kristem), člověk se nesmí bát umění milovat, musí však mít dost důvtipu a kombinačních schopností a talentu, ano, talentu, bez talentu není umění. Petr byl spokojen, jeho život se ustálil v pravidelnost, po jaké toužil. V pravidelnost slastných vzrušení a opojení.

Karla byla dnes obzvlášť krásná. Jako by zjemněla, jako by ji divokou a nezkrotnou zjemňovala a oduševňovala láska k němu. Tak asi. Něžný cit člověka vždycky zušlechťuje. I u stolu se chovala nějak vybraněji, jedla střídmě a vína (zase pili Mommessin) usrkávala jako ptáče, kapku po kapce (měla pořád ještě kocovinu a z alkoholu se jí dělalo nanic), jen to sladké, bože, jak tanečnice milují sladkosti. Účet za dorty vysoko převýšil obvyklou normu. Ale ať. Poslala mu přes stůl další láskyplný pohled a vsunula si do úst šlehačkovou rakvičku snad třicátou. Stiskl jí ruku.

„Promiň, miláčku, já hned přijdu."

Konečně. (Petr chodil na toaletu raději v restauraci. Třebaže v pokoji byla koupelna oddělená stěnou, nerad jí používal jinak než k omývání. Ten zvuk, hnusný zvonivý zvuk vysílaný do porcelánové mísy se mu v přítomnosti ženy hnusil.) Sáhla do kabelky a rozhlédla se jídelnou. Stěna boxu zakrývala výhled a poskytovala páru uvnitř maximální intimitu. Číšník přišel dolít víno a hned se vzdálil. Otevřela tubu a vysypala její obsah do čerstvě dolité sklenice.

Ležela nahá na širokém bílém loži, přivírala oči rozkoší a hladila si žaludek naplněný šlehačkou. Byly tři v noci. Ležela tak už od chvíle, co vystoupili, a v poslední fázi vyběhli, po schodech do jejich útulného pokoje. Z koupelny k ní neustále, už hodiny, doléhal zvuk splachovacího zařízení, skřípěl vodovodní kohoutek, tekla voda a pak zas a znovu ten nádherný festival zvuků, pazvuků a názvuků produkovaných zuboženým zažívacím traktem. Ve čtyři si přetáhla peřinu přes hlavu a usnula jak špalek.

Po cestě do Prahy stavěli u lesa snad každých deset minut. Byl bledý a snažil se omlouvat trapnost uplynulé noci.

„Že by to víno bylo zkažené?"

„Mně se nezdálo. To přejde. Můžeš to mít taky z nervů. Seš přepracovanej."

„To je pravda," pravil rozmrzele. Tolik se na ni těšil a nakonec promarnil celou slibnou noc v koupelně a zbytečně vyhodil peníze za hotel.

„Uvař si heřmánek a dej si na břicho teplou pukličku, to pomáhá."

Zamávala řasami a políbila ho na tvář. Díval se za ní, jak hopká směrem k divadlu, a při pohledu na její nádherné nohy ho zabolelo srdce.

Do večera se mu udělalo lépe. Nejprve si myslel, že dnes zůstane doma, lehne si a vypije heřmánek, avšak pomyšlení na včerejší promarněnou noc a na to, jak by vysvětlil Mileně, že odpadla jeho pravidelná služební cesta, ho vytlačilo z domova. Vynahradí si dnes všecko i za včerejšek.

Helga se mu zdála malinko pobledlá a jakoby neklidná,

v autě poposedávala, veliké oči jí těkaly hned na silnici, hned na jeho profil, vnímal ji, měl zrak otáčivý a cvičený, mohl sledovat silnici a současně vidět její tvář.

„Je ti něco, miláčku?"

„Je, Petře. Já tě strašně miluju."

Usmál se. Cítil, jak se mu vrací ztracená nálada, v břiše měl už jak v pokojíčku, začínal se opět cítit skvěle, ve formě, ach, jak je ta Helga rozkošně přímočará. Těšil se, až dojedou do Jílového, ale k večeři si pro jistotu dá něco dietního.

Objednal si přírodní telecí, číšník otevřel láhev a nalil na ochutnání, trochu suché, ale chutné. Červené víno má dobrý vliv na funkci střev, dolil si další sklenici. Helga upíjela zvolna (stále ještě pociťovala odpor k alkoholu), víno jí nic (pili zas Coteaux du Tricastin) neříká. Dorty jsou lepší pochoutka, ach tanečnice, jako děti posedlé sladkostmi.

„Půjdeme tančit?" zeptal se.

„Třeba," hlesla a v očích měla koncentrovanou smyslnost. „Ale rači bych už byla s tebou." Vzrušilo ho to. Ještě však chvíli. Rád oddaloval ten okamžik až po nejzazší mez (s Karlou na to jednou doplatil) snesitelnosti, láhev byla ještě z poloviny plná, ponořil pohled do velkých zřítelnic Helgy, jež celá plála potlačovanou vášní.

„Ještě dopijeme, ano?" (Bylo by škoda nechat půl láhve drahého vína.)

„Ano," vydechla, zdálo se mu, poslušně.

„Promiň mi na okamžik, miláčku." (Pospíchal na pisoár, nerad používal zařízení v přítomnosti dámy, byť i přes stěnu.)

Konečně. Helga se rozhlédla po restauraci. Byla téměř prázdná, číšník stál u pódia a hovořil s muzikanty. Rychle sáhla do kabelky a vyňala tubu.

Ležela nahá na bílé posteli, přivírala oči dosud nepoznaným blahem a po tváři jí tančil úsměv. Byly tři hodiny. Od té chvíle, co kvapem vyběhli nahoru do pokoje, naslouchala. Z koupelny přicházel zvuk splachovacího zařízení, v potrubí žbluňkalo a škrundalo, tekla voda a pak zas a znovu ten uchvacující festival zvuků, pazvuků a názvuků, jež neovladatelně produkoval zubožený zažívací trakt. Helga se otočila na bok a tvrdě usnula.

Na cestě zpátky zastavovali u lesa každých pět minut. „Chudáčku," řekla, „možná že by ti pomohlo lipový thé."

„Heřmánek je lepší," vzdychl bolestně. Hnal modrou oktávii, co nejrychleji být v Praze, doma, lehnout si. Přemáhala ho slabost a pocit trapnosti. Mám to všecko jen z nervů. Jestli se mu neudělá líp, zavolá večer Ester, aby na něho nečekala. Kdyby se ten proces v břiše alespoň odehrával v tichosti. Znechucen vlastním organismem, poposedl. Prostorem auta se počali plížit duchové mnohem trvanlivější a koncentrovanější než zázrak sovětské kosmetiky. Rychle otevřel okénko.

„Tady je ňákej smrad," řekla Helga netaktně. Anebo snad zlomyslně? Pohlédl na ni a v očích viděl oddanost.

„To jsou ty pole, čerstvě pohnojený," zabrblal a v břiše mu zazpívalo. Trapné, trapné, myslel si. Situace vulgární jak z historek starého sprosťáka Vejmelky.

Když hopkala směrem k divadlu, díval se na její uchvacující zadeček a málem se rozplakal.

Ester vypadala překrásně. Noc jako by posouvala její průsvitnou krásu do neskutečna. Petr si blahopřál, že dokázal vstát a přijet pro ni, cítil se mnohem lépe, byl klidný a vyrovnaný, patrně to všecko zavinilo nervové vypětí, den, kdy má být jmenován, se blíží, ale teď je mu skvěle. Položila mu hlavinku na rameno, kučeravé vlásky jí voněly čistotou, celá byla voňavá a čistá a milovala ho. Objal jí pravou rukou útlá ramínka a těšil se, až dojedou na Hubertus. Strašlivě se těšil na její měkký klín a teplou bílou pokožku. Dnes ji uchopí zcela jinak, brutálně, zmocní se jí tak, jak dosud ještě neučinil. Možná jí i poraní tu bílou kůži, zaryje jí nehty do těla a pak, pak budou vedle sebe klidně ležet a on bude líbat ty krvavé stopy vášně.

„Miluješ mě?" zeptal se temně a naléhavě.

Ramínka, jež objímal, se zachvěla a Ester se rozplakala.

„Copak? Co se stalo?"

„Nic," vzlykla.

„Ublížil ti někdo?"

Rozvzlykala se naplno a ramínka se jí křečovitě cukala.

„Proč pláčeš?"

„Já... já tě tak strašně miluju... já prostě musím plakat, když si pomyslím, jak jsi... jaký ty seš... jak tě strašně miluju."

Přitiskl ji k sobě a usmál se. Byl spokojen.

„To je dobře, že mě miluješ."

Zvláštní děvče, pomyslel si. Pláče štěstím, pláče láskou. Přepadla ho prudká touha drtit ji v náručí.

„Půjdeme na večeři?" zeptal se a doufal, že řekne ne. (Upřímně řečeno, finanční fondy klesly do roviny pasiv a dieta by mu konec konců neuškodila.)

„Ano," vzhlédla k němu prosebně. „A budeme tančit."

Tančili. Orchestr hrál tiše, diskrétně, měl to tu rád, nenáviděl hlučné místnosti, kde pro hudbu není slyšet vlastního slova. Tančila lehounce, jako by snad ani nechodila po zemi. Večeřeli telecí medailónky (dával pozor na dietu) a láhev Cuvée des Saints Pres (červené víno jenom prospěje), připíjeli si na šťastnou budoucnost, ale tím ji jen znovu dojal. Je citlivá jako pavučinka, láska někdy hraničí s nervovým zhroucením, bude k ní hodný a ohleduplný, ale až pak, až po tom, co ji rozdrtí a zraní do krve. Seděli v intimně osvětleném rohu pro dva.

„Promiň mi na okamžik, Ester, prosím." (Čas se chýlil, bylo třeba odzvonit na pánském záchodku v přízemí.) Kývla hlavičkou a podívala se na něj očima utopenýma v slzách. Bože, bože, pomyslel si, umění milovat, umění být milován.

Restaurace byla plná, číšníci obsluhovali rychle, Ester se rozhlédla a zajela rukou do kabelky. Sevřela tubu a ruka se jí zachvěla. Zastínila sklenici tělem a vysypala do ní obsah tuby. Nemohla přemoci náhlý záchvat pláče, který ji zaskočil. Slzy jí kapaly do vlastního poháru a Petra, který se vracel, viděla jen jako rozmazaný obrys ztracené naděje.

Vedl ji nahoru do pokoje, rukou svíral rozechvělá ramínka a ladil si tvář do brutálního výrazu. Ani nerozsvítil. Znal ten pokoj popaměti, jejich pokoj, co krásných chvil v něm prožili, rychle ze sebe strhal šaty hned v předsíni a vztáhl po ní ruce.

„Ester," zašeptal naléhavě a zatápal ve tmě. „Kde jsi, miláčku?"

Ticho. Slyšel jen vlastní vzrušený dech. „Esterko." Šmátral popaměti dovnitř pokoje, k posteli, a narazil na stůl. Šeredně se udeřil. Nahmatal lampu a rozsvítil.

Postel stála na opačné straně pokoje a v ní ležela tři nahá těla. Ester, Karla, Helga. Dívaly se na něj a mlčely.

„Co... co to má znamenat," zakoktal v překvapení a dlaněmi si přikryl obnažený podbřišek. „Vy ste... vy ste se domluvily..."

„Ano, Petře," pravil hedvábný hlas. „Láska nás prozradila a pak spojila."

„Pojď," pravila Karla horečně a pohladila si ňadra. „Bude to hezký ve čtyřech."

„Pojď," následovala ji Helga. „My na sebe nežárlíme. My sme kamarádky a máme se rádi. Tebe máme taky rádi."

Díval se, zíral, nevěřil. Bože. Tolik krásy najednou. Jako by ta tři těla tvořila jedno dokonalé. Ještě chvíli tonul v rozpacích, váhal, mám nemám, tohle ještě nikdy nezkusil, příliš mnoho svědků, napadlo ho mlhavě, tři ženy najednou v jednom jediném loži a všechny tři překypující láskou, hlubokým citem k němu jedinému, nadechl se, odmrštil rozpaky a rozpřáhl náruč.

„Ach, UMĚNÍ MILOVAT!" zvolal šťastně a vykročil k posteli.

V břiše mu zlověstně zakručelo a střeva se dala do pohybu. Svěsil ruce a rozběhl se do koupelny.

Všechny tři ležely nahé na široké bílé posteli, oči široce rozevřené, a naslouchaly. Z koupelny sem doléhal zvuk splachovacího zařízení, tekla voda a pak znovu ten nádherný, uchvacující festival zvuků a pazvuků a názvuků, jež produkovalo zažívací ústrojí zničené trojí silnou dávkou.

Petr seděl na záchodě a zoufal.

V krátkých pomlkách, kdy už už myslel, že je zase dobře, slyšel z pokoje vzlyky. To pláče Ester, je jí ho líto. Znovu se zaposlouchal.

„Hihihi," smála se Helga, Karla chrochtala a mlátila sebou. Smála se i Ester a Petr pochopil.

Sotva se mu maličko ulevilo, vykradl se z koupelny, naházel na sebe šaty a prchal k autu na parkovišti. Přemáhal ho hněv, zklamání, hnus. Hnus a odpor k vlastnímu tělu, zatínal zuby, v břiše mu hřmělo, šlapal na plyn, hnal se noční silnicí ku Praze, zatáčky smykem, na čele pot, bože můj. Jsou to bytosti bez morálky, co se dá taky očekávat od tanečnic z Pokroku, hopsandy, rozhoďnožky, nemravy. A těch dortů a zákusků na jeho účet, těch lahví Chat Noir... Hnal oktávii jak zběsilý, honem, honem, než přijde další záchvat, domů, k Mileně, ta jediná mu vlastně rozumí, uvaří mu heřmánek, dá obklad. Mohl by je žalovat pro těžké ublížení na zdraví, však se postará, aby z divadla vyletěly všechny tři a hned. Promluví s ministrem o morálním profilu celé té podařené scény, jen rychle domů, domů. V břiše mu vařilo, Milena, rychle, kde je Milena, ta jediná věrná a pořádná žena, patří jenom jemu, už ji nebude podvádět, dnešní služební cesta byla poslední, těšil se na Milenu jako malý chlapec na matčinu náruč, složí jí hlavu do klína a zapomene. V útrobách se mu rozpoutalo peklo. Už jen kousek, už jen pár kilometrů, uháněl městem zakázanou rychlostí, kola v zatáčkách kvičela a ječela, motor řval, nebylo kde zastavit, ulice tiché a hospody zavřené, jen aby mě teď nestopli policajti, to bych nevydržel, ještě dva bloky, ještě jeden, konečně. Zarazil před domem, zhasil světla, zabouchl dvířka a rozběhl se po schodech do čtvrtého patra. Ještě dvě, ještě jedno a na každém schodu číhalo nebezpečí. Nadeběhne si do koupelny ložnicí, přes obývák je to dál, honem, panebože, už aby tam byl.

Bleskurychle odemkl, v poklusu odhodil kabát a klobouk na podlahu dlouhé předsíně, dorazil ke dveřím ložnice a prudce je otevřel.

Na prahu se zastavil.

Pozdě!

Cítil, jak už to dál nemá smysl. Dál už nemůže ani krok.

Tělo ho zradilo!

Stál ve dveřích a vytřeštěně zíral do místnosti.

V křesle pod lampou, hned vedle vchodu do koupelny seděl soudruh ministr.

Měl na sobě pouze prsten a v ruce hořící cigaretu.

LA STRADA

Jeli jsme asi tak čtyřicítkou po benešovské silnici a vedli jsme všelijaké duchaplné řeči a bylo nám k smíchu skoro všecko, protože bylo prima jarní počasí a před námi volný den a vyžehlená asfaltka jako do nekonečna rozkutálený běhoun.

Otevřenými okénky profukoval vítr, nadouval mi sukni, vyhazoval mi na ni smetí z popelníku a ničil mi pracný účes. To mi dost vadilo, že mě průvan cuchá, protože moje vlasy, to není jen tak hrábnout hřebenem. Vzala jsem si dneska prvně letní šaty s výstřihem a litovala jsem, že nejsem opálená. Všechny moje známé už měly svůj každojarní nahnědlý základ, který si pěstovaly a zdokonalovaly úmorným ležením na slunci. Mně se jedině stačily vylíhnout pihy. Snažila jsem se je zamalovat mejkapem, ale bylo to, myslím, houby platné. Já mám totiž takovou kůži, co vůbec nikdy nebude hnědá, ani kdybych se odstěhovala na rovník. Při nejlepším zarudne do tmavočervena, taktní lidi tomu říkají bronz, a ten sražený pigment pak skoro zčerná. Kdybych byla celá taková jako jedna piha na mém těle, byla bych vlastně černoška s blond vlasama. Někdy si představuju, že v Africe třeba pobíhá černoška s blond pihama a říká si to, co já, jenomže naopak. Že by byla běloška, kdyby byla celá jako ty pihy. To by mohl být docela zajímavý úkaz.

Ale to jsou takové dětské úvahy, které člověka napadají

169

obzvláště zjara, když mu záleží na tom, aby dobře vyhlížel, protože momentálně sedí vedle někoho, komu se chce převelice líbit. Takovéhle a podobné nápady má každá holka, aspoň ty moje známé přijdou každou chvíli s něčím takovým. Některá chce mít menší nos nebo laní obočí a jiné by stačilo mít rovné nohy nebo smyslné rty. Já si vždycky představuju, jak bysme asi vypadaly, kdyby se nám ta přání splnila. Určitě by z toho vznikla nějaká nová duševní choroba a po světě by běhalo nespočetné množství Bardotek, takže by to bylo spíš neštěstí. Nakonec si vždycky řeknu — je to beztak to jediné, co si může v takové situaci člověk říct — řeknu si, že je to vlastně jedno, jak vypadám, hlavně že nekulhám nebo něco horšího.

Tak jsme jeli a já mezi řečí myslela na ty svoje pihy a pořád jsem si uhlazovala vlasy, jak mi lítaly každý jinam v tom vichru, až mě bolela ruka, a na nás ubohé ženy, že nikdy nevypadáme zrovna tak, jak bychom si to představovaly.

Řekla jsem mezi řečí, poněvadž jsme si povídali tak trochu heslovitě a museli jsme křičet a opakovat slova dvakrát nebo třikrát, protože motor hekal, vrzal a rachotil a házelo to s námi sem a tam, až jsme do sebe vráželi.

Zapomněla jsem poznamenat, že to auto vlastně ani není auto, nýbrž parodie na auto. Karel ho koupil děsně lacino v Mototechně a je na něj tak domýšlivý a háklivý, že to je až neuvěřitelné. Ve skutečnosti to je vysloužilá chudinka z dob, kdy naše babička byla teprve miminko. Od toho dne, co tenhle auťák Karel vlastní, tráví svůj život tím, že pod ním leží. Pak taky trochu jezdí a někdy mě bere s sebou. Dneska to byla asi tak druhá nebo třetí naše vyjížďka na delší vzdálenost. Ta poslední dopadla katastrofálně. Aspoň pro mě to byla katastrofa. Vyjeli jsme si na Karlštejn, a nejen že bylo ještě moc chladno a já se tetelila v jarním kostýmu, jak do auta fičelo, ale na cestě zpátky nám ještě vypadla rychlostní skříň nebo nějaká taková součástka a já musela tlačit až do Prahy. Karel nadával, a pochopitelně většinou mně, protože jsem byla jediná po ruce. Nakonec jsem se urazila a asi tak tři dny jsem doma po večerech brečela,

170

poněvadž jsem si myslela, že je všemu konec. Ale jinak s ním jezdím ráda, za jedno proto, že jsem vůbec ráda s Karlem pohromadě, a za druhé proto, že mě baví dívat se, jak se Pražani rozveselujou, když kolem nich frčíme. To je senzace pozorovat lidi, když mezi nablejskanými oktáviemi a tatrami vidějí nás. A nejvíc se mi líbí, když se s Karlem bezvadně vyfikneme a v rukavičkách to zaparkujeme někde před nóbl hotelem a vystoupíme, jako by se nechumelilo. Jenomže to jako by se nechumelilo jenom tak děláme. Já osobně jsem při tom dost na jehlách a mám co dělat, abych vypadala, že ignoruju poznámky kolemjdoucích. To je jedinečné, jak jsou někteří lidi vtipní. Vůbec se necítím uražená, když si na to naše vozidlo vymýšlejí všelijaká označení. Obzvlášť když je to něco originálního. Většinou ale říkají pekáč, koráb, třasořitka, kam s tím bujkem a tak podobně, a v tom není žádná fantazie, protože pekáč se prakticky říká všemu, co jezdí po silnici. Já tomu říkám parodie a to Karel nesmí vědět. Pro něj je to auťák, někdy i vůz jako každý jiný, možná o něco lepší.

Tak jsme pádili po té benešovské silnici a mluvili jsme stručně, ale mělo to hluboký smysl. My si nikdy nesmysly nepovídáme. Nikdy se nebavíme, jen aby řeč nestála. Když si zrovna nemáme co povídat, tak si nic nepovídáme a každý si myslíme na svoje problémy. Jako já zrovna na ten problém s pihama a s tím, jak to mají ženy složité, když se chtějí někomu šíleně líbit. Ono to teď možná trochu vypadá, že pořád myslím jenom na to líbení a na šaty a na mejkap, ale někdy myslím taky na jiné věci, i když by se to zprvopočátku nezdálo. Jenomže moje vzezření je přece jenom důležité. Za jedno mi totiž neskonale záleží na Karlovi a za druhé jsem tanečnice v divadle Pokrok, a tak se musím snažit vypadat dobře ,nejen na jevišti, ale i v civilu', jak prohlašuje dennodenně naše šéfka baletu, ,aby lidi neříkali, že jste cuchty našminkované, no jo, samozřejmě, tanečnice od divadla'. Když jsem tuhle přišla ostříhaná a čerstvě učesaná od holiče a myslela jsem si, bůhvíjak mi to nesluší, šéfka mi řekla, že jsem jako dráteník, vynadala mi a vyhodila mě ze sálu, že se na mě nemůže koukat a ať prý přijdu, až budu zase vypadat slušně. To, že mě vyhodila, mi nějak moc nevadilo, aspoň jsem se mohla procházet v Domě módy, ale ztratila jsem jistotu a bála jsem se ukázat Karlovi.

Karel je v tom našem divadle v orchestru a hraje na všechny možné bicí nástroje. Donedávna mi vůbec nezáleželo na tom, jestli se mu líbím nebo ne, jelikož jsme byli kamarádi a dívali jsme se na sebe úplně jinak než teďka. Pak mi jednou pomohl v šatně do kabátu, vzal mě zezadu oběma rukama za krk a měl tak něžné a teplé dlaně, že mi to projelo celým tělem až do pat. Usmála jsem se na něj, on se usmál taky a díval se za mnou, jak jdu domů. A od té chvíle si dávám záležet na řeči a při jídle a na šatech a právě v té době jsem se dala taky ostříhat.

Tohle všecko se mi motalo v hlavě při té jízdě na Benešov a v jednom kuse jsem si říkala, jak je to zvláštní, že tu tak vedle sebe sedíme, jak je to zvláštní, že jsem do něj zamilovaná a on možná do mě, jak je to prostě všecko zvláštní.

Protože, abych řekla pravdu, mě trápí věčně strach, že se rozejdeme, totiž že se Karel se mnou rozejde jako se všema těma holkama přede mnou, že se nedá ani trochu předvídat, kdy ho chytne jeho rozcházecí nálada. Takže když jsem s ním, všecko mi připadá spíš jako sen a já se ho musím dotýkat a dívat se na něj, jestli ještě nevybledn

ul.

Nejradši mám, když spolu jedeme a Karel se soustředí na silnici a nemůže se dívat na mě, jak ho ze strany pozoruju. Asi to přece trošku cítí, že ho pozoruju, ale dělá, že to necítí, a mně se zdá takový hrdinský, jak elegantně řídí a nehne brvou. Že by byl zrovna typem filmového hrdiny, to se říct nedá. Jenomže mně se zdá hezký. Vypadá trochu jako ježek, s tím svým vyšisovaným trávníkem na hlavě a zašpičatělým frňákem. Pusu má poněkud habsburskou a většinou se tváří vzdorovitě, i když se chce tvářit jinak. Je to prostě obyčejný hoch, ale já jsem do něj neobyčejně zcvoklá.

Dívala jsem se na něj a zkoumala jsem zrovna, co se mi na něm zdá hezkého, a protože jsem momentálně měla jistotu, že je vedle mě, tak jsem se v myšlenkách trochu rouhala a říkala jsem si, co vlastně na něm mám a jestli to stojí za to trápení, které mě sužuje, když momentálně vedle mě není. Právě jsem si v duchu přiznala, že to za to trápení asi stojí, když se mě zeptal:

„Na co myslíš?"

„Na tebe," odpověděla jsem bleskurychle. To máme spolu takovou nevyhlášenou hru. Když se odpoví okamžitě, tak je odpověď pravdivá, protože není čas si vymyslet něco jiného. Nikdy se nesmí říct, že se myslí na něco, co se nedá povědět nahlas. A já už jsem tak vytrénovaná, že když myslím na něco, co bych mu zrovna dvakrát ráda neřekla, tak mám po ruce asi tak dva triky. Buď řeknu ‚na tebe‘, což je většinou pravda, i když ne úplná, nebo řeknu nějakou nezávislou volovinku, na kterou je pravděpodobné, že myslím. Tak jsem zase řekla ‚na tebe‘ a on se spokojil a za chvíli řekl:

„Máš mě ráda?"

To se taky ptá věčně. Vždycky odpovím ‚mám, Karle‘, nebo ‚moc‘ nebo jenom ‚ano‘, a hned vymýšlím další možnosti, abych to příště řekla zase trochu jinak. Teď jsem odpověděla ‚ano, Kadle‘, aby to nevypadalo moc pompézně.

„A budeš mě mít pořád?" ptá se dál, jako kdyby to ‚Kadle‘ vůbec nebylo legrační.

„Budu."

„Ty chceš?"

„To víš, že chci."

„A víš to určitě?"

„Vím."

Zvážněla jsem. Někdy se mi zdá, že mi tyhle otázky dává mechanicky. Tohle všecko určitě říkal všem holkám přede mnou. A teď se baví, jakým stylem odpovídám já. Mě by nikdy nenapadlo takhle se ptát. V tom se přece dá tak kecat. To přece musí člověk vycítit. Někdy si myslím, že jsem to vycítila, a někdy zase o tom pochybuju a pak jsem smutná a s nikým nemluvím, a když, tak leda ironicky.

„Karle," řekla jsem za chvíli, „nevadí ti, že mám pihy?"

„Ty blázínku," zasmál se a pohladil mi koleno. „Já tě mám rád se vším všudy. I kdybys třeba neměla ucho."

„Jo, jo," zapochybovala jsem jako v legraci a dala jsem mu pusu na tvář. Vůbec se nepohnul a řídil dál, najednou jako by neslyšel, co povídám, jako by tím chtěl říct, že všeho je ‚vocaď pocaď', trošku přidal plyn, takže jsme teď jeli asi padesátkou. Auto o něco víc nadskakovalo a hrkalo a průvan mě už rozcuchal tolik, že jsem rezignovala. Stejně se už neučešu. Vystrčila jsem hlavu z okýnka, zavřela jsem oči a nechala jsem vítr, ať si dělá, co chce. Byla jsem blažená, že jsem s Karlem, že jedeme někam, že je jaro a že existuje někdo tak senzační, jako je on. S těma zavřenýma očima jsem si představovala, že jedeme po dálnici k moři na nějakou opuštěnou pláž, a viděla jsem naše siluety v plavkách na pozadí nedohledné vody, prostě jako ve filmu, šerosvit nebo jak se tomu říká, úplně samotná dvojice srostlá boky k sobě, zírající na moře a zapadající slunce a...

„Ať ti to neucvrnkne nos," probudil mě Karel.

Vtáhla jsem hlavu dovnitř.

„Dyk je to jedno, stejně bys mě miloval, ne?"

Přitáhl mou hlavu k sobě a políbil mě na spánek. Jenom tak letmo a přitom pořád koukal na silnici.

„Mohli bysme zůstat v Benešově přes noc," řekla jsem mazlivě.

„Ty chceš se mnou spát?" Dělal, že ho to udivuje.

„Chci."

„A nemáš mě náhodou ráda jen kvůli tomu?"

To by mě rozesmálo. Kdybych to řekla já, ale on si to tady klidně převrátí, jako nic.

„Kvůli tomu taky, ale ne jenom. Je na tom snad něco nepřirozenýho?"

„No jen aby..."

„Karle, vždyť to přece patří k věci," řekla jsem moudře. „Nebo snad chceš se mnou chodit platonicky?"

„Cože?"

„Platonicky! Myslím jako bez toho spaní."

„No to ne, ale mám tě rád taky pro něco jinýho."

„Pro co jinýho?" zeptala jsem se. „Dyk ani nejsem hezká, ani extra chytrá, ani..." brblala jsem s nadějí, že mi to bude vyvracet.

174

„Hele, nemudruj. Krásná zrovna nejsi, to víš sama, ale něco na tobě asi mám, pro co se mi líbíš."

„A co na mně máš?" vyzvídala jsem dál. Trošku mě naštvalo, že mě nepřesvědčuje. Taky by mi někdy mohl říct, že jsem hezká, nebo aspoň že mám něco hezkého. Aspoň to by mi mohl někdy říct. Ale neřekne mi to nikdy. Ani když mi něco mimořádně sluší.

„To ti nepovím, protože nevím, v čem to je. A neptej se na takový hlouposti. Jenom si uvědom," říkal až příliš důrazně, „jenom si uvědom, že nechci, abys se mnou chtěla bejt jen kvůli tomu spaní."

„Karle," vzdychla jsem. Co se na tohle dá odpovědět! Copak mu můžu vykládat, jak trpím, když na mě zrovna nemá čas, jak si hned představuju, že je konec, a připravuju se to hrdinně přijmout? To by určitě nemohl pochopit, že tahle láska je pro mě víc strast než radost, protože se pořád tetelím tou pitomou nejistotou, až mi to bere všecku náladu. Kolikrát si myslím, že jsem sobecká, když ho chci mít pořád jenom pro sebe, ale za to člověk přece nemůže. Když jsem u něj, tak mám takovou představu, že se musím do něj schovat. Stočit se do klubíčka a být v něm schovaná před světem. Asi tak, jako se schovává klokaní mládě v té kapse, co má klokanice na břiše. Tak asi. Ale jestli on mě chce schovat, to nevím. To nemám jistotu. V tom jakživa nemám jistotu.

„Co Karle?" zastavil. „Vždycky když nevíš kudy kam, tak vzdycháš Karle," posmíval se mi. „Pojď se trochu projít, je tady hezkej les."

Byl tam opravdu hezký les. A tak blízko u Prahy. Karel přeskočil příkop u silnice a já za ním v podpatečkách, vratká a slečinkovská, vůbec se nehodící do tohohle plenéru. Moje deseticentimetrové jehly se zabodávaly do měkké země a loňské listí se na ně napichovalo jako papírky na hůl metařovi ze Stromovky. A Karel jako naschvál, jako kdyby věděl, že v tom nemůžu dobře chodit, šel zrovna v tom nejměkčím sajrajtu. Vůbec se za mnou neohlíd, šel s rukama v kapsách a s rozparkem na saku. Pískal si ‚Come prima', klátil se mezi stromy a já snad neexistovala. Já jsem tady v tom lese byla naprosto zbytečná. Klopýtala jsem za ním a začla jsem si hrát na chudinku. Dělala jsem si k tomu ukřivděné grimasy. Kousala jsem se zevnitř do tváře, jako když jsem byla malá holka a naše Vlasta mě terorizovala. Schválně jsem se loudala. Každých deset kroků jsem stahovala z podpadků napíchané listí a dostávala jsem vztek. Ať si jde, ať se mu ztratím. Šaty se mi zachytávaly o suché větvičky. Když mi ujede, tak pojedu stopem do Prahy, nó. A vykašlu se na něj, nó. Bude aspoň pokoj. Karel mi už zmizel někde v roští. Slyšela jsem jenom jeho věčné ,Come prima' a sem tam ještě zašustělo listí. A vůbec se nepodíval, jak jsem daleko. A vůbec mě nevolá. Tak si jdi.

Zvedla jsem si širokou sukni a sedla si na zem. Ať nastydnu, to je fuk. Cítila jsem, jak mě vlhká půda studí do zadku. Ať nastydnu, ať jsem nemocná, jenom jsem zvědavá, kdo mě bude navštěvovat. Hm, to by mohlo být docela prima, kdybych byla nemocná a Karel mi nosil bonbóny. To by nemuselo být špatné, vymýšlela jsem si. Hernajs, aspoň kdybych měla cigaretu. Dala jsem si kolena pod bradu a klacíčkem jsem šťourala do díry v zemi a broukala jsem si ,Podivej se, miláčku, pro měs névyrost...' V hromádce lesního smetí kousek ode mě se ozvalo zběsilé šustění a funění. Strnula jsem. Pak se vyvalila ostnatá koule a šinula si to rovnou k mé noze. Ježek. Čmuchal a rýpal prasečím čumáčkem do všeho kolem. Vy jste si teda podobný, myslela jsem si. Jenomže s tebou tady bych se možná spíš dorozuměla. Měla bych ho chytit a dát Karlovi prezent. Místo zrcadla!... Ježek se odkutálel a bylo zase ticho. Už nebylo slyšet ani to pitomé ,Come prima'. Ani trošku. Ani žádný šramot. Seděla jsem jak pecka a měla jsem pocit, že nádherně trucuju. Ajci, ajci, jak v mateřské školce. A přitom jsem věděla, že je to pitomé. Že je to teda vrcholně pitomé. Měla bych houknout, kde je. Ále, odpověděla školka.

„Věro!" slyšela jsem dost dobře. „Tady je ježek!"

„Tak ať," špitla jsem. „Dobře si ho prohlídni, bráchu... a s tou svou rachotinou si můžeš odfrčet... a nezmačkej si sáčko," a schválně jsem se neozvala.

„Věro, kde seš?"

„Nikde," pomyslela jsem si. „Spinkej si v Benešově sám."

Zase se ozvalo ‚Come prima' a pak už nic.

Ještě jsem tam chvilku seděla a poslouchala jsem, jestli neuslyším Karla startovat. Bylo ticho.

Vyšla jsem z lesa o kus dál, než jsme zastavili. Auto stálo na místě a v něm Karel s nohama na volantu klidně pokuřoval. Líně se zvedl a otevřel dvířka.

„Nazdar," řekla jsem jakoby nic. „Dej mi cigaretu."

Zapálil mi a řekl:

„Tady je to docela hezkej lesejk."

„No, to je," řekla jsem lhostejně a vyfoukla jsem kouř.

„Nebála ses?"

„Čeho?"

„No, kdyžs byla tak sama."

„Já jsem docela ráda sama."

„Ale?" podivil se.

„Klidně. Mně to vůbec nedělá potíže, bejt sama," říkala jsem ledabyle.

„Nestudí tě zadeček?"

„Od čeho?"

„No, jaks tam seděla celá zamyšlená."

Tak on mě viděl, že tam dřepím.

„Nestudí."

„O čem jsi tak přemýšlela?"

„Vymýšlela jsem si filmovej scénář," ušklíbla jsem se. „Napíšu to a vydělám spoustu prachů," rozvedla jsem nápad.

„Co mi koupíš?"

„Koupím si fiata."

„Svezeš mě?" chechtal se.

„Zavezu tě do lesa a nabídnu tě vlkům."

„Ty jsi zlá."

„Nejsem. Ty jsi zlej."

Chvíli jsme mlčeli.

„Ty jsi moje malá, viď?" řekl, jako kdybych vážně byla z mateřské školky.

„Nemáš mě rád."

177

„Mám. Mám tě nejrači ze všech a seš moje nejhezčí."
„Jo, jo, jo," zadívala jsem se mu do očí. Obejmul mě.
Položila jsem mu hlavu na prsa a nechala jsem se hladit.
„Seš moje malá," říkal konejšivě. „Seš můj malej Pytlík.
A musíš mi bejt věrná. A nesmíš trucovat. Já tě mám vážně
moc rád..."
Neříkala jsem nic. Bylo mi vrcholně blaze, a to se nedá
něco říkat. Ani mě nenapadlo mu vyčítat, že mě nechal
v tom lese. Za tenhle okamžik to stálo. On už je prostě
takový náladový a s tím se nedá nic dělat. Teď právě to byla
ta chvíle, kdy jsem si napevno myslela, že mě má rád a že ho
mám pro sebe. Třeba je teď tak něžný proto, že byl před
chvílí tak klackovský, má výčitku svědomí, že si mě v tom
lese nevšímal. Že to s tím pózováním přehnal. Ale třeba
nepózoval. Třeba na mě momentálně neměl náladu. Ale jo.
Pózoval! To by si tak v jednom kuse nepískal s rukama
v kapsách. Nebo ne? Já nevím. Panebože, kdybych věděla
na beton, že mu na mně záleží! Kdybych to mohla vědět
úplně na beton! Teď bych si to mohla myslet, ale za chvilku,
až zase bude koukat přes volant na silnici, co můžu vědět.
Co můžu vědět, že se mu rojí v hlavě. To je největší lidská
vymoženost, že člověku nikdo nevidí pod lebeční kost. Že
si může myslet, co chce, ty nejneuvěřitelnější věci, a nikdo
jiný o tom neví. Někdy je to prima, ale někdy bych si přála,
aby to nebylo, aspoň ne mezi milencema. Aby taky Karel
viděl, co se v hlavě líhne mně. Co je to za strachy a pochyb-
nosti. Aby taky viděl, že to, co říkám, je většinou pravda,
pokud se to ovšem týká jeho, a aby taky viděl to, co mu
neříkám, co se mu bojím říct, abych ho neotrávila.
Rozjeli jsme se. Ještě chvíli jsem myslela na to, jak bych
mu chtěla vidět do mozku, ale pak jsem toho nechala. Nemá
to cenu. Stejně se to jednou dozvím. Jednou tu jistotu mít
budu, ať dobrou nebo špatnou. Sice ne teď, když jsem na ni
nejvíc zvědavá, ale jednou určitě.
Míjeli jsme velikou ceduli s reklamou výletní restaurace
Lískovka.
„Stavíme se tam na kafe. Nebo máš žízeň?" řekl Karel
a vzal mě za ruku. Přitulila jsem se k němu.

„No stavíme... a dáme si limonádu s brčkem."

„A s ledem," doplnil mě.

Přes silnici přeběhla špinavá kočka a za ní ještě jedna, zrzavá. Někdo to považuje za špatné znamení, napadlo mě. Ale co. To je pověra. Karel si toho snad ani nevšiml.

„Kájo," zakňourala jsem.

„Copak, miláčku."

„Já bych chtěla takhle bejt s tebou pořád."

„To přece nejde. Někdy taky musíme pracovat a vydělávat."

„Já bych chtěla mít spoustu prachů a nic nedělat, jenom s tebou jezdit po světě, k moři, do Alp lyžovat a..."

„Ty jsi jak malá," zasmál se.

„...a mít lokaje a letní sídlo a koně..."

„To už trochu přeháníš, že jo? Buď ráda, že máš to, co máš."

„Ale já bych chtěla žít úplně buržoazně. Nic nedělat, jenom se pěstovat, číst si knížky a jezdit po světě. To bych chtěla, víš?"

„Ty zase fantazíruješ," pokáral mě. „Kdes na tyhle choutky přišla? To ti nestačí, že máš mě a že máme auto a můžeme si vyjet, kdy chcem?"

To ‚auto‘ řekl tak samozřejmě, že jsem se rozesmála. Ale potěšilo mě, že řekl ‚máme‘.

„Já mám někdy takový rouhavý nápady, já vím. Nemysli si, že jsem nespokojená. To mě jen tak někdy napadá," omlouvala jsem se.

Fakt je, že někdy sním o takových vymoženostech, jako je jachta a hacienda a lyže na vodu, ale to nemyslím doopravdy. Upřímně řečeno, nemám žádné zvláštní přání, jenom bych chtěla mít Karla pořád, a taky aby u nás v divadle byli samí prima lidi. To je tak v podstatě moje největší životní přání. To ostatní už je jen taková rozmazlenost. I ty protivy v divadle bych snesla, ale hlavně bych chtěla mít tu jistotu, jak na ni pořád myslím.

Odbočili jsme na cestu k výletní restauraci. Z dálky jsme viděli pěknou dřevěnou chatu a před ní několik barevně natřených stolů pod roztaženými slunečníky. Bylo jásavé sobotní odpoledne a restaurace vypadala, jako když teprve čeká první jarní hosty. Pískové cestičky byly pečlivě uhrabané hráběmi do pravidelných vzorců a stolky svítily kostkovanými ubrusy. Sedli jsme si pod pruhovaný slunečník. „Přejete si, prosím?" slyšela jsem nad sebou plyšový alt, sotva jsme dosedli. Karel objednal limonády, a když se číšnice vzdálila, řekl:

„Tak takhle si představuju krásnou ženu ve zralým věku." V jeho hlase bylo tolik obdivu a světáctví zároveň, že mě to překvapilo. Zahlédla jsem ji ještě, jak odchází od našeho stolu. Vysoká, štíhlá postava s ticiánovým přelivem.

„Hm, postavu má pěknou," řekla jsem stejným tónem jako Karel.

„To je teda moc pěkná ženská," pokračoval nadšeně.

„Prej jí manžel zakázal hrát v divadle," vzpomněla jsem si.

„No já vím."

„A nevíš, proč jí to zakázal?"

„Proč!" řekl, jako kdyby bylo mou povinností to vědět. „Já mu to schvaluju. Prostě si ji vzal a nechtěl, aby se dál ukazovala lidem."

„A teďka se jim neukazuje?"

„Ukazuje, ale neproducíruje se." Vypadalo to, jako kdyby mi ji dával za příklad. Jako kdyby to bylo něco senzačního, nechat divadla a jít dělat vedoucí zahradní restaurace.

„Copak je na tom producírování něco špatnýho? To přece není žádný producírování, když se dělá kumšt, ne?"

„To není, ale ať je nebo není, vdaná ženská nemá u divadla co pohledávat," rozhořlil se.

„Co to povídáš? Dřív snad jo, ale dneska?"

„Dneska taky," usekl.

„To nemyslíš vážně, viď? Přece nemáš tak starosvětský názory?"

„Jaký starosvětský? Když má ženská vyhlídky, že bude dělat kumšt a že ho bude dělat dobře, tak ho má dělat a ne se vdávat. A když už se vdá, tak toho má nechat a věnovat se rodině."

Žasla jsem. Zajímalo by mě, odkud tyhle moudrosti vyštrachal. Mluví jak náš dědeček. Za chvíli ještě řekne, že ženský u divadla jsou všecky lehký.

„A co ty vdaný holky u nás," odporovala jsem. „Jsou to slušný tanečnice a rodinu zastanou taky docela dobře."

„Pf, ty mají ke kumštu asi tak blízko jako já k astronomii. Jsou to obyčejný hopsalky, jenomže si každá myslí, že je bůhvíjaká umělkyně. Ale to umění mají akorát v puse. Ty jsi taky taková."

Neurazila jsem se. Aspoň jsem se tvářila, že jsem se neurazila.

„No, já zrovna nemyslím, že jsem bůhvíjaká umělkyně, ale řemeslo koneckonců ovládám, a co ty víš," provokovala jsem, „co ty můžeš vědět, jestli ze mě ještě něco nebude."

„Tohleto si říká každá. Jenomže když jí dojde, že z ní žádná hvězda nebude, tak už jde do penze."

„No jo, ale přece nechceš, aby ve sboru tancovaly samý primabaleríny. Někdo to dělat musí. Všichni nemůžou bejt vynikající. A když jsou průměrný, tak to ještě neznamená, že jsou méněcenný. Dělají prostě umělecký řemeslo." Už jsem dostávala vztek. Sám dobře ví, že to tak je a bylo vždycky, ale mluví tady, jako kdyby předčítal protestantské kázání.

„Jsou jedině trapný, jak stárnou s nadějí na hlavní roli," kázal dál, „a když to nejde s tím, co umějí na jevišti, tak to zkoušejí s překážkovým během od inspicienta k řediteli," pokračoval s despektem. Nevěděla jsem, jestli má cenu se s ním hádat.

„Ale Karle, všecky takový nejsou," pokoušela jsem se o klid, „a když má někdo divadlo rád, tak se spokojí nakonec i s tím, že v pozadí nosí tácek, víš? A hernajs, někdo to dělat musí," rozčilila jsem se.

„Já ale nechci, abys tam jednou skončila ty. Rozumíš?"

Jo ták, teď teda chápu. Teď chápu, proč mluví tak puritánsky. Nechce, abych byla jako ty ostatní. Kdyby nešlo o mě, vůbec by to neříkal, myslela jsem si.

Paní přinesla na podnose dvě vysoké orosené sklenice pomerančového moštu. Po straně sklenic byla přilepena brčka a na povrchu plavaly velké kostky ledu. Byla opravdu hezká. Bezvadně upravená, s dlouhými rudými nehty. Postavila sklenice na stůl, usmála se a odešla. Karel si ji znovu prohlédl od paty k hlavě, ale neodbočil od našeho rozhovoru.

„A jestli se někdy vezmem," pokračoval, „a uvidím, že z toho tvýho kumštu nic nekouká, tak nechci, abys to dál dělala. Nechci, aby tě někomu muselo bejt líto."

Neodpověděla jsem. Za jedno mi to vyrazilo dech a za druhý mě napadlo, že jestli se vezmem, tak ho budu muset poslouchat jako hodiny. To je evidentní. Anebo ho podvádět. To už není tak evidentní.

„Stejně si myslím," nedal pokoj, „že nadprůměrná nebudeš nikdy. Nepodceňuju tě, ale myslím si to. Teďko jsi ještě dost mladá, tak se to nedá ještě přesně určit, ale talent by se už u tebe musel projevit."

Přišlo mi to líto. Já si opravdu o sobě moc nemyslím, spíš si myslím to, co teďka řekl on. Ale sama si o sobě můžu pochybovat, jak chci, to tolik nebolí.

„Já vim, že nic neumim," dělala jsem hrdinu. „Ale třeba mi to pude, třeba se vypracuju, když budu dřít."

„Z tebe nikdy nic nebude, to si laskavě uvědom," řekl surově.

Bylo mi do breku.

Už jsem vůbec neměla náladu na tu limonádu s brčkem. Dala jsem si nohy na trnož a podepřela jsem si bradu. Tvářila jsem se umíněně. Vysunula jsem spodní ret a svraštila obočí. Karel si zapálil cigaretu, dal zvysoka nohu přes nohu a hrál si na stole se zapalovačem. Nevšímal si mě. Vůbec si nevšimnul, že se tvářím umíněně. Koukala jsem na pravidelné obloučky v písku a myslela jsem na tu hezkou paní.

„Ta to svoje manželství zacvakla s dost vysokejma úrokama," pronesla jsem zamyšleně.

Karel nereagoval. Rozhlížel se kolem dokola, jako by to tu bylo bůhvíjak zajímavé. A pískal si.

Třeba má pravdu, že ze mě nic nebude, myslela jsem si. Ale nemusí být tak neurvalý. Těm klukům, co jsem s nima chodila před Karlem, imponovalo, že jsem tanečnice. A vůbec. Nikdy si nikdo nedovolil mi něco takového říkat. Hm, jenomže oni zase divadlo a takové prostředí neznali. Netušili, co všecko jsou holky schopny udělat, aby dostaly roli. Taky bych mohla. Taky bych mohla svádět třebas ředitele. Ale... Na to nemám náladu. Bůh ví, že na to nemám náladu ani povahu. Mě by to prostě nebavilo.

Vzala jsem brčko a pomalu jsem srkala studenou šťávu. Teď už to nemělo poezii. Ani jsem na to neměla chuť. Jenom jsem to tak srkala a dělala jsem bublinky.

„Dej pozor, ať ti to nevystydne," zavtipkoval Karel, „tváříš se jako Baťova schovanka."

„To se ti zdá. Dyk se tvářím normálně," řekla jsem unaveně. Radši ho nebudu provokovat. Radši se s ním o tom ,kumštu' nebudu bavit. Divadlo zná, ale tomuhle nerozumí. Tancování tcda vůbec nerozumí. Dovede tak akorát posoudit, kdo má hezkou figuru a nohy. Ale tancování nerozumí ani za mák.

Nabídl mi cigaretu a zapálil mi. Kdyby nebylo toho pitomého rozhovoru, tak to tady mohla být idyla. Idyla pod pruhovaným slunečníkem nad limonádou s brčkem. Ale takhle to nebyla vůbec žádná idyla. Otrávil mě. Taky bych ho mohla otrávit. Mohla bych mu říkat, že neumí tlouct do bubnu, a dělat, že tomu bůhvíjak hovím. Ale to by zase začal kázat, že je chlap a u mužského je to všechno jiné. A pak by kázal, že chlap může všecko, že může mít třeba tisíc milenek a je to k jeho chvále. Ale ženská že si to nemůže dovolit. Ženská musí dbát na svou čest. A já bych se mohla umluvit o dnešním postavení ženy ve společnosti, o emancipaci a svobodných matkách. Stejně by mě nepochopil. Nakonec by mi ještě vyčítal. Ne, to nemá cenu o těchhle věcech mluvit.

Z chaty jsem zaslechla Luxemburg. Otevřenými dveřmi verandy bylo vidět skupinu mladých lidí. Seděli a postávali namačkaní v malé místnosti a nábožně poslouchali divoký twist. Jenom sebou neznatelně vrtěli a kývali hlavami v rytmu muziky. Pili limonádu. Chvílemi se ve dveřích objevila ticiánová vedoucí a poslouchala s nimi. Všichni byli tak soustředění a klidní, že to s tím džezem skoro nešlo dohromady.

„Hele, chuligáni mají Pražský jaro," uchechtl se Karel.

„To nejsou chuligáni, to jsou ňáký kluci, co tady mají chaty."

„No jo, to asi budou."

„Sou sympatický, viď?"

„Co ti je na těch tupejch ksichtech sympatickýho?" nakvasil se.

„Náhodou je nemaj o nic tupější než ty abonenti, co se vždycky držej, aby nezívali na filharmonii. Tihle se aspoň do ničeho nenutěj," hájila jsem fandy.

„Teď se chovaj jako v Rudolfinu, a v noci bude ródeo," řekl tak zasvěceně, jako kdyby měl všecko, co se tohohle týká, v malíčku.

„Ty to nějak dobře znáš," podívala jsem se na něj udiveně.

„Dost dobře, abych tě před tím moh varovat," pravil.

„Co dělají špatnýho?"

„Teď nic, ale večer se vožerou a všichni se vystřídají na jedný holce, když ti to mám říct po lopatě." Už byl zase na jehlách. To je neuvěřitelné, jak ho dneska všecko rozčiluje.

„...a vůbec, jestli jsou ti sympatický, tak si tu zůstaň s nima. Užij si, když chceš," vyzýval mě.

„Za jedno nemám zájem si užívat a za druhý chci bejt s tebou a s nikým jiným," řekla jsem tak klidně a pomalu, jak mi to jen šlo.

„Chceš si užívat se mnou, viď?" řekl jedovatě.

„Chci, protože tě miluju," pokračovala jsem ve stejně klidném tónu.

Nedám se vyprovokovat, nebo se všecko zkazí. Všecko. Pro dnešek, pro zítřek a možná provždycky. Nesmím se dát vyprovokovat.

„Na to se tě teď neptám, jestli mě miluješ. A vůbec, nemusíš to říkat tak filmově," zabrblal a rozhlédl se, aby zaplatil.

Kreslila jsem nehtem úhlopříčky do čtverečků na ubruse a neříkala jsem nic. Z rádia teď bylo slyšet jenom mluvení. Pak ho někdo vypnul. Skupina odcházela pískovou cestou. Měli kytary a dvě děvčata, květované košile a tepláky. Vůbec nevypadali rabijácky. Zdálo se mi spíš, že vypadají, jako kdyby je ten koncert osvítil. Brnkali si na kytary úplně decentně a šli jako ve snách.

„To nebudou chuligáni," opakovala jsem. A jsou sympatický, myslela jsem si, jsou moc sympatický, abys věděl.

„Já proti nim nic nemám," ustupoval Karel. „Já je mám docela rád a dovedu leccos pochopit. Ale nechci, abys ty byla taková."

„To, že jsou mi sympatický, neznamená, že bych chtěla bejt jako oni," pokusila jsem se znovu o klid.

„Jen aby." Udělal tečku.

Zaplatili jsme. Lískovka zůstala tichá a prázdná se svými slunečníky a mlčenlivou vedetou. Vyměnila pestrost divadelního života za malovaný domeček u státní silnice. Z lásky. Co jí z ní asi zbylo. A co nám z ní jednou zbude. Kde máme jakou záruku, že nám nezvadne.

„Máš mě ráda?" vyrušil mě Karlův hlas.

„Mám, Karle," řekla jsem vážně.

„A budeš mě mít pořád?"

„Chtěla bych."

„Jak to, chtěla bych," namíchl se. „To přece musíš vědět, ne?"

„Bohužel," vzdychla jsem. „Ale chtěla bych, moc bych chtěla. Víš, aby to bylo pořád takové jako teď, prostě svěží, chápeš?"

„To záleží na tobě."

Nechápal. Nechápal, že to nezáleží na mně ani na něm. Nevěděl, že mám strach. Že se bojím, aby nám ta láska nezestárla a neopotřebovala se stejně jako pneumatiky našeho auta. Možná, že vydrží svěží tisíce kilometrů a možná, že se unaví a vypoví v jediné ostré zatáčce.

Rozesmutněla jsem se. Chtěla jsem mu říct něco velice něžného. Třeba miláčku nebo něco takového, ale nešlo mi to z pusy. Ježku, to by šlo, ale takové ty něžnosti z knih, to mi nešlo. V duchu ano, v duchu jsem mu říkala ty nejokřídlenější něžnosti, ale nahlas to nešlo. Nahlas to má úplně jiný zvuk. Nahlas to zní úplně pitomě. Mlčela jsem.

„Ty seš ňáká divná," řekl za chvíli, „je ti něco?"
„To se ti zdá, to já jen tak přemejšlim."
„O čem přemejšlíš?"
Nevěděla jsem, co mám říct. Chvíli jsem byla ticho.
„Tak, o divadle, a že tam pozejtří zase musíme," vy-
vzpomněla jsem si.
„Na to teď nemysli. Na to mysli, až pojedem zpátky."
„Máš pravdu."
„Jasně," řekl a začal si pohvizdovat.
Projížděli jsme nějakou vesnicí. Nad silnicí byla nataže-
na hesla k Prvnímu máji a nápisy byly z obou stran, takže se
to ani z jedné ani z druhé strany nedalo přečíst. Všude
kolem se povalovaly zbytky výzdoby, cáry plakátů a krepo-
vého papíru, na náměstíčku před národním výborem okou-
něli puberťáčci kolem motocyklů a mopedů a na záhonku
před budovou byl vysázený šišatý nápis ‚Ať žije První máj',
obložený různobarevnými kachlíky. U kašny stálo narychlo
stlučené pódium s řečnickou boudičkou, po kterém skákali
děti a psi z celé obce. Nějaký děda na nás zamával. Karel
zastavil.
„Máte místo?" zeptal se děda. „Svezte mě kousek tám-
hle do tý vsi."
Uvolnila jsem mu místo vedle Karla a sedla jsem si
dozadu. Děda měl záplatovaný fráček, zpod čepice mu
vylézaly chlupaté uši a byl na hony cítit fajfkou.
„Potřebuju tam vodvízt semena," vysvětloval a ukázal
na balík na klíně.
„Na co to sou semena?" zajímal se Karel.
„Já nevím, ňáký semena, slunečnice nebo co," mávl
děda rukou.
„A to budou teprve teď zasívat?"
„Já nevim, ale já tam chci hlavně zůstat na fotbal, víte?
Voni dneska hrajou dorostenci, tak tam jako vezu ty seme-
na, abych je viděl. Von tam hraje můj synovec," zasmál se,
jako kdyby na někoho vyzrál.
„Aha, tak se vám to hodí, že tam jedete s těma semena-
ma," řekl Karel.
„No jó. Von to tam měl vzít s sebou kluk, ale já mu řek,

186

ať to jako zapomene, poněvač bych se tam jináč nedostal. Voni dneska dělaj brigádu na výzdobu a já bych musel vystřihovat z papíru, víte?" Chechtal se spokojeně nad svým důvtipem. Karel se usmál.

„To jste si to dobře vymyslel," prohodil uznale.

„No jó. Já na to koumal. Moc sem na to koumal, aby neřekli, že se ulejvám. Voni tam ty semena stejně dneska nepotřebujou," zpíval spokojeně a vytáhl fajfku. Nezapálil si ji. Jenom ji tak dumlal v puse a žvanil dál. „Voni sou šicky móc chytrý. Každej chce, aby si ty druhý mysleli, že dělá, a přitom ale nic nedělat, jo? Šicky maj zálusk na ten fotbal, a přitom řikaj, že musíme dělat tu výzdobu, aby byla hotová. Ajci vystřihujou z papíru sami," plácl se do kolena, „já sem si to vykoumal," ťukal se do čela, „vo mně nikdo nemůže říct ani todle," luskl prsty, „já prosím vezu semena, a to je důležitější než ta nactavba na návsi, že jo," blýskl se výsledky politického školení.

„A s kým hrajou?" odbočil Karel.

„No s dorostencema. Von tam hraje můj synovec," vysvětloval.

„Ale který kluby to sou?"

„No naši dorostenci s jejich, co jim vezu ty semena," objasňoval dědek netrpělivě.

Přijeli jsme do té druhé vesnice. Děda poděkoval a vystoupil.

„Tak ať vám to dobře dopadne," volal za ním Karel. Přesedla jsem si zase dopředu.

„To je nějakej blázen," podotkla jsem.

„Ani bych neřek. Ten bude pěkně mazanej. Ale udělal jsem bohulibej skutek," pochválil se.

„Radši jich nedělej moc za sebou," řekla jsem a rozhlídla jsem se kolem. Druhá vesnice byla stejně uprášená jako první, s tím rozdílem, že po májové výzdobě tu ještě nebylo stopy. Jenom sem tam vlály zbytky té loňské. A všude pusto. Nikde nikdo, jenom husy a slepice. Podívala jsem se ještě za dědkem, jak peláší s balíkem rovnou na fotbalové hřiště.

„Kdyby si radši zametli náves místo toho pitomýho

fotbalu," zabručela jsem, „a umyli si baráky. A vůbec. Je to tu ošklivý."

„Viď?" řekl Karel. „A ty si vymejšlíš, jak bys chtěla mít lokaje a sídlo."

„Jak to, že některý vesnice můžou bejt jako ze škatulky a některý jsou tak ohavný. Asi je to těm lidem fuk," nadávala jsem dál.

„Asi jo. Asi mají ze všeho nejradši fotbal. Takhle aspoň vidíš, že si máš nejmíň co stěžovat."

„Já vím."

Pokračovali jsme v cestě, Karel mlčky řídil a kdo ví na co zase myslel. Prohlížela jsem si ho a připadal mi hezký a mužný s tím umíněným výrazem a bystrýma očima. Zavalil mě velký pocit zamilovanosti.

„Kájo," pípla jsem.

„Copak?"

„Nic." Chtělo se mi jenom něco říct. Něco neobyčejného.

„Co fňukáš? Jsi unavená?"

„Nejsem, ale kdy už tam budem?"

„Tobě se nelíbí, že jedem?"

„Líbí, ale už bych tam chtěla bejt."

„Už to není daleko. Za chvíli tam jsme," utěšoval mě.

„Hodíme se do gala a pudem na věču. A dáme si víno!"

„Jen jestli seženem nocleh."

„A co když nesaženem?"

„Tak pojedem zpátky."

„Ne," zafňukala jsem, „já chci bejt s tebou přes noc."

„Cos řekla doma?"

„Že jedu za Julií do Řevnic."

Jinak jsem se nemohla vykroutit. Máma bdí nad mou počestností jako ostříž. Jenomže to si jenom myslí, že bdí. Myslí si, že když se mě bude vyptávat, kam jdu a kdy přijdu, že to stačí. Většinou mi věří. Většinou věří všemu, co si vymyslím, abych mohla být s Karlem. Ona je ještě ze staré školy a nade mnou bdí. Netuší, že můžu kliďánko hřešit za bílého dne. Někdy je mi jí až líto, jak mi věří. Někdy si myslím, že už už musí vyskočit a dát mi pár facek za ty

188

výmysly. Připadám si prohnaná, a stejně jí lžu dál s velikou rutinou. Karla zná a ví, že s ním chodím, ale pod tím ‚chodit s někým' si asi představuje zmrzlinu a biograf. Anebo to jenom tak dělá. Třeba jenom předstírá, že nic netuší, a zatím ví všecko moc dobře. Ale spíš nic nepředstírá. Spíš je asi taková důvěřivá. Věří prostě, že lidi říkají to, co si myslí. A já nějak čím víc jí lžu, tím ji mám radši. Vůbec ji mám teď radši než dřív, než když jsem byla malá. Tenkrát jsem ji taky někdy nenáviděla, když mi napráskala, a nadávala jsem jí. Šeptala jsem do polštáře dvě nadávky, které jsem uměla, ani jsem pořádně nevěděla, co znamenají. Věděla jsem jenom, že se to nesmí říkat. Tak jsem to říkala.

„Co když tě Julie shodí?"

„Neshodí. Já jí brnknu."

„Kam ale pudeš, když nescžcnem nocleh?"

„K tobě."

„To nejde."

„Proč to nejde?"

„Bytná zůstala na tuhle neděli doma."

„No jo, to nejde," vzdychla jsem. „Ale snad něco seženem."

Minuli jsme ukazatel s nápisem Benešov 2 km a za zatáčkou se objevilo město. Město a lákavá reklama hotelu ‚U nádraží'.

„Hotel tu mají, to je dobrý znamení," vydechla jsem s nadějí.

Před nádražím stála osamocená oprýskaná budova hotelu. Ne už tak lákavá jako reklama na silnici. Zaparkovali jsme před vchodem a vešli jsme dovnitř, do zatuchlého výčepu. Za pultem točil pivo nepředstavitelně tlustý člověk v kalhotách pod břichem a v námořnickém tričku bez rukávů. Do krku se mu zařezával stříbrný řetízek s miniaturním srdíčkem. Z trička vykukovaly prošedivělé kudrnaté chlupy.

„Prosím vás, mohli bysme tady přespat?" zeptal se Karel.

Chlap si nás prohlédl prasečíma očičkama a delší chvíli spočinul pohledem na mně. Vlastně na mém výstřihu.

„Přespat?" řekl udiveně a shodil pěnu z půllitru, který právě dotáčel. „Jó, přespat tady můžete. Ste manželé?"

„Ne," odpověděl Karel a já jsem se zahleděla na suk ve dveřích vedle výčepu.

„Jo, vy nejste manželé?" říkal chlap zase tak udiveně a odchrchal si. „To bude nesnáz, když nejste manželé, to bude ne..., ale nebude to nesnáz, ňák to uděláme. Pojďte se mnou."

Nechal piva stát a otočil se do těch dveří se sukem. Šedivé kudrnaté chlupy měl i na zádech. Zavedl nás do malé místnosti s psacím stolem, která zřejmě sloužila jako hotelová recepce. Na stole ležely rozházené karty a dva popelníky přetékající popelem a špačky od doutníků a spousta lejster. Uprostřed toho všeho spal obrovitý kocour s obojkem na krku. Tlusťoch se vecpal za stůl, nadzdvihl kočku a vytáhl hotelovou knihu.

„Něco by tu mělo bejt," listoval v knize, „ně—co—by—tu—mě—lo—bejt," slabikoval, „jo, jo, něco tu máme."

„Kdyby tak byly dva jednolůžkový," hlesla jsem s nadějí.

„Dva jednolůžkový?" zvedl chlápek hlavu od knihy. Znova sjel pohledem po mém výstřihu a průduškově se zasmál. „Dva tu nemám, ale jeden pro vás," ukázal na Karla, „a slečinku dáme do dvacítky, tam je jenom jedna pani," znovu si nás tázavě prohlížel. „Stačí vám to?"

„To je dobrý," řekl Karel.

„Bodejť by vám to nestačilo," uchechtl se hoteliér. Otočil se k tabuli s klíči a podal nám je. Místo soudečků byly na nich kruhy jako u klíčů od záchodu.

„Nechte mi tady občanky," řekl. „Jo, a budete chtít večeři?"

„Já nevím, chceš?" otočil se Karel na mě. Neměla jsem moc chuti večeřet zrovna tady. Třeba je tu ještě nějaká jiná hospoda.

„Já nevím," řekla jsem nerozhodně.

„Jestli chcete večeři, tak musíte zůstat u nás. U Brázdůch maj stejně zavírací den," rozhodl tlouštík.

„Tak my přídem," řekl Karel a vykormidloval mě z místnosti.

„Páni, tady to vypadá," ulevila jsem si na chodbě.

„Co se dá dělat, hlavně že jsme to sehnali."

„To nevadí, důležitý je, že budeme spolu."

Šli jsme pomalu ke schodišti.

„Já tam do toho pokoje ani nepudu. Zůstanu rovnou u tebe," napadlo mě.

„Slečno," ozvalo se za námi, „já vás musím na tu dvacítku dovíst. To byste moc dlouho hledala."

Zastavili jsme se. Chlápek přisupěl a vzal mi tašku. „To byste musela hledat. Vono je to vzádu. Já vás tam dovedu, abyste to nemusela hledat."

„To jste hodnej," řekla jsem. To jsi teda moc laskavej.

„Mladej pán to má tadykle v tý chodbě napravo," vytrkl zadýchaně v prvním poschodí. Karel odbočil do chodby.

„Přijď potom dolů," zavolal za mnou.

Šla jsem hodně pomalu, aby chlápka neranila mrtvice. Nesl mou tašku, jako kdyby v ní byl metrák, a druhou rukou se chytal zábradlí. Měla jsem obavy, že ho vylomí.

„To ste tady na vejletě?" zafuněl.

„Ne. Obchodně," usekla jsem. Co je ti po tom?

„Vobchodně?" zamžoural vesele očičkama. „V sobotu vobchodně?"

„No, to víte." Nevěděla jsem, co mu mám říct.

„A sčím vobchodujete?"

„Ale jeden známej tady prodává chatu, tak se jdeme na to mrknout," vymýšlela jsem si.

„Chatu? A kdepak? Tady ve vokolí?" tahal ze mě zvědavě.

„Jo. Tady někde," improvizovala jsem dál.

„Tady ve vokolí vo žádnej chatě nevim. Neřkuli na prodej."

„Ale jo. Zejtra to jdeme hledat." Už jsem nevěděla, jak pokračovat.

„A vy ste snoubenci?" vyptával se dál.

„Ne. To je můj bratr." V tom okamžiku jsem si uvědomila, že má naše občanky. „To je můj nevlastní bratr, víte?"

zachránila jsem to.

„Bratr?" zavrněl nedůvěřivě.

„Jo."

Vedl mě přes zasklenou pavlač. Kdysi snad zasklenou. Teď do ní proudil zápach z kuchyně a z odpadků na dvorku. Pod nohama nám rámusily vyviklané dlaždice a pavlač duněla pod tlouštíkovými kroky, jako by se měla utrhnout. Došli jsme až na úplný konec.

„Tak, tady to je, slečno," podal mi tašku. „Vona tady dočásně bydlí jedna paní, co pomáhá v kuchyni, ale na tu jednu noc vám to stačí, že jo?" zamrkal a odkašlal si až odněkud z břicha.

„Jistě, to je dobrý," mávla jsem rukou. Snažila jsem se odemknout tím šíleným klíčem.

„To musíte přidržet dvéře k sobě," vzal mi klíč a po několika pokusech zámek povolil. Vešla jsem dovnitř. V pokoji stály dvě mosazné postele a stůl bez ubrusu. V rohu na židli plechové umývadlo a džbán na vodu. Chlápek vešel za mnou.

„Moc velkej komfort tady nejni. To víte..." pokrčil rameny.

„To nevadí," usekla jsem. Už mě štval. Lovila jsem v tašce, abych něco dělala.

„To víte," pokračoval a sedl si na židli. „Sem na to sám."

Co je mi po tom, vypadni, myslela jsem si. Vylovila jsem z tašky mýdlo a ručník.

„Sem na to tady sám," pronášel lítostivě, „na všecko." Dřepěl na židli s břichem mezi koleny a drápal nehty po desce stolu. Šla jsem k umývadlu. V konvi bylo sucho jak na Sahaře.

„Kde tady teče voda?" zeptala jsem se.

„To musíte do chodby," hekl. „Ale pučte, já vám tam skočím."

Vzal džbán a odsupěl. Skoč a nepřeraz se. Jak dlouho mě tady chce otravovat? Přinesl vodu a znovu si dřepl. Nalila jsem vodu do umývadla a myla jsem si ruce. V zrcadle jsem viděla, že si mě dědek prohlíží.

„Máte nožičky jako srnka," zablekotal. Nožičky! Já se rozsypu. „Kolik je vám let?"

„Devatenáct," řekla jsem naštvaně a začala jsem se česat.

„Devatenáct? A víte, že nevypadáte? — Já bych vám hádal takovejch, ta — ko — vejch," skandoval zase a drbal se asi na desáté bradě. „Já bych vám hádal takovejch šestnáct." Chtěl být galantní nebo co. Asi má představu, že se každé ženské musí říkat, že vypadá mladší, než je. Neodpovídala jsem. Když budu mlčet, tak se snad dovtípí a vymajzne.

„A copak děláte?"

„Tancuju," vyštěkla jsem.

„Chech — che — éé," rozkašlal se zase z toho břicha. „To je mi povedený," kašlal dál a do toho asi dvanáctkrát kýchl. Vytáhl obrovský kapesník, zatroubil do něj a utřel si oči. „To je mi povedený," opakoval. „A sčeho ste živa?"

„Z tancování." Vzala jsem mejkap a natírala jsem si tváře.

„To jako v ňákým dancingu, že jo?"

„Ne, v divadle." Vůbec nepozoroval, jaký mám vztek.

„Jo ták. A to je jako zaměstnání?"

„Jo," křikla jsem.

„A mocli vám platěj?"

„Dost, abych se uživila."

„Tak vy ste tanečnička, no jó, tak vy ste ta — ne — čni — čka," opakoval zpěvavě a začal krákorat „Noční motýl..." a mával si k tomu nafouklýma rukama ze strany na stranu. „No jo, s takovejma nožičkama," pokyvoval sádelnatou palicí a mlsně mi koukal na nohy.

„Helejte," rozhodla jsem se, „nevyvětrá vám dole to pivo?"

„A jó, von tam vlastně nikdo nějni. No jo, to tam budu muset jít. Tak to já du," zvedl se namáhavě. „Šak si eště popovídáme." Odfuněl. Teď mě nadzved. Popovídáme. Já o to zrovna stojím, povídat si s tebou. Na to se teda třesu.

Chvíli jsem se prohlížela v zrcadle. Když jsem natřená mejkapem a když je umělé světlo, tak ty pihy skoro není vidět. Přihrábla jsem si vlasy víc do čela. No, docela to ujde. Ale stejně by mě zajímalo vidět se úplně cizíma očima. Prostě poprvé. To by mě moc zajímalo. Zavřela jsem oči, pak jsem je rychle otevřela a zase zavřela. To není ono. Ale vidět se úplně poprvé. Člověk zná svůj obličej tak dokonale, že ho ani nemůže posoudit, jestli je hezký, nebo aspoň trochu hezký. Nebo se vidět na chvíli Karlovýma očima. Zjistit, co se mu na mně líbí a co ne. To bych potřebovala. To bych moc potřebovala.

Ještě jsem si ověřila, jak vypadal ten můj umíněný výraz na Lískovce. Mohlo to vypadat docela efektně, ale Karel se stejně nedíval.

Vyčistila jsem si zuby, vylila špínu do kbelíku a šla jsem dolů.

Dědek točil pivo a odfukoval pěnu. Musela jsem projít kolem něho.

„Děte do logálu, slečno, bratříček už na vás čeká,“ informoval mě vlídně.

„Jo, děkuju.“ Dokázala jsem se na něj usmát. Ale tak, jako když jsem nejvíc dožraná a musím se smát na publikum. Klíč s obručí jsem položila na pult. Lokál byl kupodivu docela útulný a čistý. Asi ho používali jenom výjimečně. Karel seděl v rohu a četl noviny. Četl a vůbec nevypadal, že na někoho čeká. Zvedl hlavu, až když jsem si sedla. Ulízané vlasy měl ještě vlhké a byl oholený. Do kapsičky u saka si dal kapesníček. Potěšilo mě to.

„Tak co?“ usmál se.

„Ten dědek je šílenej.“

„Co ti říkal?“

„Ale takový kecy... že mám hezký nožičky,“ vyprskla jsem.

„Ale?“

„Já mu řekla, že jsme nevlastní sourozenci, tak to neshoď.“

„Proč?“

„No vyptával se, jestli jsme snoubenci.“

„Co mu máš co říkat? Co je mu do toho?“ vyjel, jako kdybych za to mohla, že je dědek zvědavý.

„Když se vyptával, co jsem mu měla říct?"

„Nemáš se s ním bavit."

„Já se nebavila. Co jsem měla dělat, když se furt vyptával?"

„A co ti má co říkat, jaký máš nohy?" divil se.

„Já se ho na to neptala," řekla jsem uraženě.

„Kdybys nebyla vyzývavá, tak si to nedovolí," kázal Karel.

„Já ti řikám, že jsem se ho na to neptala." Zamrzelo mě, že jsem to Karlovi vůbec povídala.

„To je to, co pořád říkám. Kdybys nebyla vyzývavá, tak tě chlapi nechají na pokoji."

„Dyk mě nechal," řekla jsem otráveně.

„To jsi celá ty," vysmíval se. „To jsi celá ty. Někdo ti polichotí a ty se posadíš."

„Karle, neblázni. Přece nejsem padlá na hlavu."

„To nejsi, ale dělá ti to dobře, že jo?" Trápil mě. Sám ví, že to tak není, a musí mě trápit. Kousala jsem si nehet. Přece není pravděpodobné, že by na toho bubřinu žárlil. Dělá mu prostě potěšení, když mě může potrápit. Vzal znovu noviny a prohlížel je. Zapálila jsem si cigaretu a nic jsem neřekla. Začíná to docela hezky. Tak idylicky. Ještě jsem dneska nepotkala člověka, který by mě nedopálil. Každý, na koho jsem narazila, mě musel namíchnout. Už hned ráno v tramvaji. Sedím a čtu si a nekoukám napravo nalevo, a najednou nade mnou skřehotá nějaká předčasně zestárlá domovnice s velkým zadkem. Blekotala něco o mladých, co nemají úctu, a takové ty žvejky. Vstala jsem a zdvořile jsem jí nabídla svoje místo. Vmáčkla se na ten kousíček a podívala se na mě strašně nenávistným pohledem. Neřekla ani bé. Pak mi vynadala průvodčí, že překážím s tou taškou a na jiný nemyslím, a ta nána, co jsem ji pustila sednout, kvákala znovu o sobeckém mládí a nalakovaných nehtech u nohou. Vystoupila jsem. O dvě stanice dřív. Pak jsem si šla koupit něco k jídlu a tam jsem si zase připadala, že obtěžuju, tak jsem vypadla a nekoupila jsem nic. V dalším krámě jsem neobtěžovala, ale vzali mě na hůl. A teď mě ještě míchá Karel a ten tlusťoch. Pocítila jsem sebelítost. Dneska jsem úplný chudák. Dám si víno, napadlo mě. Ať se namáznu. Aspoň mi nebude tolik vadit, že mě lidi dopalujou.

„Ták prosím, už jsem tady," přisupěl vedoucí. „Dáme si řízeček, jó, řízeček," zpíval profesionálně, „nebo guláŝek?"

„Řízek," zabručela jsem, „a víno, červený víno."

„Ano, dvakrát řízek a toho vína láhev," upřesnil mě Karel. Odložil noviny a vzal mě za ruku.

„Kájo, nezlob mě," vzdychla jsem prosebně.

„Musím tě zlobit. Musím ti říkat, co si myslím, víš, broučku?"

„Ale nemusíš mi kazit náladu."

„Já ti ji nechci kazit, ale chápej, že ti musím říct, co si myslím. Já za to nemůžu, ale musím ti to říct."

„Já vím." Pohladila jsem mu ruku.

„A chci, abys mi taky říkala, co si myslíš, abys nic nezamlčovala, víš?"

„Já vím, Kájo."

„Chci, abysme si dycky říkali pravdu. Všichni lidi jsou prolhaný, tak nebudeme aspoň my k sobě."

„Já vím. Já ti nikdy nebudu lhát," slíbila jsem už asi po bilionté.

„Nesmíš. I když uděláš něco, za co se budeš stydět, tak mi to řekneš, ano?"

„Řeknu. Ale já nic špatnýho neudělám."

„Ale kdybys udělala, musíš mi to říct."

„Řeknu ti to, Kájo. Nikdy ti nebudu lhát. Tobě ne." Myslela jsem to doopravdy. Opravdu mu nechci nikdy lhát. Ale všecko se taky říct nedá.

„Ani nesmíš nic zamlčovat. To je, jako kdybys lhala."

„Ano, všecko ti řeknu. Ale já nic ošklivýho udělat nechci."

„To je správný. Lhát si nikdy nesmíme."

„Ne. Ty mně taky ne."

„Jasně. Víš, pak by všecko ztratilo cenu, chápeš? Všecko, a nic by nám z toho nezůstalo."

„Já vím. Ale musíš bejt na mě hodnej," zašeptala jsem a dala jsem si jeho dlaň na tvář.

„Budu, Věruško. Já tě mám opravdu moc rád. Tak jsem ještě neměl rád nikoho jako tebe."

„I když nejsem hezká?"

„Jsi pro mě ta nejhezčí, víš? Jsi pro mě všecko, co mám na světě."

„Ty pro mě taky."

„To je dobře," pohladil mě. „A nesmíš mi bejt nikdy nevěrná, ani pohledem, ani jedinou myšlenkou. Nesmíš. To bych nesnes."

„Nebudu. Já opravdu nechci. Já mám ráda jenom tebe a nikoho jinýho nechci ani vidět."

„To neříkej, ale nesmíš mi po nikom pošilhávat."

„Nebudu, Kájo. Ty seš můj svět. Ty seš ve mně zabydlenej, že tam pro nikoho jinýho není místo."

„To je dobře," řekl jakoby pro sebe.

Hoteliér přicupital s večeří a s vínem. Jedli jsme mlčky. Myslela jsem na ten rozhovor, co jsme právě měli. Na to, jestli mě má opravdu tak rád, jak říká. Ale jo. Určitě mluví pravdu. Musím si tenhle pocit dobře zapamatovat, abych ho měla po ruce, až mě chytne ta moje nejistota. Až se mi zase bude zdát, že mu na mně nezáleží. Musím si celou tuhle atmosféru vštípit do mozku. I s tím tlustým dědkem a obručí u klíče. Tohle nesmím ztratit, ten pocit.

Karel nalil víno.

„Tak na pravdu, Věruško," přiťukl mi.

„Ano. Na upřímnost."

Vypili jsme do dna. V druhém rohu tiše hrálo rádio nějakou sladkou směs s harmonikou. Docela se to hodilo. Do místnosti se vkradl kocour a slídil pod stoly. Přišel až k nám a třel se mi o nohy.

„Ať na něj nešlápneš," řekl Karel.

„Ten vypadá spíš jako menší buldok."

„No, ten je vypasenej. Skoro jako šéf."

Kocour se uvelebil pod stolem a nechal se drbat špičkou boty. Jeho pán přisedl a uvelebil se nám u stolu.

„Tak copak, chutnalo vám?" zeptal se družně.

„Dobrý to bylo," odpověděl Karel společensky.

„A co vínečko, taky dobrý?"

„Nalejte si s náma," pozval ho.

„Kdepak, já nepiju, já takle pivo, to jo, ale jinak nepiju. Vod tý doby, co sem byl v Praze na vojně, tak nepiju. Kdepak. Ani krapet."

„A v Praze jste pil?" ptal se Karel.

„No to sem si dával, ale teďka, kdepak."

„Teď vám už nechutná, co?" zasmál se. Proboha, ať se s ním nedává moc do řeči, nebo nám z toho večera nic nezbude. Kopla jsem ho pod stolem. Vůbec na to nereagoval.

„A proč vám nechutná?" vyptával se dědka dál.

„To sme chodili tam, jak se to tam menuje — tam na Starym Městě, nó, v tý — v Rybný ulici nebo — jo, v Rybný. Tam bejval takovej podnik..."

„V Rybný?"

„No, v Rybný," chytal se dědek dychtivě. Tak si asi popovídáme. A bůhvíjak dlouho, nadávala jsem v duchu.

„V Rybný. Tam bejval takovej podnik — jakpak se to menovalo?" mnul si čelo. „Jak — pak — se — to — me — no — va — lo," slabikoval zamyšleně. „Jó! U Cáchů — nebo ne U Cáchů? Ne, U Cáchů, dobře. No a tam sme chodívali jako vojáci. Tam to bejvalo moc pěkný, móc pěkný," zafuněl nadšeně. Než to vyslabikuje, tak bude ráno, myslela jsem si.

„Teď už to tam neni," vysvětloval mu Karel. „To už je dávno zrušený. To sem eště byl malej kluk, když to zrušili." Kopla jsem ho znovu.

„Počkej," řekl netrpělivě.

„Tam sme to dycky roztočili, páne. A byly tam takový fajnový děvčata," zamrkal na Karla a rozpřáhl ruce, aby ukázal, jak asi byly široké v hrudníku. „Takový, víte, že jo, takový, co patřily k inventáři, rozumíte, že jo?" mrkal dál. „A tak sme to tam s nima dycky točili."

„No jo. To už tam teď není," opakoval Karel.

„Ale bejvalo tam veselo. To víte, flašky bouchaly, to to jen lítalo... Já byl tenkrát eště sekáč, eště sem byl docela štíhlej kluk. A byla vám tam jedna taková pěkná, víte, s takovejma moc hezkejma nohama. Já jí po nich pořád musel koukat. Ta se mi moc líbila, moc se mi líbila, i když to byla ta, no víte co. Já bych si ji vám snad bejval i vzal, i když to byla tadle — no, víte co. Tak se mi líbila. Ty nohy — jedna báseň! A právě jak sme to tam jednou točili, tak sem toho vypil trochu víc, víte? Právě vod tý doby nepiju. No namotal sem se vám, a jak se mi ta holka líbila, tak sem v tý vopici dostal kuráž do života a řek sem si, Jozef, s tou se voženíš. Prostě sem se rozhod, že si ji vemu, víte? Že jí to hnedka pudu říct, že si ji vemu. A motal sem se za ní a vona mi pořád utíkala. To víte, potřebovala se uchytit. Já vám ji furt hledal podle těch nohouch a furt sem tam bloumal po tom logále a hledal ty nádherný nohy. Dycky sem je zahlíd, a pak mi zasejc zmizely, a pak sem je zasejc zahlíd. No umíte si představit, jak jsem byl namotanej, tak mi to šlo pomalu. Ale kuráž sem měl a byl sem vytrvalej. Vona na těch nohouch měla takový červený lodičky s kramflíčkama a podle toho sem dycky hnedka poznal, že ty nohy sou nablízku. Najednou sem vám v tom zmatku zahlíd ty červený kramflíčky, tak sem letěl hlava nehlava rovnou k ní. A hnedka sem jí to vyklopil a vona, že jo, a já vám měl takovou radost, že sem vobjednal víno pro celou společnost, co s ní seděla, a hnedka sem řek, že tu sou svědci a že jí před těma svědkama nabízím manželství, a pak sem už nevěděl, co se se mnou děje. Já vám byl tak namotanej a tak zblázněnej do tý ženský, že sem úplně nevěděl, co se se mnou děje."

Vytáhl kapesník, zatroubil do něj a dlouho odkašlával, až mu nadskakovalo břicho. Kocour se mu vyhoupl do klína a uložil se ke spaní. Chlápek ho pohladil masitou rukou a pokračoval.

„No a pak sem se vám probral, byl bílej den a já ležel na kanapi v takovym napudrovanym pokoji a vedle mě taková vám — no taková ženská, že sem se leknul. A na zemi červený lodičky s kramflíčkama vedle mejch vojenskejch bagančat. No, co vám budu povídat. Zkrátka, voni tam ty červený lodičky měly dvě a já si to splet. Já vám nalít na tu druhou, jak sem byl namotanej, a nedíval sem se už na nohy, ale jenom na ty červený kramflíčky. No vo těch druhejch nohouch vám ani nebudu povídat. To vám bylo hrozný. Hrozný!" Zalkal a pokyvoval smutně hlavou, jako by tohle probuzení symbolizovalo jeho životní zklamání.

„No a pak to šlo k soudu, vona mě vobžalovala ze zneužití pod slibem manželství, přivedla plno svědkůch, a už sem vám se vez. Ani vám nebudu povidat, co mě to stálo, abych se z toho dostal. Byl sem zadluženej až nad hlavu. No, a vod tý doby do žádnýho dancingu nepáchnu. A k pití ani nečuchnu. Jo, jo. K pití si teda ani nečuchnu. Ani si ne—líz—nu."

Zadíval se na kocoura. „Veď, Herkulesi," chytil zvíře za hlavu, „ani si nelíznu, veď, ty pašáku," a poplácal kočku jako dobytče.

„To vás chápu," pronesl Karel zasvěceně. Já jsem mlčela. Celou dobu jsem koukala na toho udýchanýho chudáka a fascinovalo mě to miniaturní srdíčko, co měl na krku. Vždycky když zakašlal, tak se mu řetízek napjal k prasknutí a srdíčko se vzpříčilo. Proč ho vůbec nosí. Kdovíjak k němu přišel. Třeba si ho sám koupil a má představu, že mu to někdo dal. Že mu to dala ta s těma kramflíčkama. Ta s těma hezkýma nohama, co by si ji byl vzal za ženu a vedl s ní tady ten hotel. Asi je mu smutno, když je tu tak sám s kocourem, a je rád, že si může s někým popovídat. Už jsem na něj neměla vztek.

„Tak pijte, na zdravíčko," zvedl se a dal si kocoura pod paži. „Já du eště uzavřít oučty, ale vy seďte, jak dlouho budete chtět."

Odšoural se.

„To je dojemnej člověk," řekl Karel zamyšleně.

„Je. Možná že je z toho taky trochu mišuge."

„Já bych se nedivil. Ale bude hodnej."

„To je. Přinesl mi vodu."

„Je mu asi samotnýmu smutno."

„Taky bude nemocnej, když je tak tlustej."

„No jo, to bude určitě."

„Asi má štítnou žlázu."

„Ten Herkules, nebo jak mu říká, bude asi jeho jedinej kamarád."

„Asi jo."

„Ale třeba má taky nějaký pivní přátele."

„Kdoví co si s nima povídá."

„Asi jim vypráví o těch červených kramflíčkách," vydechl Karel.

Pomalu jsme dopíjeli víno. Herkules se k nám vrátil a zase se mi otíral o nohy. Vzala jsem ho na klín a drbala jsem ho za ušima.

„Pudeme, že jo?" Karel dopil.

„No, pudem," shodila jsem kocoura z klína a zvedla jsem se.

Dědek seděl v kanceláři za stolem. Dveře do výčepu nechal otevřené.

„Dobrou noc," houkl Karel do kanceláře.

„Počkejte, slečno, tady máte klíč," hnal se za námi. „Já pudu s váma. Musim všecko pozamykat."

Ježišmarjá, už zase ta ochota.

„Ale já trefím," bránila jsem se.

„Rači pudu hned s váma, musim to tam zamknout," vnucoval se.

„Tak jdi a přijď potom za mnou," šeptl mi Karel.

„Tak pojďte," řekla jsem vlídně.

„Já musim všecko zamykat. Tudle mi vykradli sklad, tak musim všecko zamykat."

„Jak to?"

„Vlezli sem horem a vykradli mi sklad," oddychoval.

„A udělali velkou škodu?"

„Velkou, slečno, velkou. Ešte dneska na to vydělávám."

„Vy nejste pojištěnej?"

„Sem, ale byla to má vina, že sem nezamk hořejšek."

„To je smůla," řekla jsem s účastí.

Doprovodil mě až ke dveřím na pavlač.

„Tak dobrou noc a hezky se vyspinkejte." To víš, že jo. Vstoupila jsem na rozviklané kachlíky pavlače. Dědek za mnou zamkl. Strnula jsem. Pak jsem se rozběhla ke dveřím. Slyšela jsem, jak supí po schodech dolů. Vzala jsem za kliku.

„Pane vedoucí," vykřikla jsem do klíčové dírky. Co

budu dělat? „Pane vedoucí," křikla jsem znova a zarumplovala jsem klikou.

„Děte na belík, slečno, já vám to zapomněl říct, vona to pani ráno vynese," ozvalo se zezdola. Nejdřív jsem nechápala.

„Pane vedoucí, já potřebuju jít dolu," křičela jsem do škvíry.

„Ale to nevadí, jen děte na belík, vona to pani vynese," hulákal dědek už z přízemí.

„Já se vám na kbelík vykašlu, já musím dolů," řvala jsem jako pominutá a rozbrečela jsem se. Já se ti na kbelík vykvajznu, dědku, hernajs, a kopla jsem do dveří. Zadunělo to do ticha a už se nic neozvalo. Opřela jsem se o dveře a přemýšlela jsem, co udělám. Na konci pavlače svítilo světlo z pokoje. Ta paní z kuchyně je tam. Šla jsem dovnitř. Na posteli seděla moje spolubydlící v noční košili a ořezávala si žiletkou kuří oka.

„Dobrý večer," řekla jsem, „paní, nemáte náhodou klíč od těch dveří na pavlači?"

„To nemám, děvenko, ale děte na kbelík, já to ráno vynesu."

Myslela jsem, že padnu.

„Já nechci," řekla jsem.

„Jen děte, jen se nežinýrujte, já to ráno vynesu."

„Já ale musim dolu. Já mám u bratra..." Teď jsem nevěděla, co mám tak důležitého u bratra.

„To do rána počká. Jen si hajněte a spěte. To víte, voni mu vykradli sklad, tak tejkon všecko zamyká. Ale jestli chcete, tak děte na kbelík, dyk na tom nic nejni."

Už jsem nebyla schopna něco říct. Vzala jsem klíč od pokoje a šla jsem zkusit odemknout ty pitomé dveře. Nešlo to. Ani kdybych se rozkrájela, tak to nešlo. Ani kdybych klekla na kolena a prosila je, ty blbý dveře, hernajs, krucinál! Parchante pitomej, blbej, nadávala jsem tlouštíkovi, blbče mizernej, a kopla jsem znova vší silou. Zabolelo mě to a ukopla jsem si podrážku. Idiote! Hajzle! Vypotřebovala jsem zásobu nadávek do posledního zbytku. Kdoví co si bude myslet Karel. Ále... Beztak usnul. Ještě chvíli jsem přemýšlela, co bych měla udělat. Pak jsem si šla lehnout. Ráno jsem se probudila a měla jsem pocit, že to byl zlý sen. V puse jsem měla sucho, rty rozpraskané a bolela mě noha. Tetka štrachala po pokoji. Pootevřela jsem jedno oko a zase jsem ho zavřela. Radši budu dělat, že spím. Nemám náladu s ní klábosit. Nemám vůbec náladu bavit se s někým. Nejradši bych, aby to všecko byl jenom sen. Radši aby to byla noční můra než taková prašivá, idiotská skutečnost. Znovu mi všecko probíhalo hlavou. Vozembouch pitomej! Hezky se vyspinkejte! Slon! Ještě chvíli jsem ležela se zavřenýma očima, a když paní odešla, vylezla jsem z postele. V hlavě se mi líhly stále nové nadávky. Lepší, než mě napadaly včera. Nic jiného nebyl můj mozek schopen produkovat. Pokusila jsem se hezky učesat a nalíčit, ale nechala jsem toho. Stejně to nešlo. A stejně na tom nesejde. Je mi to fuk, jak vypadám. Všecko je mi úplně fuk. Sbalila jsem si věci do taštičky a vypadla jsem z pokoje, ani jsem nezamkla. Vyšplhej si sem sám, tlusťochu, ať z tebe spadne kousek toho tvýho sádla. Dlaždice zase protivně křápaly, než jsem přešla pavlač. A smrdí to tady. Prošla jsem okovanými dveřmi na schody. Bůhví kolik je hodin. Sedla jsem si na schod a čučela jsem do prázdna. Ani nevím, jak dlouho jsem tam tvrdla. Po schodech se procházeli mravenci, jako kdyby tu byl nějakej les nebo co, a šimrali mě na noze. Pak jsem se zvedla a klimbala jsem se dolů. V prvním patře jsem zaklepala na Karlovy dveře. Nic se neozvalo. Zmáčkla jsem kliku. Rozházená postel byla prázdná a nikde žádné věci. Odjel, napadlo mě. Asi se namích a odfrčel. Tak ať.

Sešla jsem do přízemí. Dědek čistil výčepní pult a hekal přitom jako lokomotiva.

„Jéje, dobrýtro, slečno, jakpak sme se vyspinkali?“ chraplal.

Blebleble. Chtělo se mi na něj vypláznout jazyk nebo něco takového.

„Prima, děkuju.“ Zašilhala jsem po lokále, jestli tam Karel nesedí. Na stolech stály židle nohama nahoru a ta paní, co jsem s ní spala, zametala nakropenou podlahu. Bylo tam cítit starý kouř a mezi otevřenými okny a dveřmi vanul průvan. Otřásla jsem se zimou.

„Mladej pán šel dát vodu do chladiče," oznámil mi dědek, jako kdyby tušil, že to je to jediné, co mě momentálně zajímá. Poskočilo mi srdce!

„No jo," ucedila jsem a otočila jsem se k východu.

„Budete chtět snídani?" ptal se dědek.

„Já nevím. Bratr už snídal?"

„Ne. Povidal, že počká na vás. Že naleje vodu do chladiče a dojde vás zbudit."

Zahřálo mě to. Miláček. Taky jsem se nemusela dolů tak hnát. Ále... Už je stejně všecko v čudu.

Ve dveřích se objevil Karel s konví a s vyhrnutými rukávy.

„Děkuju, pane šéf," postavil konev do chodby. „Ahoj," obrátil se na mě. „Ty už jsi vzhůru?"

„Ahoj," zabručela jsem. „Kolik je hodin?"

„Sedum. Za chvilku bysme mohli vyrazit," řekl a stahoval si rukávy. „Dáte nám snídani, pane šéf?" Říkal to nějak moc kamarádsky.

Dědek nám přinesl snídani ke stolu ve výčepu. Herkules se mi zase otíral o nohy. Kopla jsem ho do břicha. Chlápek pořád tak podivně pomrkával od pultu, jako kdyby se mi posmíval. A Karlovi říkal ‚hochu'. Tady je kafíčko, hochu. A Karel mu zase říká ‚pane šéf'. Ále, něco se mi asi zdá. Všecko se mi zdá, jenom to, co měl být sen, byla skutečnost. Dojedli jsme. Karel se zvedl a šel vyrovnat účet.

„Pojedem, že jo?" řekl, když se vrátil.

„No, tak pojedem."

„Tak na shledanou, pane šéf," podal bařtipánovi ruku.

„Na shledanou a přiďte zas. Příště vám dám něco lepšího," smál se zasvěceně a dlouho Karlovi třásl pravicí.

„Sbohem," udrobila jsem a ani jsem se na něj nepodívala.

Vyjeli jsme směrem ku Praze, Karel mlčel. Já taky. Když se ani nezeptá, proč jsem nepřišla... Foukal vítr a mračilo se. Kolem nádraží poletovaly papíry a jeden papír od margarínu držel připlácnutý větrem na plotě.

Na státní silnici přidal Karel plyn a ručička tachometru

vyletěla na osmdesátku.

„Proč jsi nepřišla?" rozhoupal se konečně.

Chvíli jsem neodpovídala. Pak mě to napadlo.

„Proto. Abys neřek, že jsem s tebou jela kvůli spaní."
Nepodívala jsem se na něj. Dloubala jsem prstem do
těsnění u okýnka.

„Jo? A co ty zamčený dveře," pokračoval lhostejně.

„Jaký dveře?"

„No ty, co ti dědek zamknul před nosem."

„Von nějaký zamknul?"

„Vidíš? Vidíš, jak jsi prolhaná. Vidíš to? A to jsi včera
měla plnou pusu slibů."

„Ale Karle, já..."

„Prosím tě, nelži. O to tě prosím, nelži," vyletěl a bou-
chl pěstí do volantu.

„Ale Karle, to já řekla jenom tak. To já jenom tak blbě
žertuju," naléhala jsem.

„Nepovídej. A cos mu tam, prosím tě, vykládala o tý
chatě? Já v tom ráno bruslil a bylo mi trapně. Nakonec
stejně poznal, že nejsme žádní sourozenci."

„Co jsem mu měla říct, když se tak vyptával," zafňukala
jsem.

„Nic. Nemáš se s nikým co bavit. Nemáš komu co vy-
kládat, a když, tak mě na to laskavě upozorni."

„Ale von se..."

„Hele, nevymlouvej se. Nejsi upřímná. Vůbec nejsi
upřímná a děláš vylomeniny. Já pak musím slyšet, že jsi byla
namotaná, když's tam do těch dveří tak bouchala. Co má
o tobě někdo co říkat, žes byla namáznutá? Zamknul, tak
ses na to měla vykašlat, a ne dělat výtržnosti."

„Já nechtěla dělat výtržnosti..."

„Nevykládej hlouposti."

„Karle, já se chtěla dostat za tebou, přísahám, že jsem se
chtěla dostat za tebou," vysvětlovala jsem úpěnlivě.

„Já ti už nic nevěřím. Nikomu už nic nevěřím. Svět je
prolhanej a falešnej. Všichni jsou prolhaný, všichni lidi na
světě jsou prolhaný," zalkal.

„Karle," naléhala jsem znovu, „Kájo, já ti doopravdy

nelžu, já doopravdy nechci, aby sis myslel, že jsem falešná. Kájo, já nevím, já ti přísahám..."

„Nelžeš. Jenomže říkáš jenom to, co se ti zrovna hodí. A to je to samý," pronášel klidněji. „Jenom to, co se ti zrovna hodí. Tak je to, miláčku, víš? Ale nechápu, proč to musíš bejt zrovna ty. Proč si musíš vypomáhat lhaním, aby ses udělala lepší, než ve skutečnosti jsi."

Zmlknul. Byla jsem zoufalá.

„Dyk tohle přece nebyla lež jako taková, to přece, to sem přece řekla víceméně z fóru, abych dělala trošku fóry, aby ti na mně víc záleželo, nebo já nevím, prostě aby sis hernajs furt nemyslel, že tě mám ráda jenom pro tu pitomou erotiku," rozkřikla jsem se. „Pro nic jinýho, chápej, pro nic jinýho jsem to neřekla."

Neodpovídal. Dupal na plyn a jel jako šílenec. Začala jsem pofňukávat a tekly mi slzy. Ať mi tečou, ať se mi hodně koulejí po tvářích, ať mi hodně tečou, aby viděl.

„Nemusíš plakat," řekl a nepodíval se na mě. „Prostě je to tak. Asi to holt jiný bejt nemůže." Jeho hlas byl zdánlivě klidný a usmířený. „No tak neplač," utěšoval mě velkoryse. „Budu to brát, jak to je. Budu tě prostě brát takovou, jaká jsi. Nebudu si dělat iluze, aspoň nebudu zklamanej."

To mi vehnalo do očí další vlnu. Teď jsem k tomu ještě začala škytat. Už to nebyl ten počáteční filmový pláč, kdy se jenom efektně kutálejí slzy a oči ani trochu nezčervenají. Teď jsem brečela jako malá a teklo mi z nosu. Jeli jsme pořád strašně rychle, v zatáčkách to se mnou házelo jako s balíkem, ani jsem se nemohla pořádně vysmrkat. Karel si mě vůbec nevšímal. Asi si představoval, že řídí tryskáč nebo co. Nebo že je na ploché dráze. Předjížděli jsme autobusy a všelijaké lufťáky v záběhu, nebe se pořád mračilo a vítr jako by nás popoháněl ještě rychleji dopředu. Pošilhávala jsem po něm, aby nevěděl. Pískal si ‚Come prima' a pásl nedočkavýma očima po silnici. Nevěděla jsem, co bych měla říct, abych hlavně sebe přesvědčila, že se mezi námi nic nezměnilo. Abych aspoň věděla, na čem jsem. Abych měla jistotu, jak to s námi teďka vypadá. Jeli jsme už asi půl hodiny a pořád jsme mlčeli. Karel si jenom donekonečna

206

pískal.

Minuli jsme Lískovku. Slunečníky byly stažené, stoly bez ubrusů a nebyla tam ani noha. Vzpomněla jsem si na ticiánovou číšnici.

„Karle, máš mě ještě rád?" odvážila jsem se zeptat skoro šeptem.

„Mám," řekl bezbarvě. Ani se nepodíval, ani na mě nesáhl. Mlčel a jel. Pádili jsme po silnici a já byla zmatená a nešťastná. Začalo poprchávat a stírače jednotvárně cvakaly. Dívala jsem se, jak shrnují kapky, sotva dopadly, a vytvářejí na skle průhledné obloučky. Pneumatiky mlaskaly na mokrém asfaltu. Rozklepala jsem se zimou.

Auto začalo konečně drkotat po pražském dláždění. Bylo prázdné nedělní dopoledne stažených rolet a opuštěných ulic.

„Kam tě mám zavézt?" zeptal se lhostejně.

„Já nevím. Já nevím, co řeknu doma, že jedu od Julie tak brzy."

„Něco si vymyslíš, vždyť to umíš," poznamenal ironicky. „Tak domů, jo?"

Zabočil směrem k nám.

„Jenom na roh," hlesla jsem. „Aby nás máma náhodou nezahlídla."

Zastavil na rohu naší ulice.

„Tak ahoj," řekla jsem pomalu a smutně.

Díval se přes volant s rukama na klíně.

„Ahoj," řekl bezvýrazně. „A buď hodná," a pořád se díval přes ten volant.

Vzala jsem tašku a zabouchla jsem dvířka. Karel odstartoval jako raketa. Ušla jsem asi pět kroků po chodníku. Pak jsem se otočila a dívala jsem se za ním.

Auto bylo menší a menší, až zmizelo na konci ulice.

PÁNSKÁ JÍZDA

Na náměstí před hotelem U tří korun zaparkovaly krasojezdeckou myškou dva reprezentativní černé vozy. Měly silně zaprášené boky a v nánosu špíny na předních sklech jim stírače vyleštily průhledné půlměsíce. Vystoupilo pět mužů. Zazářili do zamženého podvečera bílými košilemi a vepřovicovými aktovkami.

„Tys mě prohnal," řekl baculatý řidič světlovlasému čtyřicátníkovi. „Za tou serpentinou jsi mně zmizel a já na to dupnul, až jsem udělal hodiny. Ale dohnal jsem tě, pacholku."

Polichocený blondýn přibouchl něžně dvířka svého vozu.

„Dal jsem ti zabrat, co? Ta silnice za náma je žhavá ještě teď."

„Kdyby nás chtěli honit mlíkaři, tak si to uvařej," řekl třetí, opálený hezoun a zabušil světlovlasému do zad: „Seš frajer, Aleši."

Blondýn se ušklíbl:

„Mě nedoběhnou, leváci."

Otočil klíčkem v zámku dvířek. Na řetízku se zabimbal stříbrný půldolar.

„Tak, pánové, pohyb," řekl v dobré náladě a vykročil k hotelu. „Přijďte dolů hned, jak se umejete, ať to nezdržujem."

„Já už cejtim od rána, že moje tělo potřebuje něco bytelnýho k pití," oznámil tlouštík a mašíroval za skupinkou.

Blondýn počkal, až ho dojde hezoun.

„Lojzo, neměl bych snad přece jenom zajet do těch Budějovic? Vrátil bych se ještě dneska."

„Neblbni, přece teďka se nezdejchneš."

„Já jen, že je to škoda, když už jsem tak blízko."

„Však ona ti neuteče."

„Víš, jak mi je, když si představím, že na mě pár kiláků odtud čeká celá žhavá?"

„Do zítřka nevychladne. A jestli dneska někam zdrhneš, tak jsi sketa," řekl ostře ramenáč.

Blondýn se skřehotavě zasmál.

„No tak dobře... ale moh jsem tě cestou hodit do Tábora k tý s těma velkejma..." Naznačil rukama zmíněné rozměry.

„Jednou se taky můžeme roztočit bez ženských."

„To mi říkáš ty?" skřehotal blondýn.

„Jen se neboj, dneska se nádherně upravíme. A sami."

Blonďákovým mečením se prolnul mužný smích ramenatého krasavce. Zapadli do hotelu.

Lítací dveře vchodu se za nimi ještě chvíli pohupovaly, jedno křídlo sem, druhé zpátky, a odrážely ve sklech černé vozy před hotelem, kus náměstí a kousek zataženého nebe.

Dívka pospíchala. Rozmazávala dlouhými záběry vazelínu a zahnědlé kusy odličovací vaty házela na podlahu. Chtěla být hotova co nejrychleji. Složila si líčidla a cvičky do malého dětského kufříku a vyběhla zadním vchodem z divadla.

Venku už postávala hejna vojáků z místní posádky, i těch, kteří sem přijeli z výcvikového tábora. Trumfovali se v nabídkách k doprovodu, ve stále stejných duchaplnostech a ve vojenském žertování. Proběhla parkem a průchodem na náměstí. Před hotelem ji čekalo druhé vosí hnízdo humoru ještě jalovějšího. Průčelí hotelu podpírali donchuáni a zpívali jihočeským nářečím.

Prošla halou do restaurace a požádala vrchního o deset deka salámu do papíru a limonádu. Čekala u dveří. Hospoda byla plná a zamlžená. Uprostřed překážel kulečník a strýcové s viržinky zaujatě postrkovali barevné koule po zelené ploše.

„Hned, slečno, hned," řekl číšník a otevřel si dveře nohou. Měl plné ruce sklenic od piva. Dívka přešlápla a čekala dál. Číšník z druhé strany opět kopl do dveří a veplul dovnitř s náručí piv.

„Hned, slečno, hned to bude."

„Já počkám," usmála se. Rozhlédla se po sále. Byl napěchovaný pivní generací, kouřem a rámusem. V boxu u okna sedělo pět elegánů u nedopité láhve vodky. Nějak sem nezapadali. Rozjařeně se plácali po zádech, vstávali k přípitkům a překřikovali nachmelený a ospalý hukot pivnice.

„Já ženskejm nikdy nepíšu," doléhalo zřetelně k dívce, „neriskuju kompromitaci, pánové."

„A co děláš, když nějaká napíše tobě?"

„Pálím, pánové, pálím všecky písemnosti, ale odpověď nezůstanu dlužnej, samozřejmě. Já vždycky pisatelku osobně navštívím a..." Konec pohřbila kanonáda smíchu.

Od stolu vstal blondýn, maličko se zakymácel a polohlasem oznámil, kam se ubírá. Kanonáda vyletěla znovu.

Dívka se otočila ke dveřím.

Blondýn přicházel ovládaným krokem a zastavil se vedle dívky, aby nechal projít číšníka ověšeného talíři.

„Tak, slečno, už to nesu."

Blondýn o krok ustoupil, podíval se znalecky dívce na nohy, vteřinu stabilizoval pohled na jejím zadečku a pokračoval výš. Když se dostal k obličeji, překvapeně vydechl:

„Co tu děláš, Věro?"

Dívka se otočila a vyjeveně zdvihla obočí.

„Jé, ahoj, Aleši!"

Podala mu obě ruce.

„Ty pořád jezdíš?" zeptal se.

„Jak vidíš."

„To je náhodička."

„Co ty tady děláš?"

„Počkej moment, já ti pak budu všecko vyprávět."

Vzal jí z rukou limonádu a vedl ji ke stolu.

„Jsem tady s našima klukama, pojď, trochu si pokecáme."

Kluci ji nadšeně přivítali a poposedli, aby měla místo vedle blondýna. Baculatý pohotově nalil vodku.

„Tak na co, soudruzi?" provokoval slavnostně. „Na zdraví týdle krásný soudružky." Naklonil se přes stůl a neohrabaně políbil dívce ruku. Všichni zdvihli sklenice.

„A je to zase jako dřív," řekl blondýn. „Tebe jsem v tom vašem blázinci měl z holek nejradši."

Dívka si usrkla vodky a zašklebila se.

„To musíte najednou, slečno, jen to tam kopněte," radil rozverně baculatý.

Nalila si zbytek do úst a sbírala sílu polknout. Všichni se na ni dívali. Blondýn jí hned nalil další.

„Ty seš furt stejná. Ani já jsem ji, pánové, nedokázal naučit pořádně pít."

„Eště je mladá," pronesl kulantně krasavec.

„A byla ještě mladší. Přišla k nám s mlíčkem na bradičce, viď?"

Zasmála se.

„Nevěřte mu, náhodou jsem už byla veliká."

„Veliká, to jo. Veliká naivka, ha, ha..." mečel blondýn.

„To už teď nejsem," řekla hlubokým hlasem, aby to znělo světáčtěji.

„Taky jsem ti snad dal nějakou školu."

„Podle toho, co tady slečna předvedla s tou vodkou, bych tě na moc dobrýho pedagoga netypoval," řekl hezoun.

„To nevadí, ale základ dostala."

„Fakt je, že jsem si s vámi svoje probděla."

„Vidíte, pánové," řekl vítězně blondýn. „A jak to vypadá teď?"

„Je znát, že už u nás nejsi. Všechno jde teď tak těžkopádně a legrace už není vůbec žádná."

„To si umím představit. Každej se zpotí, než zaplatí decku, co? Pánové, co já s nima utratil prachů!"

„Copak Aleš, ten nezkazí žádnou legraci," snažil se ramenáč.

„Chybíš tam, to je fakt," řekla.

Blondýn se polichoceně zaculil.

„Pamatuješ na ten poprask v Prostějově?"

„Pamatuju," vyprskla.

„To byla, pánové, taková ostuda. Ještě dneska se tam bojím objevit. Prostějov mám prostě zakázanej, ha, ha..."

„Kde tys ještě neudělal ostudu," rozmáchl se baculatý a opravil se. „Kde my ještě neudělali kšandu..."

„Jenomže tohle bylo za všecky prachy. To bylo na vánoce? Ne, na Silvestra. Vyhnali nás na zájezd o svátcích, jenomže mně to moc nevadilo. Co s rodinou na svátky, aáá..." zívl.

„Co mi budeš povídat, kamaráde. Nuda jako dum..." zakašlal baculatý.

„Já v tom ten den bruslil už od rána. Dával jsem si támhle prcka, tady tajtrlíka, na nádraží jsem si dal dva panáky, prostě za ten den jsem prošel všecky knajpy, co v Prostějově existujou, a pánové, věřili byste, že tam jsou i prostitutky?"

„Ne! Vopravdu?" řičel tlouštík. „Pojďte si tam zaject."

„To je vůl," zaúpěl ramenáč a otočil se na blondýna. „Jaký? Hele, jaký jsou?"

„Prostějovský prostitutky jsou prostě prostopášný," zažertoval blondýn. „Prostořeký, prostovlasý a prostydlý..."

„A cvičej prostný na prostřeným prostěradle," přistoupil na hru baculatý. Byl rád, že se mu to povedlo. Zamrkal vesele na dívku a spláchl úspěch velkým douškem. Dívka se kousla do rtů a hledala záchranu u blondýna.

„Přirozeně... no, a večer to dostalo teprve švuňk. Když tyhle hopsálisti — " blondýn kývl na dívku, „skončili představení, tak už jsem nebyl schopnej kloudnýho slova."

„Nepovídej," usmála se dívka, „měl jsi řečí..."

„Jak Palackej, že jo, slečno," překonával se baculatý. „Tenhle chlap má dycky řečí jak Palackej." Smál se už sám.

„Všecky putyky byly plný a my neměli kam jít," pokra-

213

čoval blondýn. „Tak jsem tyhlety hubeňoury pozval k sobě na pokoj a tam se to rozjelo. To byl řev, pánové, že nebejt tý padesátikoruny, co jsem vrazil portýrovi, tak nás hnali holí až do Prahy."

Tomu se tlouštík tak rozřehtal, že šum v hospodě na vteřinu utichl.

„Tys musel bejt numero, Aleši, to si umim představit, jaký tys musel bejt numero."

„Počkej... Pak mě napadlo, že bych měl udělat nějakou bombu, aby se něco strhlo, aby byla psina. Tak jsem stáhnul povlečení z postelí a začal jsem v tom rejdit po hotelu a lez jsem do cizích pokojů, ženský v natáčkách vykukovaly ze dveří, co se děje, a mohly se potrhat. A já baletil po chodbách, dokud mě to nezmohlo. Když už jsem byl moc unavenej, zapad jsem zpátky do pokoje a prohlásil jsem, že kapituluju, protože tolik srandy najednou se nedá vydržet, a pak se do toho ňák zamontovalo esenbé, vlastně ne. Nejdřív jsem vyházel ty prostěradla z okna a řval jsem do ulice, že jako kapituluju, aby mě přišli odzbrojit, a pak už mám vokno."

„Ty opravdu nevíš, co se dělo pak?" řekla dívka.

„Jenom nejasně, spíš z vyprávění. Akorát si vzpomínám, že když přišli nahoru, tak jsi mě vrazila do koupelny. Ty ostatní se přirozeně zdejchli, hezky potichoučku a hodně rychle, ale tady Věra začala ječet, že jí nějaký vožralové zdemolovali pokoj, když byla pryč, a to se podržte, ty volové jí ještě pomohli uklidit a jeden takovej mrňous ty peřiny zase povlík. Představte si esenbáka v modrý uniformě s pistolí, jak povlíká peřiny!"

„To musela bejt prdel, jéžišmarjá..." výskal tlouštík fistulí. „Já už nemůžu, pánové, pomóc..." svíjel se a dělal, že spadne ze židle.

„Náhodou byli hodný," řekla dívka uznale. „Pak mi ještě kladli na srdce, abych se dobře zamkla, že na Silvestra vyvádějí lidi ledacos, a u dveří zasalutovali."

„Tohle ti prostě, Věruško, nezapomenu," řekl blondýn něžně a objal ji kolem ramen. Nechala se. Bylo jí příjemné, že si ji takhle před ostatníma přivlastňuje. Tlouštík se stále ještě smál.

„Co teď děláš?" zeptala se po chvíli.

Blondýn ohleduplně vyfoukl kouř stranou a naklonil se hodně blízko k jejímu obličeji.

„Teď jsem na agentuře," zašeptal jí s ústy na spánku.

„Zase hospodaříš?"

„Jednám se zahraničníma agenturama, povýšil jsem."

„To k nám jako vozíš Montány a Boajérky?"

„Tak nějak."

„To máš fajn."

„Vyhovuje mi to. Volnost mám a to je pro mě to nejdůležitější."

Sáhl pro skleničku a na řemínku u hodinek mu zaklinkal snubní prsten. Věra se spiklenecky zašklebila.

„A tady taky něco sjednáváte?" zeptala se ironicky.

„Ne," řekl. „Ale zítra máme poradu v Budějovicích, tak jsme vypadli o den dřív."

„Aha."

„A co má bejt?" řekl dotčeně. „Život je krátkej, děvenko."

Zavládlo ticho. Blondýnova ruka jí hebce sjela po tváři a jeho oči se nadlouho zastavily v jejích.

„Máš tady šmouhu," řekl po chvíli a vylovil bílý kapesník.

„Odlíčila jsem se halabala, chtěla jsem být brzo v posteli."

Dřela si šmouhu do ruda. Pak opustila blondýnův modrý pohled a zakousla se do salámu. Měla hlad.

„Co sis to, prosím tě, objednala," řekl. „Nejez to, jsou v tom rozemletý podrážky."

Baculatý se znovu rozesmál. Blondýn mu prostě imponoval čímkoli.

„Pane vrchní, tady pro slečnu biftek. A ještě jednu lahvinku," zavolal autoritativně. Povytáhl si rukávy saka a dal zatřpytit manžetovým knoflíčkům. Ramenáč měl podobné. Vlastně všichni měli třpytivé knoflíky v manžetách, rozparky a bílé košile jako Aleš.

„Vy jste všichni tak vyšvihnutý," řekla dívka a uhladila

215

si osezenou sukni.

„To snad je normálka, ne?" řekl sebevědomě baculatý. Zamrkal na dívku a udělal kapří tlamičku.

„Hele, nech ji, nech ji, buď tak laskav," napomenul ho blondýn. Znova objal dívčina ramena a silně je stiskl. „To je moje kamarádka."

Rozhovor začínal váznout. Baculatý už byl vyčerpaný smíchem a druzí dva nejstarší jenom mlčky pili. Od začátku ještě nepronesli slovo. Nikomu to nevadilo. Hlavně že se na pravém místě dovedli zasmát.

„Tady je pěkně, viďte, slečno," pošeptal dívce z druhé strany krasavec. Co kdybysme se šli projít? Ale sami, ne s procesím, co říkáte?"

„Já mám Písek děsně ráda."

„Tak pojďte, pudem si ho prohlídnout."

„Vždyť prší."

„To by nevadilo. Já bych vás schoval pod svý bedra," zahučel dvojsmyslně a přisunul se blíž.

„Vaše bedra by schovala čtyři, jako jsem já."

„Mně by stačilo schovat jenom vás, slečno. Tak co, pudeme?"

„Až jindy, jo?"

„Nebo s náma pojeďte zejtra do Budějovic," řekl hodně nahlas a významně mrkl na blondýna. „Máme tam spoustu přátel."

„Kdepak," řekla nevinně. „My zejtra jedem do Tábora, tady už končíme."

Blondýn zamečel.

„Nemáte místo v autobusu, že by se tady kolega svez s váma. Má v Táboře sestřenici."

Díval se poťouchle na krasavce a smál se do dlaně.

„Hele, nech toho, než se začnu šířit já o tvým příbuzenstvu."

„No prosím," řekl blondýn, „jenomže s tím bys nebyl hotov ani do rána."

Atlet se otočil na dívku.

„Taky tancujete na špičkách?"

„Někdy," odpověděla zdvořile.

216

„Jé, a nechtěla byste nám něco zatancovat, slečno?" chytil se baculatý.

„To myslíte vážně?"

„Jasně. Tady Lojza by vám zahrál Pro Elišku a vy můžete baletit, ne? Já bych vás třeba přidržoval, jak se to dělá." Hoši zaburáceli a baculatý dostal tendenci se překonat.

„Hezky bych vás chytil za prcinku a nadzdvihnul bych si vás nad hlavinku."

Zvedl tlusté ruce a tvaroval v prostoru pomyslný oblouček.

„Pojte, zkusíme to. Schválně, jestli vás unesu."

„A co takhle striptýz?" zaintonovala dívka do altové polohy.

„Nó, na kulečníku," přidal se hezoun.

„To je vono, to mám rád. Počkejte, já to zorganizuju," řekl baculatý a hnal se ke kulečníkovému stolu. Dívka ho chtěla zarazit.

„Nech ho," uklidnil ji blondýn. „Dělá si psinu."

„Ale špatnej nápad to není," pronesl krasavec.

„Vy abyste nebyl hned pro," řekla dívka.

„Tak jsem to zařídil, šéfe. Pojďte, slečno, já si to s váma zprubnu." Na baculatém bylo vidět, že je podroušený.

„Dobře," řekla dívka, jako by nepochopila druhý smysl. „Bude půlnoční scéna." Necítila se už dobře. Nebýt Aleše, dávno by spala. Takovéhle řeči neměla ráda, protože na ně neuměla dost hbitě odpovídat.

„Ty nezkazíš žádnou legraci." Blondýn na ni upřel šmolkové panenky, díval se dlouze a navlhle. Pak zašeptal:

„Máš mě pořád ráda?"

„Ty seš drzej," řekla tmavě.

Ukázal oslnivé zuby a přitiskl oholenou tvář k její.

„Já tě mám rád odjakživa dojakživa."

Zavrtěla se. Byla v rozpacích.

„Ty seš výborná holka." Stiskl jí ruku a otočil se ke společnosti. „Tak pánové, popojedem."

Přiťukli si a opět dolili. Pak si zase přiťukli a znovu dolili. Tlustý šofér byl na spadnutí. Pokoušel se sáhnout dívce na koleno a opakoval, že by si to s ní chtěl zkusit.

Zbylí dva už vypadali jako stíny. Jeden si točil mlýnek na vystouplém bříšku.

V popelníku narůstala hromádka špačků a ubrus na stole už byl úplně šedivý. Vzduch v sále dráždil průdušky a řezal do očí. Kulečník vytrvale klapal a kdosi zapnul rozhlas po drátě. Sypaly se z něj synkopy jako perly. Pětice unavených mužů si opět přiťukla.

„Dáme si ještě lahvinku?" zeptal se hezoun.

„Samozřejmě," kývl blondýn a vymrštil bílou manžetu.

„Pane vrchní!" Prstýnek na hodinkovém řemínku se roztřepetal jako motýl.

„Já už nebudu," řekla dívka.

„Jen si dejte, slečno. Však vy tomu přídete na chuť po takovym desátym panáku, že jo, Lojziku? A pak nám to pude jak po másle." Tlouštík do sebe obrátil sklenici a hlasitě vydechl. „Áááách... jen to tam kopněte, slečno, musíte se dostat do tý pravý nálady, abysme si to mohli zprubnout. Já vás pak takhle nadzvednu a vy uděláte špagát."

„Nevšímej si ho," zašeptal jí blondýn. „A pít taky nemusíš, hlavně že jsi s námi... se mnou." Znovu na ni upřel šmolkový koncentrát a dívky se zmocnila chuť položit mu hlavu na rameno. Připadal jí skvělý. Objal ji a přitáhl si její tvář ke své.

„Tak pomalu, šéfe," zablábolil baculatý, „pomalu, žádný důvěrnosti, slečna si to zprubne nejdřív se mnou."

Dívka se přitulila ještě pevněji.

„Závidíš, viď?" řekl blondýn. „Tak si zase hačni a nech toho."

Řidič se poslušně posadil.

„Já jen, abys mi tu slečnu nevyfouk dřív."

Blondýn si ho už nevšímal a obrátil se k dívce.

„Tak co, máš mě pořád ráda jako dřív?"

„Jak můžeš vědět, jestli jsem tě měla ráda?"

„No tak," pokáral ji. „Pamatuj si, že já vím všecko."

„Kdo ti to dones?"

„Mám svý zvědy." .

Dívka se odtáhla. Doufala, že se tváří tajemně, ale netvářila se.

„Tak co? Co mi povíš?"

Podívala se na něj a kývla.

„Já to vím už dávno," řekl spokojeně. „U tebe se totiž všecko pozná hned, víš?"

„Těžko."

„Ha, ha, to si myslíš."

„Co když se mejlíš?"

„Nemejlím, Věruško, věděl jsem to od samýho začátku."

Mlčela, dívala se na ubrus a převracela krabičku zápalek.

Na společnost u stolu se definitivně snesla únava. Tlouštík skoro spal. Jenom krasavec se ještě trochu snažil.

„Baví vás, slečno, pořád takhle jezdit?"

Pokrčila rameny.

„Každej se musíme živit."

„Máte pravdu. Každej se musíme nějak živit."

„Někdy je to docela fajn, když je dobrá štace a dobrý bydlení. V zimě je to horší."

„Vy jezdíte i v zimě?"

„Jasně."

„To už musíte mít v zadečku pěknejch pár kilometrů."

„Ani to není moc vidět," probral se baculatý. „Zadeček má slečna pěknej, pevnej, to se musí nechat, pojte, slečno, jestli vás vyzvednu..."

„Drž hubu, chlape," utrhl se krasavec. „Nevšímejte si ho, slečno, je kapánek zatemněnej."

„Kdybych za každej kilometr dostala halíř, tak bych byla fantasticky bohatá."

„Co byste z toho měla?"

„Byla bych zabezpečená až do penze."

„Ale jděte, vy to tak zrovna potřebujete. Vám stačí nabrnknout si nějakýho hodnýho moulu a můžete žít, jak se vám zlíbí."

„Na to já nemám povahu, víte?"

„Nepovídejte. Na to má povahu každá, uhnat manžela a žít si pak po svym."

„Já nevím," řekla bezradně a podívala se na blondýna.

„Bylo to opravdu fajn, když jsi jezdil s náma. Teď je to hrozná nuda. Autobus, hotel, divadlo, autobus. Den co den. Když jsi tam byl ty, aspoň se pořád něco dělo."

Jemně jí foukl do ucha.

„Bylo to prima, mně se taky stejská," vzdychl. „A nejvíc se mi stejská po tobě."

„Ale jdi."

„Vážně, Věro. Měl jsem tě děsně rád."

„Teď už nemáš?"

„Jak se můžeš ptát." Zatvářil se velice chlapecky. Cítila jeho nohu vedle své. Hřála.

„A proč jsi mi to neřek už tenkrát?"

„Ptáš se naivně. Copak nevíš, jaký jsem měl trable?"

„S rodinou?"

„No, s rodinou, s kým jiným."

„Kvůli Jarmile?"

„Hm. Víš, co mi ta mrcha provedla?"

„Přestals ji bavit."

„No dovol. Já nikdy nikoho nemůžu přestat bavit, protože když cejtim, že se to blíží, tak jdu od toho sám, víš? A to ji právě dožralo, že jsem ji předešel, a ze vzteku poslala moje pyžamo manželce. Expres."

Věra se poprvé za večer opravdu rozesmála.

„Od tý doby spím bez pyžama, je to jistější."

„Milovala tě a žárlila, proto se na ni nemusíš zlobit."

„Ano," řekl. „Milovala mě. A ty, ty bys taky žárlila?"

„Já nevím, ale ten fór s pyžamem by mě asi nenapadnul."

„Protože seš inteligentní."

Hladil ji po vlasech a prstem obkresloval její ucho.

„Děsně se mi líbíš, víc než dřív. Nějak jsi zženštila. Neměli bychom se zase rozejít jen tak... jsi fajn... mám tě rád."

Její umořená dušička se zatetelila. Vyhlédla oknem na náměstí. Bylo prázdné a zaléval je drobný déšť. V protějším okně se objímala jakási dvojice. Ale bylo to daleko. Otřela tvář o blondýnovo rameno a zavřela oči.

Muži objednali další láhev. Opíjeli se naprosto programově. Jenom blondýn a atlet se drželi. Nechtěla bych, aby vypadal jako tloušťík, pomyslela si dívka, aby měl mžouravé oči a kravatu na stranu. Ale on je roztomilý a elegantní, i když se opije. Ucítila jeho žhavý dech.

„Miláčku, lásko moje... já tě strašně chci...“

Neodpověděla. Chtěla taky, jenomže se jí to zdálo příliš překotné.

„Bydlíš sama?“

Neznatelně kývla.

„Kde?“

Rozhodla se. Nahmatala v kabelce klíč a vtiskla mu ho do dlaně.

„Platit!“ zavolal Aleš střízlivě.

„Ty už to chceš sbalit?“ zeptal se zklamaně hezoun.

„Můžete tu zůstat, ale já musím na vzduch.“

„Na vzduch?“ promluvil konečně ten s vypouklým bříškem. „Proč na vzduch, na vzduchu to táhne na záda.“

Věra zůstala sedět.

„Já taky za chvíli pudu. Kdyby ses nevrátil, tak ahoj.“

Podala mu strojeně ruku. Dostala trému.

„Na shledanou, Věruško,“ řekl blondýn. „A hodně štěstí.“

Sáhl do kapsy a ledabyle pohodil na stůl peníze sepnuté svorkou.

„Můžete pokračovat.“

Podívala se na hodinky. Bylo něco k půlnoci. Rozhodla se, že počká pět minut.

„Já pudu s tebou, Aleši,“ zdvihl se atlet. „Když se se mnou nechce procházet slečna, tak pudu s tebou.“

„Když myslíš,“ řekl blondýn. Usmál se na dívku a rukou za krasavcovými zády naznačil, že se ho zbaví.

„Přece nebudeš sobec,“ řekl hezoun na chodbě. „Seš snad taky trochu kamarád.“

„Já mám dojem, že chce spíš se mnou,“ řekl poťouchle blondýn a zacinkal klíčem. Hezoun si pozorně přečetl číslo na kroužku.

„Ty pacholku,“ hvízdl a na chvilku se zamyslel. „Hele, co kdyby pak chtěla i se mnou?“

„Těžko, chlapče," řekl blondýn suverénně. „Na tebe už jí sotva zbyde pára."

„No, no. Ale jestli seš kamarád, tak nebudeš sobec. Nebudeš sketa a vezmeš mě s sebou."

Blondýn si pohrával s klíčem a mlčel. Pak se podíval na krasavce a ušklíbl se.

„Dobrý, vole, to jsem dlouho nezažil. Deme!"

Plácl hezouna do zad a pustil ho před sebou do schodů.

Dívka osaměla se znavenou trojicí. Šofér si držel hlavu oběma rukama a hlasitě funěl.

„Už jsem ňákej ušlej. Venco, poď chrápat."

Šťouchl do kolegy, který dřímal s rukama v obepnutém klíně.

Zůstali však sedět.

„Co teď budete dělat, slečno?" zeptal se baculatý.

„To co vy."

„Jó?" protáhl a rozevřel napuchlá víčka. „Tak to budete dělat pěkný věci."

Začervenala se.

„Já nevím, jestli je na spaní něco závadnýho."

„Podle toho, jak se to veme," zahučel. Artikuloval se značnou námahou. „A co kdybyste nám předvedla ten taneček na pokoji, co říkáte?"

„Vy jste vtipnej."

„Kam šel Lojza?" probudil se ten, co točil mlýnek. „Aleš je mi jasnej, ale kam zmizunl Lojzik?"

„Vychcat," zatroubil poprvé dosud mlčenlivý kumpán, „vychcat a vyblít, co, dámo?"

„Ty seš vůl, Venco. Copak se před dámou říkaj takový věci?" lísal se baculatý k dívce a vzal ji za ruku. „Pojďte s náma nahoru, slečno, uděláme si večírek."

„Kdepak," řekla kysele, „já už musím jít."

„Proč? Pojďte s náma nahoru, bude legrace," škemral řidič.

„Pojďte s náma, tady je to na hovno," pronesl Venca. Dívka se zvedla.

„No, no," slyšela za zády, „fajnovko, na hopsandu seš ňáká přecitlivělá. Já mít takovou holku, tak ji vohnu přes koleno..." kázal Venca. „Stejně jsou to kurvy, jedna jak druhá..."

„Slečno, nevšímejte si ho," zalkal baculatý, „von je blbej, pojte sem, slečno! Slečno!"

„Nesnaž se, vole. Snad si nemyslíš, že tahle by šla s tebou dřív než s šéfem?"

Dívka vypadla na chodbu. Pět minut, které si stanovila, ještě neuplynulo. Bude lepší počkat dýl. Kdo ví, jestli se Aleš toho hezouna tak rychle zbaví. Stavila se na záchodě. Pozorovala se v zrcadle a uvažovala, jestli nedělá pitomost. Slušná holka by to asi neudělala. Jenomže co by z toho jako slušná holka měla. Tanečnici za slušnou holku beztak nikdo nepovažuje. Vyhazuje nohy na jevišti. Před vojákama. Každý si na ni může dovolit. Každej uslintanej ožrala.

Podívala se na hodinky. Deset minut. To stačí.

Tiše vyběhla do poschodí.

Ležel v tričku na její posteli a koukal se do stropu. „Kde seš?" řekl milostně a zdvihl se.

„Ten tlustej mě zdržoval," zašeptala udýchaně.

„Je ožralej."

„Neviděl tě nikdo?"

„No dovol, přece tě nebudu kompromitovat."

„Kam jsi ulil toho Lojzu?"

„Šel spát." Přitáhl ji k sobě.

„Aleši," vzdychla dívka a položila mu hlavu na prsa. „Nebudeš si o mně myslet nic špatného?"

Stiskl ji a políbil na krk. Cítila jeho ruku na zádech pod svetrem.

„Svlíkni se," zašeptal.

„Aleši, já jsem tak šťastná, že ses tu objevil, mně to připadá jako ruka Prozřetelnosti."

„Já taky... jsem rád, že tě vidím... svlíkni se, miláčku."

„Teď jsem v podniku už úplně osamělá a někdy bych se nejradši neviděla."

Snažil se ji svléknout sám. Stála pasívně a čmárala mu

223

prstem po rameni.

„Já jsem ti tam tak opuštěná, že se mi chce pořád bre-
čet."

Rozepínal popaměti knoflíčky a háčky. Zip na boku
sukně se zadrhl.

„Seš moc citlivá... svlíkni si to, prosím tě."

Dívka zacloumala zipem.

„To je strašný, vždycky se to rozbije, já se zblázním."
Bylo jí trapně. Vytrhla zip i s látkou. Blondýn jí rozepí-
nal podvazky, zručně a profesionálně, pak ji vzal do náruče
a položil ji na postel. Svoje šaty naházel na podlahu vedle
jejích.

„Podívej se ven, Aleši, jakej je tady krásnej výhled na
řeku."

„Hm."

„Máš rád Šrámka?" Natáhla ruku k lampičce vedle
postele a zhasla. Položil se vedle ní.

„Tebe mám rád, tebe chci, miláčku, tebe, tebe." Sáhl po
vypínači. „Chci tě vidět."

„Zhasni," zaprosila.

„Ne, ne. Musím na tebe vidět."

„Hele," zavrtěla se, „znáš tu básničku Po řece Otavě za
vorem vor?"

„Ne." Hladil jí břicho a prohlížel si ji.

„Počkej," odsunula mu ruku. „Když se kouknu tady
z okna, tak si vždycky vzpomenu, jak jsme to ve škole
recitovali."

„Hm," řekl a políbil ji na malá ňadra.

„Já jsem si tu Otavu představovala asi tak velikou jako
Botič, víš?"

„Ano?" zavrněl. Hladil jí hubené nohy a ruka mu šeles-
tila na suché kůži.

„Pro mě byla vždycky největší řeka na světě Vltava,
protože jsem myslela, že Praha je největší město. A když
Písek je menší, tak jsem si logicky Otavu představovala spíš
jako potok. Ale to jsem byla úplně mrňavá, víš?"

Objala ho.

„Tebe to nezajímá, že ne?"

„Teď ne."

„Já vím," pohladila ho. „Máš mě rád?"

„Mám," vzlykl a zaplnil jí ústa kousavým polibkem. Nemohla dýchat. Snažila se odtáhnout mu hlavu a celou tu váhu, která jí tížila hrudník. Chtěla si dřív trochu povídat, než k tomu dojde. Blondýn nemluvil. Dýchal jí do obličeje vodku a nikotin. Nevadilo jí to. Hrála si s jeho vlasy a už se nepokoušela zbavit té tíhy. Líbala mu rameno. Cítila pot. Vsunul jí ruce pod kříž. Vzdychla.

„Co je?" řekl.

„Miluju tě, Aleši, šíleně tě miluju."

Neřekl nic. Dívka se podvolovala a mlčela. Připadalo jí, že plynou hodiny. Prohlížela si jeho obličej. Měl zavřené oči a pod nimi hluboké rýhy.

V pokoji něco vrzlo. Strnula a zaposlouchala se.

„Nelekej se, prosím tě," zašeptal zbrkle.

„Je zamčeno?"

„Neboj."

Uklidnila se. Znovu ho objala a měla pocit, že jí prasknou žebra.

„Miluju tě, Aleši," vzlykla znova.

„Opravdu?"

„Opravdu. Moc tě miluju a jsem s tebou šťastná."

Nemluvila pravdu. Nemilovala ho ani nebyla šťastná. To všechno jenom chtěla být. Jenom si to myslela, že je. Blondýn se odtáhl a položil se dívce po boku. Zapálil si cigaretu a s rukou za hlavou mlčky pokuřoval. Skutálela se k němu a položila mu hlavu do podpaží.

„Máš mě rád?" zašeptala prosebně.

Mechanicky ji pohladil rukou, v níž držel cigaretu. Na tvář jí spadl popel. Odfoukla ho a sáhla pro popelník na nočním stolku. Položila si ho na břicho. Blondýn do něho odklepl.

„Podívej se, jak se ten popelník zvedá, když dejchám."

„Zhubla jsi, co?"

Dívka zatáhla břicho a popelník sjel do vzniklé jamky.

„Mám trápení, tak hubnu," řekla.

„Jaký ty můžeš mít trápení?"

„Mám. A teď budu mít ještě větší.“

„Ano? Jenomže já jsem z obliga.“

„Jak to?“

„Já totiž děti nedělám, víš?“

„Ale tak jsem to nemyslela.“

„No proto.“

„Já to myslela tak, že se teď budu trápit kvůli tobě.“

„Miluješ mě?“

„Moc.“ Objala ho a chtěla se mazlit. „Moc tě miluju, už dávno. Teď zase někam zmizíš a já tě uvidím bůhvíkdy.“

„To víš,“ řekl a nechal se hladit.

„Chtěla bych se s tebou vidět pořád. Chtěla bych s tebou chodit, Aleši.“

„To nejde, děvče.“

„Proč by to nešlo? S Jarmilou jsi taky chodil.“

„Právě proto.“

„Jak to?“

„Už si nemůžu dovolit další průšvih doma.“

„Vždyť by to nikdo nemusel vědět, Aleši, já bych tě ve všem respektovala.“

„Znáš lidi.“

„Hm,“ řekla zklamaně. „Kdybys mě měl aspoň trošku rád...“

„Chápej, že je to nemožný, stejně jsem pořád v luftě.“

„Já bych se ti přizpůsobila. Mohl bys někdy za mnou přijet na zájezd. Víš, jak by to bylo romantický. Nikdo by nic nevěděl, jenom my dva.“

Naklonila se nad něj a podívala se do těch nebeských očí.

Znovu zaslechla pomalé a dlouhé vrznutí. Ztuhla. Otočila hlavu. U skříně na protější stěně se tiše a opatrně otevíraly dveře.

„Ježiš...“ vyjekla a posadila se na posteli. Instinktivně na sebe přitáhla přikrývku. Lampička na nočním stolku osvětlovala vnitřek skříně velice nepatrně. Rýsovala se tam mužská postava.

Rozječela se. Zaťatými pěstmi sevřela přikrývku pod bradou jako člověk, kterého vyděsí zlý sen. Křičela hrůzou a strachem. Ve vedlejším pokoji někdo zabušil na stěnu. Blondýn jí položil ruku na ústa.

„Buď zticha!"

Zmítala se a chtěla mu ruku odstrčit. Vytřeštěně zírala do skříně. Začala křičet o pomoc. Bušení z vedlejšího pokoje se opakovalo naléhavěji.

„Nebuď hysterická," houkl blondýn.

Postava ve skříni se pohnula.

„Poklona," řekl mužný hlas a z šera vystoupil hezoun. Blondýn vstal a začal se rychle oblékat. Dívka se třásla na posteli. Po čele jí stékal pot. Blondýn se na ni podíval jako na věc. Pak se otočil k atletovi a ukázal na postel.

„Máte zelenou, pane kolego."

Vzal ze zrcadla její hřeben a soustředěně se česal.

„To není... co to... Aleši, to není možný... říkal jsi..." blábolila.

„Buď zticha," řekl blondýn výhružně. „Mohlas to říct rovnou, že máš ráda výstřednosti, a nemuselas ho strkat do skříně."

„Co to povídáš, Aleši... já si..."

„Netvař se, každej jsme nějakej a já mám koneckonců pochopení." Mluvil jakoby velkoryse. „Když už jsi chtěla mít dva chlapy najednou, mohlas to říct rovnou a nemuselas ho schovávat v almaře jako v ňákym pitomym filmu."

„Aleši... proboha." Rozplakala se.

„Nebreč a nehraj tady divadýlko. Nejdřív máš plno řečí a pak se ukáže, že seš docela obyčejnej póvl."

Atlet bez řečí přistoupil k posteli a začal si rozpínat kalhoty.

„No tak, no tak," říkal hlasem psovoda, který uklidňuje rozčilené zvíře. Naklonil se nad dívku a snažil se stáhnout z ní pokrývku. „Nedělej fóry, děvenko."

Vymrštila se a tloukla pěstmi do jeho svalnatých prsou. Jako mravenec, který by chtěl prorazit želví krunýř. Plivala mu do obličeje a opakovala jedinou nadávku. Vedle v pokoji někdo zuřivě mlátil do stěny. Atlet jí sevřel zápěstí a kolenem jí zatížil nohy.

„Pomóc, proboha, pomóc."

Blondýn sledoval boj s tváří dostihového makléře. Pak pomalu přistoupil k posteli a s cigaretou v ústech ucedil: „Nech ji, nemá to cenu."

Krasavec povolil sevření a vyčítavě se na kolegu podíval.

„Jedna nula pro tebe, vole," řekl uraženě.

„Jdem," řekl blondýn.

„Svině," vykřikla dívka, „svině svinský!"

„Má úcta, madam," řekl blondýn a jeho oči byly jenom modré. Atlet si přehodil sako přes ramena a zapnul se. Chvíli poslouchali u dveří, pak rychle otevřeli a zmizeli. Z chodby sem zalehl tutlaný smích a pomalu se vzdaloval.

„Svině, svině svinský..." opakovala a zmítala se v peřinách. Najednou se posadila a civěla do otevřené skříně. Byla prázdná. Visel tam na ramínku jenom její pomačkaný baloňák a houpal se. Podívala se na strop. Skoba po lustru byla vytržená. Nahmatala si rozbušené tepny na krku a silně je stiskla. Cítila bušení v uších a obličej jí naběhl krví. Přestala dýchat a svírala, jak mohla nejsilněji. Potom povolila. Svezla se na podlahu a roztřásla se neovládnutelnou křečí.

Nad řekou vycházel den. Zatažené nebe chrlilo hustou síť vody a řeka pod oknem hučela. Monotónně, tlumeně a osudově.

Dívka vyskočila a strašlivým tempem naházela své věci do kufru. Pak tiše vyklouzla na schodiště.

Zezdola bylo slyšet řinčení lahví, šoupání beden a mužské hlasy. Naklonila se přes zábradlí a podívala se do haly. Nikdo tam nebyl. Opatrně se rozběhla k východu.

Vstupní dveře hotelu se ještě chvíli pohupovaly, jedno křídlo sem, druhé zpátky, a odrážely ve sklech černé vozy před hotelem, kus náměstí a kousek zataženého nebe.

TMA

Here comes a pair of very strange beasts,
which in all tongues are call'd fools.
W. SHAKESPEARE
(As You Like it V.4)

V pokoji cinkal telefon. Rychle za sebou, dotěrně a ne-odbytně. Probrala jsem se z mrákot a rozhrnula jsem plyšo-vou oponu u výklenku s postelí.

„Co je?" zachraptěla jsem.

„Skoro poledne... pojedeš?"

Nemohla jsem se orientovat. Po ránu jsem měla vždyc-ky pocit, že mi mozek padá na oči. Jako překynuté těsto. V pokoji bylo tma a zima, jedna z nejhorších kombinací, a snad i špatný vzduch. Ledový závan se mi vedral pod pyžamo. Rozsvítila jsem lampičku. Desetiwattová žárovka proměnila tmu v šero. Naklonila jsem se k zrcadlu. Za uchem mi rovně odstávaly vlasy a na tváři jsem měla vzore-ček od polštáře. Cítila jsem únavu jako po rvačce.

„Tak co je? Pojedeš?"

Odkašlala jsem si.

„Mně je nějak divně."

„To tě přejde, pojeď..."

„Kdybys viděla, jak vypadám."

„To nevadí, já ti půjčím mejkap, pojeď, Věruš," škem-rala.

Bylo jasné, že mě uškemrá, protože mě uškemrá každý, kdo má trochu trpělivosti. A to Kristýna věděla. Znala mě přesně. Tu moji lenost někomu dlouho odporovat. Vždyc-

229

ky se nakonec dám ukecat, abych měla pokoj. A tady jsem línější než kde jinde. Jenomže kde mám brát energii, když je tu tma ve dne v noci. Nejsem kočka. V jednom kuse tady mrholí a v hotelu se topí spíš symbolicky. Ze všeho nejlepší je spát.

„Tak pojedeš, viď?"

„Je tam zima."

„Neboj se, v autě ti zima nebude. A tam mají krb."

„Krb?"

„No, říkali to."

„Na dřevo? Nekašírovanej?"

„Prej jo."

Krb, teplo, idyla. To mě zviklalo.

„Tak se pro mě stav."

„Ty jsi bezva, Věro. Já věděla, že mně nezkazíš radost."

Nezkazím, to je jasný. Já prostě nikomu, kdo moc žebrá, radost nemůžu zkazit. Položila jsem telefon a opatrně jsem rozhrnula plyšové záclony na okně. Plyše se štítím. Už jen při pohledu na něj je mi hůř, než když někdo skřípe vidličkou po talíři. A tady je z plyše všechno. Z červeného, jako uschlá krev. Záclony, nebesa nad postelí, kanape, ubrus. A v tom plno prachu. Třeba tam ve skutečnosti žádný prach není, jenomže já mám pocit, že ho tam jsou mraky. Nad kanapem taky plyš, ale namalovaný na obraze, a v něm se válí strakatý buldok s namíchnutým obličejem. Rozsvítila jsem ještě lampu v rohu pokoje. Byla to bronzová socha horníka s kahanem na vysokém secesním podstavci a v tom kahanu žárovka asi tak do baterky. Podívala jsem se oknem. Venku blikaly pouliční lucerny, padal mokrý sníh. Po náměstí jezdil zametací stroj a sbíral do bachratého břicha bláto, které se udělalo, zatímco byl na druhé straně. Jezdil pořád kolem dokola a v jednom kuse měl co požírat. Na hodinách u pomníku nějakého bojovníka na koni bylo půl dvanácté. Kdybych nevěděla, že je poledne, mohla bych si klidně myslet, že je půlnoc. Těžko se to dalo odlišit. Člověk si musel pamatovat, kdy je den a kdy noc. Lidé v galoších, kteří pelášili po ulici, mohli jít na ranní nebo na flám, kdyby se tu dalo jít na flám. Ale jim to patrně nepřijde a klidně vstanou třeba na Nový rok, venku padá sněhová kaše, tma jak v hrobě, a oni si určitě libují, jaký je krásný den.

Někdo zaklepal. Vevalila se Kristýna v kožichu, navoněná kremelskými dúchy, které koupila pro švagrovou, s červenýma tvářema, kolem očí černou obrubu vyrobenou jakostním směsným krémem na boty značka Svit.

„Už čekaj dole," řekla dychtivě.

„Z čeho máš takovou náladu?"

„Dělej, Věro, čekaj dole s volhou," řekla, jako kdyby to bylo bůhvíco.

„Je ti jasný, že s nima bude otrava?"

„To nevadí. Něco zažijem. Víš, jak jsme si slibovaly, že tady zkusíme všecko," kňourala už zase vyčítavě, „ne jenom tu oficiální nudu."

Oficiálního jsme skutečně měli všichni po krk. Hromadné návštěvy muzeí, obrazáren a historických míst, kde se všichni cpou za průvodcem a přitom se třesou, aby už byl konec. A besedy o věčném přátelství našich národů. To snad bavilo už jedině Pokoru, vedoucího zájezdu, který konečně dostal příležitost uplatnit své řečnické umění a chabou znalost ruštiny.

„Mně ale nejsou dvakrát sympatický."

„Mně taky ne, Věro, ale to nevadí, hlavně že nás zavezou někam, kam bysme se jinak nedostaly."

„A kam?"

„Říkali, že vědí, kde je pochovanej Zoščenko, a tak. A znají podsvětí."

„Jo?"

„No, prohlídnem si to a pak nás zavezou na dáču toho jednoho."

„Co tam budem dělat?"

„Můžeme se s nima bavit o literatuře, ten jeden je spisovatel. Třeba se dovíme něco zajímavýho."

„On tam bydlí?"

„Ty jsi naivní. Jezdí tam jenom pracovat."

„Jo tak."

„Prej je tam úžasnej klid. Tady přece všichni spisovatelé

jezděj pracovat na dáču."

„Jo?" zapochybovala jsem.

„No, možná všichni ne, ale ty významný asi jo. Jako třeba Puškin a tak. To už je taková tradice."

„Tenhle je slavnej?"

„Asi."

„A ten druhej taky?"

„Ten je redaktorem v Krokodýlu."

„Kristýno," řekla jsem, „já nemám moc chuti tam jet."

„Pojeď," zaprosila, „pojeď, Věruško."

„Já to znám, oni jsou dva a my jsme dvě, víš?"

„Ale Věro. Kdyby něco, tak zdrhnem."

„Já vím, zavezou nás do nějaké pustiny a to chci vidět, jak budeš zdrhávat."

„Věruš, nebuď protivná, pojeď. Já tě učešu."

Položila mě definitivně na lopatky. Ta by mě snad udyndala pro všecko na světě.

Seděli v hale hotelu. Sergeji Ivanoviči mohlo být při hodně laskavém odhadu kolem padesáti a Igor Vasiljevič byl snad o něco mladší. Oba měli motýlky, úzké nohavice a prsteny. Políbili nám ruce.

Vyjeli jsme zablácenými ulicemi z města ven. V autě hřálo topení a to mi trochu zvedlo náladu. Kristýna hned navázala konverzaci. Já jsem mlčela a dívala jsem se na zamrzlou Něvu, která stála, pokrytá strupy ledu. Kristýna brebentila, vypadala rusky s beranicí na hlavě, vyrážela ‚uoch' a ‚uoj' jako rodilá báryšňa.

„Zeptej se na ten Zoščenkův hrob," řekla jsem.

Igor se zatvářil přemýšlivě a nahnul se k Sergejovi.

„Ty víš, kde je pochován Zoščenko?"

„Zoščenko? Ten přece bydlí na rohu Leninovy."

„Ale já myslím toho spisovatele," řekla Kristýna.

„No jistě, spisovatel a filmový scenárista," usmál se Sergej.

„Ale ten je přece dávno mrtvej," poučila ho.

„Kdepak, ten bydlí na rohu Leninovy, kdepak by byl mrtvej."

Kristýna se nadechla a chystala se ho přesvědčit. Kopla jsem ji.

„Tak to není pravda, že umřel? To je fajn. U nás jde fáma, že je po smrti," řekla jsem vesele.

„Samozřejmě že ne, vždyť se s ním znám. Bydlí na rohu Leninovy."

„A Ilf s Petrovem už asi umřeli, ne?" zeptala se nevinně.

„Dávno," zabručel Sergej.

„Kde mají hrob?"

„V Moskvě, děvenko, v Moskvě," odpověděl a začal si broukat nějakou písničku. Potom řekl:

„Proč se pořád ptáte na minulost? Já vím, je pro vás zajímavá, ale budoucnost je zajímavější, ne? Budoucnost, to je něco."

A jéje, pomyslela jsem si. Ale vlastně má pravdu. Mě taky za budoucnost nemůže v přítomnosti nikdo stírat.

Pak zase něco prozpěvoval a přešel do textu, který měl potvrdit jeho slova.

„My vidim naše budušče v rabotě i v borbě za mir..."

Kristýna se na mě podívala. Strčila jsem do ní a zeptala jsem se:

„Co je na tom pravdy, Sergeji Ivanoviči, že v tom hotelu, co bydlíme, zemřel Jesenin?"

„Říká se to, bohužel."

„Že prej se tam oběsil, někde v podkroví."

„Kde jste to slyšela?"

„Já to četla v jedný knize," řekla Kristýna.

„To není pravda," řekl, „to není pravda. Zemřel tam, ale neoběsil se, prostě zemřel, byl nemocný, víte?"

„Ale vždyť spáchal sebevraždu," namítla Kristýna. Pak mávla rukou a uklidnila se. Bylo ticho. Sergej pískal tu melodii o budušČem, a když dopískal, filozoficky pronesl:

„Umřel, umřel, všichni umřeme, da, da, da..."

„Podívejte, támhle se staví obchodní dům," zvolal optimisticky Igor ve snaze přervat chmurné pomyšlení na smrt.

„Hm," řekla Kristýna a ani se tam nepodívala.

„Bude to dvanáctiposchoďový mrakodrap, kde bude

všechno k dostání."

Podívaly jsme se apaticky na tu stavbu a na krajinu kolem. Všude byl sníh a v něm dřepěly domečky jako bedýnky od syrečků.

„Jé, támhle je krásnej kostel," vykřikla za chvíli Kristýna, „zastavte, pudem se tam kouknout."

Sergej zabrzdil. Stál tam malý pravoslavný kostelík, schovaný mezi těmi baráčky na spadnutí. Nerada jsem vystoupila z tepla, ale kvůli Kristýně jsem musela. Byla ochotná ušoupat si nohy po kolena, aby spatřila kdejaký pitomý kostel nebo muzeum. Vstávala s kuropěním a s průvodcem ve zmrzlých rukou slídila po památkách, vyptávala se a otravovala. A mě nutila podnikat ty praštěné expedice s ní. Mládenci šli za námi a šklebili se.

„To je jenom takový obyčejný kostel," říkal Sergej, „žádná historická zvláštnost."

„Mě to zajímá, víte, pro nás je pravoslaví vlastně exotika," drmolila Kristýna.

Pro ni byla exotika všecko. I kandelábry na ulici, protože byly nastříbřené a zakroucenější než u nás.

U kostela se hroutil plot malého hřbitova. Hroby byly pokryty stohy umělých růží. Ale vypadaly docela malebně v bílé sněhové peřině. Prostě normální hřbitovní poezie. Některé hroby na sobě měly vysokou drátěnou klec.

„Jé, to je zajímavý," vykřikovala, „myslíš, že to má nějakej rituální význam, ty klece?"

„Asi to je proti zlodějům, ne? Třeba tam jsou s lidma pochovaný prachy. Nebo spíš je to, aby nebožtíci neutekli."

„Ty seš, víš, tohle přece nejsou pohanský hroby."

„No tak je to proto, aby někdo neukrad ty voskový kytky."

„Ba ne, v tom bude určitě nějakej náboženskej důvod," pronesla badatelsky.

„Snad." Potvrdila jsem jí to, ať má radost. Beztak je to jedno. Snažila jsem se přečíst písmena na kamenných křížích, ale nedařilo se mi to. Byla to nějaká kudrnatá azbuka a zacláněly ji pentle z krepového papíru. Kristýna hopsala po hřbitově jako klokan a tváře měla krev a mlíko.

234

„To je teda krásnej hřbitov," ječela a do mě se dala zima.

„Pojď se ještě mrknout do toho kostela a pojedem," řekla jsem.

„Tobě se tady nelíbí? Podívej, tady je zase taková klec. Na co to jenom je?"

Nikdo jí to nevysvětlil. Hoši taky věděli houby. Šli jsme do kostela. Před vchodem stála, opřena o kamennou zeď, malovaná víka od rakví a zevnitř vycházelo temné hučení a zpěv. Hned u vchodu jsme se museli začít tlačit. V rohu, za ohrádkou na praktikáblu, stál pěvecký sbor, jehož členové určitě pamatovali cara Nikoláje. Zpívali velice zaníceně a očima viseli na babce, která stála před nimi a mávala rukama. Ječivé ženské hlasy se proplétaly s hrubými barytony starců, akordy ladily úplně profesionálně a babka udávala rytmus neumělými, ale srozumitelnými gesty. Jejich citrónové obličeje s černými škvírami úst pokorně prosily Boha o naplnění odvěké touhy člověka, o věčný mír a spasení; v staroslověnském jazyce, podle staletého rituálu, naturálními hlasy křičeli svou prosbu o smilování do zchátralé klenby kostela, asi jako kdysi dávno člověk s kyjem křičel zoufale svou primitivní modlitbu do klenby jeskyně.

Surovému zpěvu odpovídal mladý, kultivovaný hlas z druhého konce kostela, dlouze a monotónně odříkával litanii za mrtvé, ležící ve výklenku v otevřených rakvích, zasypané papírovými poupaty lízátkových barev a obklopené davem živých. V jedné z rakví leželo tělo mladého muže, snad ještě syna, snad už otce rodiny, a jeho pozůstalí pronikavě naříkali, vrhali se na něj s posledním polibkem a pohlazením, malé děti se bály, a když na ně došla řada, vystrašeně ustupovaly, ale mrtvou tvář nakonec políbit musely také.

Pop v třpytivém rouchu střídavě otevíral a zavíral zlacená okénka na oltáři. Vypadal mladý. Chvílemi padl někdo v davu na kolena a tloukl čelem do země, chvílemi projelo kostelem smuteční úpění a pláč nechápavých dětí.

V prostřední lodi kostela stála tichá fronta a nezávisle na smutečním obřadu postupovala k obrovské ikoně. Každý políbil její rám, uklonil se a tiše odešel. Na tom místě, kam člověk mohl dosáhnout ústy, už nebylo po zlaté barvě ani stopy. Ve výklenku na druhé straně stálo ještě několik malovaných rakví, ale pozůstalí kolem mlčky čekali, až na ně dojde řada.

Zahlédla jsem Kristýninu beranici mezi zachumlanými hlavami. Protlačila jsem se k ní. Stála na nějakém stupátku a dívala se vyvalenýma očima.

„Kristýno," řekla jsem, „pudeme, ne?" Chtělo se mi jít rychle odtud. Padal tu na mě nějaký divný, cizí a nepochopitelný smutek.

„Počkej, Věro, mě to šíleně zajímá," utrhla se netrpělivě a koukala hypnotizovaně na sbor za ohrádkou. Právě spustili a Kristýna se zachvěla. Třeba jenom předstírala, že jí jde mráz po zádech, jako to dělala vždycky, když chtěla režisérovi ukázat, jak na ni jdou emoce, ale spíš po ní ten mráz opravdu šel, protože se zatetelila trochu jinak a chňapla mě za ruku. Poslouchala jsem s ní a napadlo mě, že tenhle sbor by musel z Llangollenu přivézt zlatou i stříbrnou dohromady. Když přestali zpívat, odvlíkla jsem Kristýnu ven. Potácela se jak slaměná panna. Úplně zhypnotizovaná. Tahle její napůl předstíraná schopnost vnímat věci jedině citem a dostávat se do takového vytržení mi někdy šla dost na nervy. Ta bude jak Alenka v říši divů i ve sto padesáti letech.

U východu stály miniaturní babičky, Kristýna hrábla do tašky, dala každé rubl a konečně vyklopýtala z kostela. Nebyla schopná říct spojku.

Sergej s Igorem už seděli ve voze a vyhlíželi nás.

„To bylo tak zajímavý, že jste se nemohly odtrhnout?"

„Ohromně zajímavý kostel," řekla Kristýna teatrálně. Vyjadřovala se teatrálně dost často, protože dříve hrála opravdové divadlo.

„Co je na tom? Kostel a v něm svíčkový báby," zabručel Igor.

„Ale krásně zpívali."

„To nemyslíte vážně."

„Opravdu. Byl to velkej zážitek." Už zase byla afektovaná. „V tom kostele promlouvají staletí."

Chtělo se mi smát.

„Ale jděte, děvenky, přece nechcete tvrdit, že jste něco takového ještě neviděly," řekl Sergej. „Copak u vás nemáte spoustu starých lidí, kteří ještě věří v Boha? To přece není taková vzácnost."

„U nás ne, ale tady je to zvláštnost," řekla jsem.

„Zvláštnost na vymření. Ti lidé tam, ti byli staří už za revoluce. Mladí tam nejdou," zahuhlal Igor.

„Ale vždyť vůbec nejde o to, jestli jsou mladí nebo staří. Nám se prostě líbilo, jak zpívali."

„A mladí tam byli taky," podotkla Kristýna.

„Tomu nevěřím," řekl Igor.

„Měli jste se jít podívat. Zpívali senzačně a ten pop byl docela hezkej."

„Hlavně že se vám to líbilo," pronesl tónem tatínka. Nechtěli se o tom už bavit. Tak jsme mlčely. Sergej u volantu zase optimisticky prozpěvoval a Igor se k němu přidal. Byli jsme definitivně z města venku a kolem nebylo vidět už nic, jenom sníh a nízkou černou oblohu.

„Nevíš, jak je to daleko?" zeptala jsem se Kristýny.

„Padesát."

„No nazdar."

Ale auto jelo rychle. Přijeli jsme dřív, než jsem čekala. Sergej zastavil před dlouhým plotem. Za ním, o kus dál, stála jednopatrová vila ze dřeva. Ve vzdáleném sousedství dřepěly ještě dvě podobné v zahradách pod sněhem.

„To jsou také dáči," řekl Sergej. „Vesnice je asi patnáct kilometrů za tímhle kopcem. Jsme tu úplně na samotě."

„Je to tady pěkný," řekla jsem. Neměla jsem z toho dobrý pocit. Samota, lidi bůhvíjak daleko odtud. Sergej se usmál a vykročil k vile. Sníh byl netknutý a z něho čněl dům, spousta borovic a smrků. A ticho. Strašidelné ticho.

„To je pravá ruská zima," vykřikovala nadšeně Kristýna, jako kdyby věděla, jak pravá ruská zima vypadá. Znala ji leda z obtisků na fredo-ledo. Ani ji nenapadlo se bát. Kdyby nás tu třeba rozčtvrtili a zakopali do sněhu, neštěkne po nás ani pes.

Sergej s Igorem prošlapávali cestu. Sníh byl mokrý a těžký. Ve stopách zůstávaly lesklé loužičky. Kristýna zase hopkala svým klokaním stylem a vůbec jí nevadilo, že má plné boty. Než jsme se dohrabali k baráku, zmrzly mi nohy. Dům byl nacpaný secesním nábytkem, koberci, obrazy a hromadou uměleckých předmětů. V hale byl skutečně krb na dřevo, houpací křeslo, svícny, dlouhý masívní stůl s lavicí kolem dokola a navoskované dřevěné schody s červeným plyšovým kobercem.

„Tohle mít doma!" vydechla Kristýna. Okamžitě se vrhla ke krbu a podpálila oheň.

„Tak, děvušky, jako doma."

Sergej s Igorem vybalili z aktovek jídlo a láhve s vodkou. Kristýna se zabydlela okamžitě. Prostírala na stůl a vzdychala obdivem nad každou sklenicí. Na krbové římse vyrostla baterie lahví a stůl přetékal delikatesami.

„To je žrádla, jako kdyby tu s námi chtěli zůstat až do velikonoc."

„Tomu říkám pohostinnost." Kristýna se už prostě nekontrolovala. Pištěla své ‚uoch' a ‚uoj' jako prodavačka z Gumu. Na formu a velkorysost ji nachytal kdekdo.

Igor rychle nalil vodku a pronesl dlouhatánský přípitek. Zamontoval do toho družbu, lásku, Stalina a mimo jiné nás upozornil, že když nebudeme pít, urazíme nejen je dva, ale snad celý ruský národ. Bylo jasné, kam nás chtějí dostrkat.

„Kristýno, ne aby ses nadrala," zašeptala jsem. Znala jsem ji moc dobře. Trochu se napije a promění se v beztvarou, pasívní kreaturu. Ráno pak bude mít záchvat a sebevražedné úmysly. Jenom řečma, samozřejmě.

Cpali jsme se šunkou a kaviárem, Igor naléval a pronášel přípitky. Na ženském těle nezůstalo skoro nic, na co by nepřipil.

Krb nádherně hřál a Kristýna už měla zase tváře jako rajská jablíčka. Taky na ně se připilo.

„Vy jste molodci, děvčata," chválili nás, jak umíme pít. Jenomže my jsme vypily každou pátou skleničku, a to ještě zpoloviny. Ostatní vodkou jsme šikovně živily plameny v krbu. Pokaždé to trochu prsklo a vyšlehl modrý plamen.

238

Ale i tak jsem už začínala mít mírně zpomalené reakce. „Kristýno, už vůbec nebudeme pít." Všimla jsem si, že se poněkud potácí. A začala být pozoruhodně veselá a vtipná. Tak to u ní probíhá vždycky. Pak zhasne, bude chtít spát a lehne si kamkoliv.

„Neboj se, vždyť něco vydržím, ne?"

„Jen aby!"

Sergej se rozvalil s rozepnutým límečkem na lavici v rohu u stolu a vypadal jako myslitel. Igor v ponožkách poletoval kolem stolu a pečlivě dbal o naše sklenice. Prozpěvoval si a byl najednou nějak vlídnější. Už nehuhlal jako v autě. Přinesl Kristýně polštářky, aby hačala na měkkém, a vůbec se jí nějak příliš věnoval. Obrátila jsem se k zamyšlenému Sergejovi.

„Proč jste tak vážný, Sergeji Ivanoviči?"

„Vážný? Já nejsem vážný, je mi smutno." Pozoroval hloubavě svou skleničku a na mě se nepodíval.

„Z čeho je vám tak najednou smutno?"

„Mně je vždycky smutno, vždycky když sem přijedu, víte? Já si tady pokaždé uvědomím, kolik práce ještě musím udělat. Pořád pracuji a pořád se mi zdá, že je to málo."

„To se zdá každému, v životě to už tak je," pronesla jsem zkušeně.

„Víte, my spisovatelé nemáme lehký život, my máme velikou zodpovědnost." Vzdychal a povídal to jakoby sám pro sebe. Nevěděla jsem, mám-li se o tom bavit dál. Ale o čem jiném si s ním mám povídat? Když se ho budu ptát na to, co mě zajímá, stejně mi nic neřekne, jako s tím Zoščenkem.

„Máte krásné povolání... musí to být prima pocit, když napíšete nějakou myšlenku a víte, že s váma o ní bude přemýšlet spousta lidí," koktala jsem.

„My máme velikou zodpovědnost," opakoval pomalu, „my musíme vychovávat a vést lidi po správné cestě."

„Proto ale nemusíte být smutný, to je přece radostné poslání, když můžete lidem ukázat tu správnou cestu a..." žvanila jsem dál.

Sergej opět hlasitě povzdechl a mávl rukou.

„Nebuďte smutný, máte to tady moc hezký a nám se tu líbí."

Ale vypadalo to, že mě neslyší. Zase tak těžce vzdychl a nepřítomně se podíval na Kristýnu.

„Spisovatel má o to těžší pozici, že k tomu všemu má jenom pero a papír, ech, co vy víte... jenom pero a papír. To je těžší než stavět ocelárnu, ano, ano, mnohem těžší..."

Nebylo mi jasné, co vlastně chce říct. Potřeboval si postěžovat, to je to celé.

„Ale za to si vás všichni váží," usmála se na něj Kristýna skoro milostně. Byla už v tom stadiu, kdy koketuje třeba s klikou u dveří.

„Ano, ano, je to mnohem těžší než stavět ocelárnu," opakoval a zřejmě se mu tohle přirovnání líbilo. „Nu což, napijme se na spisovatele," povstal a vztyčil ruku s plnou sklenicí, „na ty dobré vychovatele lidu, na ty statečné rádce a inženýry lidských duší, kteří tak nebojácně válčí s lidskou nevědomostí a nespravedlností."

Napili jsme se všichni. Čekala jsem, že teď se Sergej probere a bude trochu veselejší. Ale neprobral se. Zůstal zasmušilý, otíral si kapesníkem čelo a zase vzdychal.

Asi už bude napařenej, pomyslela jsem si. Všichni už jsme byli napařený. Krb hicoval, protože Igor pro radost Kristýně v jednom kuse přikládal a v místnosti bylo vedro jak v kotelně. Kristýna si dřepla do houpací židle, Igor si vzal polštářek a sedl si u jejích nohou. Potvora. Teď dělá všecko, aby v něm probudila žádosti a naděje na jejich naplnění, a pak až půjde do tuhého, bude volat mě na pomoc. Koketovala s ním přímo nesnesitelně a Igor tál. Žádná služba pro Kristýnu mu nebyla zatěžko. A ona chtěla pořád něco, cigaretu a zapálit, ale ne zapalovačem, dřevíčkem z krbu, a vodu a podat kaviár a povytáhnout polštářek za zády, prostě k zbláznění. Přesunula jsem se k nim. Mluvili pořád, hlavně Kristýna, ale mně nebylo jasné, o čem. Ale aspoň něco. Sergej setrvával u stolu a pořád vypadal myslitelsky. Snad přemýšlel, oč snazší je postavit kombinát než napsat bajku. Napadlo mě, jaká by to byla senzace, mít tady nějakou bezvadnou partu. Nebo tu být sama s někým pri-

ma. Takhle je tu sice všecko, ale nad tím visí lavina nudy.
Igor se ze samého štěstí, na něž mu Kristýna poskytova-
la ty nejlepší vyhlídky, dal do zpěvu. Jednou rukou držel
cigaretu a druhou houpal Kristýnu v křesle. Přidala se k ně-
mu falešným nakřáplým sopránkem, a když jí to nešlo,
začala se zase hihotat.
Šla jsem k oknu. Venku byla úplná tma a na nebi ani
jedna hvězda. Koukala jsem se chvíli na sebe v okenní tabuli
a chtělo se mi odejít. Ale bylo ještě brzy. Nalila jsem si
vodku. V rohu u stolu se pohnul Sergej.
„Dobrá vodka, co?"
„Dobrá," řekla jsem.
Nalil si taky.
„Na zdraví," zvedl skleničku a ťukl si se mnou.
Chtěla jsem jít zpátky kc krbu.
„Sedni si sem," rozkázal mi najednou. Poslušně jsem se
posadila vedle něj. Nalil mi druhou.
„Na zdraví, Věročko," konečně se zasmál.
„Já už nemůžu pít."
„Jen pij, maladěc," plácl mě do ramene, „české dívky
umějí pít, to já znám."
„Jak to můžete vědět?"
„Mně se české dívky líbí. Ty máš hezké oči."
Jeho ruka pořád ležela na mém rameni, jak dopadla,
a tížila mě. Rozpačitě jsem se zasmála.
„Proč se směješ? Co je ti k smíchu? Ty, ty, jedna..."
pohrozil mi.
„Já se nesměju... já se jenom tak usmívám."
„A proč se usmíváš, co?"
„No, že mám dobrou náladu."
„Tak se napij, ať máš ještě lepší."
Sundal mi konečně tu ruku z ramene. Igor pořád zpíval
a houpal Kristýnu. Rozvalovala se v křesle jako nymfa,
nohu přes nohu, a kňourala s ním. Už se vůbec neobtěžova-
la mluvit. Ani ji nenapadlo držet konverzaci, jak mi slibova-
la. Podívala jsem se na hodinky. Bylo teprve půl desáté.
„Nemáte tady domino?" zeptala jsem se.
„Na co chceš domino?"

„Mohli bychom si zahrát.“

„Proč bychom hráli domino, když tady máme veselou společnost?“ řekl Sergej. „Napijme se!“ Trochu jsem usrkla. Bylo mi jasné, že už mám tak akorát.

„Kristýno, jestli ještě budu pít, tak upadnu,“ řekla jsem česky.

„Já taky.“

„Co budeme dělat?“

„Já nevím,“ řekla rozmazleně. Nechávala to na mně, káča. Vždycky mě nechala, abych v posledních fázích rozhodovala věci za ni. Spoléhala na to, ještě než si dala první lok. Jestli se tady namázne, tak s ní nikdo do rána nehne. Bude jako z gumy.

„Kristýno, už nepij, máš dost!“

„Vy se na nás umlouváte,“ zahrozil mi Sergej a štípl mě do tváře. „Ty, ty, jedna.“

„Já se ptám Kristýny, kdy chce jet zpátky,“ řekla jsem omluvně.

„Zpátky? Igore, ony už myslejí na to, že pojedou zpátky, ha, ha. Ještě se pořádně nenapily a už chtějí pryč. Přece ráno, ne? Přece tady zůstanete přes noc, ne? Nebo si myslíte, že je tu málo místa? Oj,“ zvolal vesele, „místa je tu dost pro celou armádu, ha, ha. Nebo mi nevěříš, co, kuřátko?“ Štípl mě znovu do tváře a zatřepal mi hlavou. Začínal vesele laškovat. Myšlenka na smutný úděl spisovatele zmizela patrně pod hladinou vodky.

„Neštípejte mě, to bolí.“

„Ty, ty! Ty jsi taková děvuška blondýnka, ha, ha. Viď, Igore?“

„Jo,“ zahučel Igor. Nevěděl stejně, o co jde. Šimral Kristýnu klacíčkem po noze. Houpala se jako blázen a nepřestávala s tím pitomým hihňáním.

„Kristýno, nehoupej se, bude ti špatně!“

„Mně se to líbí,“ zakvokala. Panebože, ta bude za chvíli jako dromedár.

„Vážně, Kristýno, co budeme dělat?“

„Já nevím, já ne—e—evím,“ zpívala bezstarostně.

Už byla úplně bez zábran. Ale brzy zhasne, to jsem

věděla.

„Proč pořád mluvíte česky? To se nesluší. Když si něco chcete říct, tak si to řekněte rusky."

„My už nebudem," řekla Kristýna vesele a vyskočila z houpačky. Vrhla se k samovaru, který stál na krbu zřejmě spíš jako ozdoba. „Teď si uvaříme čaj, chcete čaj? Pravý ruský čaj!"

„Na co, když je vodka?" divil se Igor.

„No přece kvůli náladě. To se přece hodí k zimní náladě, ne?"

Pánové pokrčili rameny. Kristýna odhopkala do kuchyně a Igor za ní.

Sedla jsem si do křesla u krbu a zapálila jsem si. Byla jsem docela ráda, že to Kristýnu s tím čajem napadlo. Aspoň se trochu rozvíří ta hustá otrava a na chvíli se přestane s vodkou. Chtělo se mi být kdekoli jinde, jenom ne tady. Sergej mi přinesl sklenici.

„Už nebudu," řekla jsem unaveně. Chtělo se mi spát.

„Jen se napij."

„Opravdu ne, opila bych se."

„Ale neopila, po vodce se nikdo neopije, vodka je dobrá pro zdraví. Rusové jsou zdravý národ, protože pijou jenom vodku. Tak se napij, no."

Byla jsem líná mu odporovat. Vzala jsem skleničku a srkla jsem si. Pálila mě žáha. Vstala jsem a šla jsem se podívat do kuchyně.

„Nechoď tam," křikl za mnou Sergej, ale šla jsem.

Igor právě kroutil Kristýně ruce za zády a strkal ji k pohovce v rohu. Samovar stál na stole. Když jsem vešla, Igor ji pustil.

„Pojď natočit ten samovar," řekla jsem jakoby nic. Igor si zapálil cigaretu a dělal blesky očima. Nevšímala jsem si ho. Odnesly jsme šálky a samovar do haly.

„Tak a už si nesmíš ani loknout, Kristýno!"

„Mně je blbě," vzdychla. Byla bledá a rozcuchaná.

„Teď se všichni napijeme na tykání," rozjel se Sergej.

„To ne, my vám přece nemůžeme tykat."

„Proč ne?"

„Jste přece..." Chtěla jsem říct starší, ale asi by se naštval. Mohl by si tykat spíš s naším tátou, ale určitě by se namíchl, kdybych mu to řekla. „Jste přece vážený spisovatel a my jenom obyčejné herečky, to nejde."

„Všichni jsme si rovni, Věročko, všichni jsme soudruzi a plujeme na jedné lodi, da, da," pronesl pateticky.

„To plujem, jenomže my bysme z ní momentálně potřebovaly zdrhnout," řekla jsem Kristýně.

„Už se zase umlouváte?"

„Víte, soudruhu, u nás to není zvykem, je to takové moc familiární."

„Tak se aspoň napijeme na naše setkání. Na dnešní krásný večer, Igore!"

Igor se přiloudal z kuchyně s cigaretou v zaťatých zubech. Spíš se přivrávoral. Hodil do sebe vodku a beze slova padl do křesla. Mhouřil a zase rozvíral oči, aby bylo vidět, jaké v nich má záblesky.

„Co je vám?" zeptala jsem se ho. Stejně na to čekal.

„Ještě se ptej." Pořád měl na obličeji tu rozvášněnou masku z kuchyně. „Jsem jenom muž."

„To vidím."

„Jenom člověk," pokračoval zaníceně, „jenom člověk." Repetici řekl poněkud elegicky.

„A co má bejt?"

„Češky nejsou dobré ženy," žaloval ohni, „jsou chladné a přetvařují se, ba, ba, přetvařují se."

„Jak jste to poznal?"

„To se pozná, to se lehko pozná." Pokyvoval zklamaně hlavou a tvářil se, jako kdyby se mu právě objasnil velký psychologický problém.

„Prosím vás," řekla jsem.

„Ruské děvušky jsou lepší děvušky, srdečné a upřímné. Ruská děvuška by se takhle zachovat nemohla, to by tedy nemohla, ta by se chovala jinak, ne jako česká děvuška..."

Zdálo se mi to trochu infantilní. Nebylo mi jasné, kdo se tady špatně zachoval. Nechala jsem ho. Dotahoval roli do konce. Voda v samovaru zabublala a Kristýna udělala čaj. Pánové neměli zájem. Igor dál kouzlil bolestný výraz a Sergej se někam odtrmácel.

Kristýna srkala čaj hodně hlasitě a dělala ‚ááchʻ a usmívala se rozsvícenýma očima, ale Igor si jí nevšímal. Byl bolestně zklamán a já s obavou čekala na tu chvíli, kdy se začne chovat hrubě. Takovíhle chlapi se vždycky chovají hrubě, když se předtím překonávali v pozornostech a nedočkali se patřičné vděčnosti.

Bože, jak strašně ráda bych šla pryč. Jenomže s Kristýnou teď už nebude žádná řeč. Ztratila definitivně pojem času. Už mi bylo jasné, že se zpátky nepojede.

„Mně je blbě,“ oznámila Kristýna. „Šíleně mě bolí hlava. Asi budu blít.“

„Co mám dělat?“

„Víš co, Věruš? Já si na chviličku pudu lehnout do toho pokojíku nahoře, jo?“

„A co budu dělat já?“

„Musíš tady s nima zůstat, aspoň na chvíli, Věruško,“ škemrala, „pak se třeba vystřídáme.“

„Tak jo,“ řekla jsem. Stejně by mě zase udyndala.

Slyšela jsem ji, jak škobrtá po schodech nahoru. Pak cvakl zámek. Posbírala jsem nádobí a odnesla ho do kuchyně. Igor zůstal u krbu a zdálo se mi, že klimbá. Možná, že přemýšlel, jak to má těžké, když je jenom člověk. Spíš ale spal. Taky bych si docela ráda schrupla, beztak už všichni ostatní zhasli.

Jenomže Sergej se vrátil. S velikým demižónem.

„Když vám nechutná vodka, budete pít víno,“ řekl a postavil demižón na stůl. Zavoněl z něj sklep. „Kde je Kristýna?“

„Šla si na chvíli lehnout. Není jí dobře.“

Sergej se svalil za stůl a nalil si víno do půllitru. Byl celý zarudlý a hlasitě dýchal. Stejně ho jednou raní mrtvice. Byla jsem zlá, protože mě to otravovalo. A Kristýna se klidně složí. Nejdřív mě sem vytáhne a pak si jde hajat. Klesla jsem bezmocně na lavici.

„Tak co, líbí se ti tady?“ řekl Sergej.

„Hm.“ Zase ta konverzace. Kdybych to aspoň uměla. Kdybych na to aspoň měla náladu. „Je tady klid a hezké prostředí. Musí se vám tu dobře pracovat."

„Tady je dobře."

„A co teď píšete, Sergeji Ivanoviči," snažila jsem se.

„Ech, děvče," vzdychl dlouze, „píšu, píšu, celý život píšu a pořád to není všechno."

„To už je takový úděl spisovatele." Nerozuměla jsem mu. Vypadal unaveně a staře. „Píšete jenom bajky, nebo taky romány?"

„Jenom bajky, děvuško, jenom bajky, to je můj obor."

„A taky je vydáváte v nějakých sbírkách?"

„Zatím jenom v Krokodýlu. Už jich mám šestapadesát, až jich bude stovka, vydám je jako knížku, víš? Jsem pokračovatelem Ezopa, La Fontaina a Krylova."

„To je asi těžké, vymýšlet si pořád nějaké příběhy a ponaučení."

„Není to snadné, kdepak, to se člověk musí moc dobře dívat kolem sebe, to není jen tak. To dá práci. Co hodin člověk prosedí za stolem a někdy nenapíše ani písmenko, ano, ano, ani písmenko."

Docela jsem mu to věřila. Musí to být fuška, vymýšlet si příhody ze zoologické zahrady.

„A proč nepíšete povídky taky o lidech, něco o současných lidech, když se to teď tolik žádá."

„Moje bajky zobrazují současnost, třebaže se odehrávají ve světě zvířat. Vem si například takovou situaci na nějakém úřadě. Vládne tam ředitel, v mé bajce je to třeba tygr, a toho ředitele-tygra musejí všichni respektovat, a kdo ho nerespektuje, toho tygr prostě sežere, podle všech zákonů přírody. A tak ti ostatní musí chodit kolem toho tygra-ředitele velice opatrně a neplést se mu do jeho záležitostí, jinak je to jejich konec. Jenomže tuhle bajku mi zrovna podrobili v redakci velice přísné kritice. To je těžké, chtěl jsem tak trochu satiru a asi se mi to moc nepodařilo. Nu což." Zase tak smutně vzdychl a napil se.

„Kdybyste ale psal příběhy o lidech, tak by tomu třeba líp rozuměli a vy byste to měl snazší."

„Nemohu psát o lidech. Můj úkol je psát bajky. Jsem jediný spisovatel u nás, který se tomuhle žánru věnuje speciálně. Řekl jsem ti už přece, že jsem pokračovatelem klasiků. Nikdo jiný to u nás nepíše a ode mne se očekává, že budu v té tradici pokračovat, když o mně jednou napsali, že jsem sovětský Krylov, ne?"

„Já tomu nerozumím, víte, ještě znám moc málo věcí."

„Ano, ano, mládí je nezkušené a leccos nedokáže pochopit." Kýval hlavou jako můj pan profesor na klavír. „A kdo jiný než my jsme tu proto, abychom je poučili, abychom mu dali návod, jak nejlépe žít. Jenomže mnohdy si sami nevíme rady."

Rozhodil rukama a nepřítomně se na mě zahleděl. Znala jsem to. Věděla jsem, že v opici se všecko zdá člověku větší, než když je střízlivý. Smutek smutnější a radost veselejší. A on je asi ten typ, co má vždycky smutnou opici. Dorazil poslední láhev vodky. Igor se mezitím probral a někam odešel. Zaslechla jsem, jak někde nahoře zaklaply dveře a zavrzala postel. Zhasnul. Bylo by dobré, kdyby Sergej zhasnul taky. Mohla bych se poddat své náladě a třeba bych zhasla za chvíli taky.

„Nejsi unavená?" zeptal se mě a vzal mě přes stůl za ruku. Ucukla jsem.

„Ano."

„Ty, ty..." zahrozil mi, „ty jsi liška, ty jsi mazaná liška-blondýnka."

„Vidíte, máte postavu do bajky."

„Ty, ty, černoočko-krasavičko."

„Jéje."

„Víš, že se mi líbíš?" Přesedl si vedle mě. Odsunula jsem se dál.

„Proč utíkáš, co? Bojíš se, ty se bojíš?" Chňapl po mně a chtěl mě políbit. Svezla jsem se z lavice pod stůl a vylezla jsem druhou stranou.

„Proč utíkáš? Nemáš čisté svědomí, co? Kdybys měla čisté svědomí, neutíkala bys. Vidíš? Hned jsi myslela na špatné věci. Já jsem tě jen zkoušel, abys věděla. Ech... Češky, Češky..."

Přešel ke dveřím a mumlal stále Češky, Češky... Byl opilý. Když šel, tak to bylo vidět. Ve dveřích se zastavil, rozhlédl se po místnosti a vrátil se. Vzal s krbu demižón a vrávoral zpátky ke dveřím. Starý, opilý zoufalec.

Oddychla jsem si. Naházela jsem do krbu polena a poslouchala, jak pukají. Oheň se rozhořel, takže osvětloval celou místnost. Zhasla jsem světlo, zabalila jsem se do Kristýnina plédu a hodlala jsem si schrupnout v houpacím křesle. V domě bylo ticho jako v zakletém hradě, jenom hodiny pod skleněným poklopem cinkavě tikaly. Vonělo tu dřevo. Blížila se půlnoc.

Nahoře cvakl zámek. Čekala jsem, že dolů přijde Kristýna, ale zase bylo ticho. Oheň dohoříval a už nebylo co přiložit. Rozhodla jsem se, že si půjdu lehnout ke Kristýně. Na stole zbyla ještě spousta jídla. Pánové to přehnali.

Šmátrala jsem po schodech nahoru, ale nevěděla jsem, ve kterém pokoji Kristýna spí. Z prvních dveří se ozvalo slabé chrápnutí. Vždycky spala tiše a zakládala si na tom, že nechrápe. Další dveře byly zamčené a třetí pokoj byl prázdný. Zkusila jsem zaklepat na ty zamčené dveře. Neozvalo se nic.

„Kristýno, to jsem já," špitla jsem do klíčové dírky. Odpovědělo mi medvědí zabručení a dveře se otevřely. Stál v nich Sergej s brunátným a nevrlým obličejem. Už vůbec nevypadal tak dojemně jako dole.

„Pojď sem, Věro," pípla Kristýna od okna. Ležela na gauči zachumlaná do bílých kožešin a koulela významně očima. „To je dobře, že jsi přišla, já jsem se tak bála, ale nechtěla jsem hned dělat paniku."

„Proč nespíš u krbu?" zahučel Sergej.

„Proč bych spala u krbu, když můžu spát tady s Kristýnou?"

„Spát se nebude," řekl, „bude se pít."

„Ale jo, spát se bude."

„A spát se nebude a nebude," opakoval tuřím hlasem. Nepoznávala jsem ho.

„Heleďte, Sergeji Ivanoviči, neřvěte, já nejsem hluchá."

Snažila jsem se být hodně hubatá. To je pro ženskou nejlepší obrana. Být hubatá a protivná.

„Jděte spát, Sergeji, ráno si to dopovíme," řekla sametově Kristýna. Ta nikdy nebyla na mužské hubatá. Jí záleželo na každém. Vždycky a za všech okolností to byla svůdná a na můj vkus hodně teatrální mrcha.

„Ne! Teď se bude pít! Teď teprve se začne pít!" křičel a rozpřáhl se zavřenou pěstí, jak chtěl do něčeho praštit. Ale nic v dosahu neměl. Strčil ruku do kapsy.

„Igor spí, nekřičte," řekla jsem ze strachu, aby nevzbudil pomocníka.

Odstrčil mě a hnal se vedle do pokoje. „Igore, vstávat, bude se pít!"

„Co budeme dělat?" řekla Kristýna.

„Asi se budeme muset zdejchnout."

„Tys mě zachránila, Věruš. Já nevím, jak se sem moh dostat. Byla jsem zamčená, určitě jsem se zamkla, a on se tu najednou objevil."

Rozsvítila jsem.

„Asi na to má nějakej gryf." Šla jsem ke dveřím. „Zamkni se."

Zkoušela jsem zvenku, jak by se dveře daly otevřít. Podařilo se mi to, až když jsem je celé nadzdvihla. Zámek se vysmekl.

„To je zámek na draka," řekla Kristýna vesele a hupsla zpátky do kožešin.

„Neblázni, Kristýno, musíme odtud."

„Tady je to tak útulný," kňourala zase rozmazleně.

„Tobě přeskočilo. Budeš se tu rozvalovat v perziánech a já abych tě hlídala. Vstávej!"

„Když já jsem tak unavená," fňukala.

„Ty seš pořád nalíznutá?"

„Asi jo. Věro, víš co? Zůstanem tu do rána, mně se tady strašně líbí."

„Mně by se tu taky líbilo, ale ne s těma starcema."

Pokoj byl moc pěkný. Zřejmě mu sloužil jako pracovna, protože na psacím stole ležela spousta papíru a psací stroj. V něm trčela rozepsaná první stránka bajky O mouše a koze.

„Kristýno, vstaň. Za chvíli se tu objeví a bude dělat scény."

„Víš co?" udělala objev. „Pojď si lehnout ke mně a budeme dělat, že spíme." Docela jí to slušelo, jak ležela v bílém s černými rozpuštěnými vlasy.

„To určitě."

„Vždyť už stejně poznali, že s náma nic nebude," řekla naivně.

„Vstávej, neblbni, do rána je ještě dlouho a já nemám chuť plejtvat silama."

Vedle dupali a pokoušeli se o zpěv. Na každou první dobu se dům otřásl ránou jako z kanónu. Patrně si udávali takt.

„Ja ně savětskij, ja bělaruskij," hulákali přeskakujícími hlasy, nerytmicky, bez ladu a skladu, a mlátili do stolu, jako kdyby chtěli ten barák zdemolovat.

„Davaj, napijem se," burácel Sergej a oba se rozchechtali.

„Už se na nás asi smluvili, Kristýno, vstaň!"

Nerada se zvedla a hledala boty.

„Nevidíš jednu mou lodičku?"

„Máš ji v ruce."

„Ale tu druhou."

Rozházela jsem kožešiny, prohledaly jsme celý pokoj, jenomže bota tam nebyla.

„Asi ti ji schovali." Rozhrábla jsem lejstra na stole. „Hele, tady je zase nějaká bajka. A celá!"

Zaujal mě nadpis. O jabloni a červené mšici. Kvetla jabloň na úrodném pahorku a živila svou krásu sluncem a vláhou matičky země a byla krásná a košatá. Jednoho dne ji ale napadly červené mšice a řekly jí: „Co ty se tu pyšníš a živíš z naší matičky země, ta patří nám a ne tobě. Proč ty máš být krásná a sytá a my máme hladovět? Sežereme tě." A mšice jabloň okousaly, krásné bílé a růžové květy se změnily v jednu krvavou záplavu a z jabloně zbyl jen ošklivý, suchý pahýl. A když už mšice neměly co požírat, začaly se hádat, která sežrala víc a na kterou zbylo míň. A najednou se mezi nimi objevil velikánský černý chrobák a řekl jim, aby šly za ním, že když ho poslechnou, najde jim ještě mnoho takových pyšných jabloní, které budou moci požírat, jak se jim zlíbí. A mšice ho poslechly, šly za ním, lovily mu tu nejkrásnější a nejlibovější potravu, pečovaly o něj, stlaly mu noc co noc útulné hnízdečko, snášely mu na malinkých nožičkách rosu, aby se mohl vykoupat, zpívaly mu ukolébavky a provolávaly hurá a chrobák je každý den přivedl o kus dál, až mšice celé utrmácené a hladové došly k vysoké borovici, a tu chrobák zvolal: „Zde je vaše království," a ukázal chlupatou nohou na silný strom, jenomže mšice ohrnuly nosy a řekly chrobákovi, že to není žádné království pro ně, že chtějí jabloňové květy a mladé lístečky, a tak se rozvztekaly, že nanosily v malinkých ručičkách velikánskou louži rosy a chrobáka v ní utopily. Pak ale měly hlad dál a nevěděly, kam se dát, tak se úplně rozzuřily a začaly se kousat navzájem a žraly se tak dlouho, až pod borovicí zbyla jedna velikánská červená a mrtvá hromada. Naučením ale bajka nekončila.

„To je dobrý," řekla Kristýna.

„No jo, ale co si z toho má čtenář vyvodit pro život?"

„Snad že když je hlad, tak se jí všecko, ne?"

„Možná," řekla jsem a hledala jsem Kristýninu lodičku dál. Marně.

„Co budeme dělat?" řekla žalostně. Už mě štvala, jak se pořád ptá, co budeme dělat. Jako kdybych já to věděla.

„Musíme ji najít," řekla jsem.

„Víš co? Já mu řeknu, ať mi ji dá."

„To je geniální. Já jsem spíš zvědavá, co budeme dělat do rána."

„Třeba usnou a ráno zase budou normální."

Vedle znovu vypuklo běsnění.

„Tože cipljonok chočet žiť, chočet žiť, chočet žiť..." opakovalo se jako na rozbitém gramofonu a síla zvuku vzrůstala do fortissima.

„Ty neusnou," řekla jsem beznadějně.

„Tak si poď lehnout a budeme dělat, že spíme."

Nic jiného mi nezbývalo. Doufala jsem, že nám přece jenom dají pokoj. Už na mě šly mrákoty. Ale ještě než jsme mohly usnout, zakníkal za dveřmi fistulkový hlásek: „Děvušky, kdě vy... túta, túta..." Připadala jsem si jako

Budulínek. Dveře se nadzdvihly a otevřely. Sergej držel v ruce poloprázdný demižón a na hlavě měl povlak z polštáře uvázaný jako šátek.

„Děvušky, kdě vy... túta, túta...“ kvílel a poskakoval s demižónem kolem gauče. Snad to měl být kozáček. Naklonili se nad nás.

„Děvušky, nemáte žízeň?“

„Napijte se, holubičky,“ přidal se Igor svěže a slaďounce a stahoval z nás přikrývky.

„Nechte toho,“ zařvala jsem.

„Kristýna, ťu, ťu...“ Snažil se dát demižón Kristýně k puse, ale polil nás obě.

„Nechte nás spát,“ řekla Kristýna prosebně a zatvářila se, jako kdyby byla na umření.

„Spát? Sergeji, slyšíš? Ne, ne! Nejdřív se napijete.“

Oba se posadili na okraj gauče a tahali nás za uši a za nos.

Chvíli jsem dělala, že mi to nevadí, ale pak jsem vylítla.

„Tak a teď už toho mám dost. Dejte sem tu botu a my pudeme pryč. Kristýno, vstávej!“

Poslechla mě. Sedla si a dělala rozespalou.

„Sergeji Ivanoviči, dejte sem tu botu a my pudeme domů.“

Překvapilo ho to, vypadal nejdřív udiveně, ale potom nasadil panovačný obličej.

„Nikam nepudete, nepustíme vás, zůstanete tady a bude se pít.“

Zrudla jsem.

„Okamžitě sem dejte tu botu, okamžitě ji sem dejte, nebo vám tady z toho udělám kůlničku na dříví.“

Kristýna se skrčila v rohu gauče a sledovala můj herecký výkon. Vůbec se nesnažila mi pomoci. Jenom koukala a nechala mě, abych se rozčilovala sama. Dostala jsem o to větší vztek.

„Slyšíte, soudruhu Fokine? Okamžitě to sem dejte,“ ječela jsem afektovaně a musela jsem být nesnesitelná.

Sergej vytáhl Kristýninu botu pomalu z kapsy.

„Tady je, ale nedám, až hezky poprosíte.“

252

„Vy si ještě dovolíte někomu říkat, aby hezky poprosil?"

Vrhla jsem se po botě. Ale bezmocně. Zadržel mě lehce jednou rukou a druhou držel lodičku nad hlavou.

„Ty jsi divoká," posmíval se mi, „vypadáš jako kuře a chceš se prát?"

„Jste odporný, omezený chlapi a lituju, že jsem vás kdy potkala, dejte sem tu botu!" Nevydržela jsem. Dala jsem se do breku.

„Sergeji Ivanoviči, buďte tak laskav a vraťte mi tu botu," pronesla Kristýna altově a zatvářila se jako Rita Hayworth. Ještě že nesepjala ručičky.

Sergej jí beze slova botu podal a pak nám přinesl kabáty.

„Tak, dámy, abyste neřekly, žc vás tady někdo obtěžoval, prosím, můžete odejít, když chcete. My jsme se jenom s vámi chtěli pobavit a domnívali jsme se, že máte smysl pro humor. Prosím, tady máte kabátky a dělejte si, co je libo."

Šly jsme.

Nikdo se už nesnažil nás zdržovat. Pánové zmizeli a nastalo ticho.

Venku byla světlá, mlčenlivá noc a nám se zdálo, že je docela teplo.

„Mrkneme se na silnici, jestli tady nejezděj autobusy," řekla jsem.

Sešly jsme na cestu, ale sotva jsme udělaly několik kroků ve včerejších stopách po autu, poznaly jsme, že to nebude tak snadné. V lodičkách s tenkými podpatky. Ale nevrátila bych se.

„Co když tady autobus nejezdí?" řekla Kristýna.

„Ale jezdí. A když, tak něco stopnem."

„Tady? Poď, aspoň se posilníme. Kdoví co nás čeká." Vylovila z kabelky láhev vodky.

„Jak se ti to podařilo?"

„Já totiž myslím na všecko, víš? Ulila jsem ji, ještě než se začalo chlastat." Utrhla zubama zátku a podala mi láhev.

„Předpokládám, že tady bernardýni nechoděj."

Napily jsme se hodně zhluboka a já jsem si pomyslela,

že Kristýna přece jenom není tak neschopná.

Cesta vyústila na silnici. Sníh tam byl o něco tvrdší. Daly jsme se doprava.

„Věro, není to doleva? Já bych řekla, že je to spíš doleva."

„Ba ne, určitě jsme přijeli zprava."

Rozhlédla jsem se, jestli tam někde není ukazatel. Nebyl. Šly jsme tedy doprava. Vodka dobře zabírala, a když si člověk našel styl, jakým našlapovat, šlo to docela dobře i v těch podpatcích. Ve stopách za námi zůstávaly dírky.

„Boty ale zničíme," řekla Kristýna.

„To nevadí," pronesla jsem hluboce, „lepší zničit boty než ztratit čest."

Chechtaly jsme se tomu, až nás bolelo břicho.

„Já se počurám," ječela Kristýna v záchvatu a držela se za pupek a předkláněla se s nohama křížem.

„Neblbni, nebo se svalím," mečela jsem. Tekly mi slzy. Kristýna sebou práskla, zůstala ležet a pořád se chechtala. Trochu opile, trochu hystericky.

„Vstaň, neblbni, nebo nastydneš."

Dlouze se vysmrkala ještě na zemi a vstala.

„Jestli se do večera nevrátíme, bude průšvih."

„Myslíš, že by nás poslali šupem?"

„Víš, co by se stalo, kdyby tady museli odříct představení?"

„A co když se domů nedostanem?"

„Máme na to spoustu času, do večera tam dojdem i pěšky."

Ještě trochu jsme si lokly z té ukradené láhve a daly jsme se na pochod.

„Umíš si představit, jakej na nás budou mít vztek, až se proberou?"

„Mně je to fuk," řekla jsem, „i kdyby mi ten zarudlej pedofil tisíckrát vyčítal, že jsem zkažená."

„On říkal, že jsme zkažený?" Kristýny se to dotklo.

„To máš z toho, žes byla tak žhavá poznat všecko."

„To je ale sprostý."

Panebože, jí ještě záleží na tom, co si o nás budou myslet. Mlčela a asi o tom přemýšlela. Určitě jí to bude ležet v hlavě čtrnáct dnů. Na to, co si kdo myslí, byla děsně citlivá.

Silnice před námi se zdála bez konce. Připadala jsem si jako na bílém moři. Jako uprostřed sněhového oceánu.

„Věro," ozvala se Kristýna, „myslíš, že tu jsou vlci?"

„To snad ne."

„Nebo medvědi. Víš, že se vypráví, jak tady chodějí hladoví vlci někdy až ke stavení."

Vzpomněla jsem si na svou bytnou. Její muž byl na Sibiři jako legionář a přivezl jí ručně vyšívaný obraz se smečkou rozlícených vlků. Jeden vlk byl vyšitý hodně do červena, jak požíral nějaké dítě. Mávalo ručičkama a ta šelma ho měla už půlku sežraného. Obešla mě hrůza.

„Tady naštěstí žádný stavení ncjsou."

„A co když nějakýho potkáme?"

„Tady ne, vždyť nejsme tak daleko od města."

„Věro, já se bojím, co když tady nějakej bloudí a šilhá hlady?"

„To by bylo blbý. Já nevím, co se v takový situaci má dělat."

Rozhlédla jsem se po sněhu, jestli neuvidím nějaké zvířecí stopy. Ale ještě bylo moc velké šero. Neviděla jsem jasně ani Kristýně do obličeje. Škrtla jsem zápalku. V okruhu, který plamínek osvítil, žádné stopy nebyly.

„Nic tu není, neboj se... a vůbec, v civilizovaných zemích už vlci vyhynuli."

Podpořily jsme svou slábnoucí odvahu dalším lokem a šlapaly jsme dál.

„Kdybysme šly pět kiláků za hodinu, tak můžeme do Leningradu dorazit po poledni. Teď jsou asi tak tři."

„To neuděláme."

„Já myslím, že jo," řekla jsem bezstarostně. „Jak ti je? Mně je fajn."

„Ta dálka," vzdychla, „jen abysme někde nezmrzly."

„Vždyť je teplo, blázne... Začíná se mi to líbit. Má to svoje napětí."

„Já bych teď radši spala v těch kožešinách."

„To by bylo napínavější, máš pravdu, jenomže já bych ti musela dělat hlídacího psa."

„Pěkně jsme je převezly, že jsme šly, viď?" řekla Kristýna a tvářila se, jako kdyby to byla její zásluha.

„Myslíš, že s tím počítali, že pudem?"

„Spíš počítali, že jim hupsnem do náručí."

„To je možný."

„Možná, že čekají, že se vrátíme."

„Já bych řekla, že spíš chrněj. Jsou nadrátovaný a dávají si hajadána a je jim všecko mydli fidli," řekla jsem.

„Mě by to zajímalo, za co nás měli, když nás tam zvali?" Už ji zase popadala ta starost o veřejné mínění.

„Tobě to pořád není jasný?"

„Já vím, ale štve mě, že si tohle mužský o nás myslejí."

„Co jsi čekala? Že ti postavěj jesličky, ne?"

„Proč si chlapi hned myslej, že ženská je potvora, když se nechá pozvat na mejdan? Vždyť se taky dá bavit trochu inteligentně, ne?"

„Mělas jim to takhle vysvětlit. Mělas jim říct, že počítáš s literárním večírkem."

„Nebuď protivná, Věro, víš?" Urazila se. Nejdřív prodává všecko, co na ní je k podívání, a pak se cítí dotčená, když to někdo chce opravdu koupit. Provokovat, to je její, mít hodně ctitelů, všecky zbláznit a žádnýmu nedat, to je ona.

„Já mám dojem, že se do tebe ten Igor zabouch," řekla jsem smrtelně vážně.

„No, choval se tak, ale ten Sergej mi to řek."

„To je těžký, oba bys uspokojit nemohla."

„Ty seš pitomá," řekla uraženě a odmlčela se. Podařilo se mi pěkně ji namíchnout. Aspoň se tak tvářila. Určitě byla přesvědčená, že tady šlo o lásku na první pohled. A hned dva najednou. Tahle naivita mi obecně šla na nervy, ale u Kristýny mě dojímala. Byla pitomá, ale v něčem ne. Divadlo hrála bezvadně. Asi proto.

„Nebuď naštvaná, Kristýno, já jsem to tak nemyslela," řekla jsem, „mě jenom míchá, když chlapům tak věříš. A takovýhle, co člověka chtěj namáznout a pak využít jeho slabosti, mám obzvlášť ráda."

Neodpovídala. Chtěla jsem si ji udobřit tím, že jí sdělím něco důvěrného. To přece vždycky ženské spojí.

„Já osobně jsem ochotná vyspat se buď z lásky, i když z lásky si většinou natlučeš kokos, anebo ze soucitu, víš?"

„Hm," řekla.

„Jednou jsem se ze soucitu vyspala, ale ty jsi první člověk, kterýmu to říkám. Nepotřebovala jsem se na to zlískat, víš? Byla jsem naprosto střízlivá a udělala jsem to při smyslech. A vůbec toho nelituju, aby sis nemyslela. Já ti to říkám jenom proto, abych ti dokázala, že takovíhle frajeři jsou na mě krátký. Takhle maličký a ubohoučký. Kdybych si s nima něco začala, tak se z toho v životě nevykoupu."

Kristýna se na mě jenom se zájmem podívala a škobrtala dál. Mojc tajcmství v ní probudilo zvědavost, ale dělala, že ne. Vyprávěla jsem dál:

„Ten kluk tenkrát taky nebyl žádný lumen. Byl to obyčejnej kluk z vesnice, kde jezdil s koňma, protože na víc nestačil, víš, ale byl čistej, jako je čistý zvíře, když to na něj přijde."

„Distýnka taky spala s kočím," pronesla Kristýna velkoryse.

„Tohle bylo něco jinýho. Ten kluk za mnou chodil celý prázdniny jak ochočenej, nosil mi borůvky a vyprávěl mi historky z lesa; o lišce, jak vychovává mláďata pohlavkama, o kukačkách, jak se roztahujou v cizím hnízdě, hned jak se vyklubou z vajíčka, o tom, jak spolu válčej pavouci a jak je pak všecky stejně sežerou masožravý kytky; a byl ti ošklivej jako tahle noc."

Kristýna trochu udiveně zamrkala. Nešlo jí to asi na rozum, ošklivej a ještě blbej. Určitě to nemohla pochopit, protože když už, tak jedno nebo druhé. Buď škaredý a intelektuál, nebo hezkej vůl. To je celá ona. Jenomže jsem jí to nemohla říct tak rovnou.

„Věříš, že tenkrát jsem se poprvé styděla za svý tělo? Za to, jak mu vrtím před očima obepnutým zadkem? Šla jsem s ním do lesa bez řečiček a cvrlikání. Plácal mě jako ty svý koně a pak byl smutnej. Chtěl se se mnou oženit a nešlo mu

257

na rozum, proč já nechci. Ale já ti mám dodneška pocit, že to je jeden z mála dobrých skutků, který jsem v životě udělala. Protože ten kluk z toho žije ještě dneska. Určitě chodí do lesa a čeká, kdy se mu ten zázrak stane znova." Mlčela. Určitě mě nepochopila. Možná, že mě dokonce ve svém vlaštovčím mozečku odsoudila. Měla jsem ji ráda, ale byla moc rozmazlená a egocentrická. Krásná, zhejčkaná kočka.

„Stejně kecali, když říkali, že Zoščenko žije v Leningradě," pronesla hluboce. Takže jsem házela hrách na zeď. Místo aby řekla aspoň slovíčko na to, co jsem jí vyprávěla, vrací se zase k těm dvěma. Žere ji prostě, že nás nechali odejít.

„Já bych řekla, že vědí moc dobře, jak to je, ale asi se u toho hrobu nechtěli moc ukazovat."

„Asi. Ale kdoví, jak to je."

„Co?"

„No to s tím hrobem," odpověděla naštvaně.

„Ale zážitek to byl, ne?" popíchla jsem ji.

„Nejlepší byl ten kostel."

„Jenomže kvůli tomu tvýmu kostelu se teď budeme hodiny plácat ve sněhu."

„A něco takovýho jako pravou ruskou dáču bys taky hned tak zažít nemohla, to uznáš."

„Na něco takovýho nemusím jezdit do Leningradu. Tohohle ptactva máme u nás dost."

„Nebuď protivná, Věro, víš?"

„Já nejsem protivná. Ale musíš uznat, že mám pravdu. Tak neznalá zase nejseš."

„Hele, nedělej z nich zloduchy. Jak se podle tebe měli zachovat?"

„To je fakt. Jsou to docela hodní strejčkové a pozvali nás, aby nám hezky vyprávěli o trpajzlících a Sněhurce."

„Na jejich místě by se urazil každej."

„V takovýmhle případě asi jo. Jenomže, Kristýnko, mně můžou bejt ukradený i s tím kaviárem, co jim tam zplesniví."

„Já vím, tobě seděj spíš primitivové s borůvkama, protože nesneseš, aby byl někdo nad tebou svým intelektem."

„Tak teď jsi to přesně vystihla. To seš teda pěkně blbá, víš?" Dožralo mě to. Ne to, že je hájí, ale že se dotýká věci, kterou jsem jí svěřila jako chápající přítelkyni. „A vůbec, jdi si tam zpátky, já už to nějak dojdu sama."

„Na co bych chodila zpátky, já si tady můžu klidně lehnout a počkat, dokud něco nepojede."

„Tak si tu zůstaň," utrhla jsem se a přidala jsem do kroku. Skoro jsem klusala. Kristýna zůstala za mnou, šla hodně pomalu a mávala si taškou. Vůbec se nebála, že jí uteču. Zastavila jsem se, počkala, až mě dojde, a pak jsem se k ní přidala. Přestanu se s ní beztak kamarádit. Jen co dojdeme do hotelu a pak se s ní přestanu stýkat.

Hopkala svým klokaním způsobem po druhé straně silnice a zpívala si. Byla tak sebejistá, že si zpívala na celé kolo. Držela jsem s ní krok a vůbec mi nebylo do zpěvu. Začalo mi docházet, že jsme to přehnaly. Kožich mě tížil na ramenou, bolely mě nohy a před námi ještě minimálně čtyřicet kilometrů. Pořád ještě jsme nenarazily na ukazatel. Kdoví, jestli vůbec jdeme správným směrem. Mizerové! Nikde ani stavení ani člověk. Jenom ten bílý oceán.

„Napij se," podala mi Kristýna láhev a tvářila se, jako by se nic nestalo.

„Myslíš, že tady jezdí autobus?" řekla jsem.

„Něco tu asi jezdí, silnice je uježděná."

„Kristýno, mě šíleně bolej nohy."

Zastavila jsem se, vyzula jsem si botu a cvičila jsem prsty, aby se mi prokrvily.

„Víš co? Ulomíme si kramfleky, stejně z těch bot nic nezbyde, než tam docváláme."

Ukroutily jsme si podpatky a šlo se nám mnohem líp. Měly jsme sice paty trochu nízko, ale bylo to lepší. Kristýna si znovu zunkla a schovala láhev do tašky.

„Tohle necháme, kdyby nám docházely síly."

V láhvi bylo na dně. A to jsme ušly sotva čtyři kilometry. Viděla jsem Kristýnu už skoro jasně. Rozednívalo se.

Přestávalo mě to bavit. Jako naschvál se mi vybavovaly vzpomínky na všechny případy zmrznutí, o kterých jsem kdy slyšela. Kdybychom si mohly aspoň na chvíli sednout. Kristýně šla od nosu pára. Zdálo se mi, že mrzne. Ke všemu začal fičet studený vítr. Narazila jsem si čepici na oči. Jestli okamžitě něco nepojede, tak je to můj konec. Kolem bylo všecko pořád stejné, silnice za námi i před námi jako prkno a ticho k zbláznění. Kdyby aspoň někde štěknul pes. Nic. Jenom vítr profukoval navátý sníh.

„To byl blbej nápad," zahuhlala Kristýna do límce. Měla hlavu skloněnou a rozrážela vítr jako ovce.

„Jsou už čtyři pryč, snad něco začne jezdit. Snad tady sakra taky lidi dojížděj do práce."

„Jen jestli jezděj tak brzy."

„Prosím tě, tady se snad taky pracuje od rána."

„Jen jestli tak brzy. Neměly jsme dělat haury, ty vždycky děláš haura a všecko zvořeš. Mohly jsme spát v těch kožešinách."

„Kdybych já nedělala haura, tak už seš v tuhle chvíli dvakrát zneuctěná."

Ale Kristýna se tomu vtipu už nesmála jako prve. Taky ji přešel humor.

„Mohly jsme dát před ty dveře skříň a mohly jsme klidně spát v těch kožešinách," mlela vyčítavě.

Cítila jsem se provinile. Měla pravdu. Kdybychom zatarasily dveře, mohly jsme chrundit až do rána. Místo toho teď šlapeme tenhle pochod smrti. Moc se mi to nepovedlo, tohle řešení.

„Kdoví, jak dopadneme," vzlykla. Zdálo se, že pláče. Chvěla se a drkotala zubama.

„Neboj se, určitě už začnou jezdit."

„Kdyby jel aspoň náklaďák."

„Ještě si vybírej."

„Jen aby nás vzal, kdyby jel."

„To víš, že nás veme."

„A co když nás neveme?"

„Tak pojede jinej."

„A co když nepojede?"

„Ale pojede."

„Co když nepojede žádnej, ani ten, co nás neveme?"

„Přestaň! Musíme jít a uvidíme, no."

„Měly jsme tam zůstat. Já tam chtěla zůstat, ale to tys měla ten šílenej nápad."

„To nebyl šílenej nápad, to byla nutnost."

„Jaká nutnost? Mohly jsme tam zůstat, strčit před ty dveře skříň a bylo by to, víš?"

Šla mi na nervy.

„Když nám přinesli kabáty, tak to asi znamenalo, že máme jít hajat do těch jejich vypelichanejch kožešin, že jo?"

„Náhodou vůbec nebyly vypelichaný. Oni určitě nemysleli, že pudeme."

„Mně je fuk, co si mysleli. Já jsem ráda, že jsme vypadly na vzduch. A vůbec, co naříkáš? Takhle aspoň poznáme, co bysme jinak nepoznaly."

„Nebuď ironická, Věro."

„A ty zas nebuď rozmazlená. Víš, co museli vydržet vojáci na frontě..."

„Nech toho."

„Podívej se na tu přírodu kolem, není to nádhera?"

„Fakt, Věro, nech toho, nebo mě otrávíš."

„Napij se vodky, Kristýno, to ti zvedne náladu."

Dopila poslední kapku a láhev odhodila daleko do sněhu. Zapadla docela tiše. Pak se do mě zavěsila a přestala naříkat. Trmácely jsme se čím dál tím pomaleji. Kristýna na mně visela a tížila mě. Pak se zastavila, zula botu a dýchala dovnitř.

„To ti nepomůže," řekla jsem.

„Já ti mám tak zmrzlý nohy, že je to, jako by ani nebyly moje."

„Zkusíme jít rychleji, to nás zahřeje."

„Já už nemůžu, Věro, sotva lezu."

D, Doploužily jsme se na rozcestí. Konečně aspoň ukazatel. Leningrad 43 km.

„Tak to přece bylo doprava," řekla jsem s úlevou.

„Ale těch kilometrů před náma."

„Teď už je to dobrý, hlavně že jdeme správným směrem."

„Měly jsme tam zůstat."

„Neztrácej hlavu, prosím tě, když už jsme ušly takovej kus, tak ten zbytek dorazíme, ne?"

Můj vtip zase nezabral. Bylo to s ní zlé. Měla jsem strach, aby si nevzpomněla, že si tady lehne. Bylo by jí to podobné. Snažila jsem se přivést ji na nějaké jiné myšlenky.

„Ta bajka ale byla dobrá, co?"

„Která?"

„No o těch červenejch broucích."

„Jo ta."

„Píše pěkně."

„Tobě se to líbilo?"

„Docela. Ale nechápu, proč je tak nešťastnej, když se mluví o psaní."

„Možná, že si tuhle bajku napsal jenom tak pro sebe a ty druhý už asi nejsou tak pěkný."

„Proč by si něco psal jenom pro sebe. Já myslím, že když někdo něco napíše, tak chce, aby to čet taky ještě někdo jinej, ne?"

„No, vlastně asi jo."

„A měl ji zvlášť v šuplíku. Asi ji považuje za extra povedenou, když ji měl tak speciálně umístěnou."

„Asi."

„Myslíš, že je slavnej?"

„Já myslím, že jo."

„Takže je ti líto, že se urazil, viď?"

„Nech si to."

„Já jenom, jestli bysme se neměly vrátit a všecko odčinit. Víš, jak bysme se krásně zahřály?"

Kristýna se patrně rozhodla, že mě bude přehlížet. Klopýtala ale čím dál tím pomaleji. Loudala se za mnou a nakonec si přece jenom vzpomněla, že si odpočine. Sedla si na okraj silnice, skrčila nohy pod sebe a zabalila si je do kabátu. Šla jsem dál. Nebudu ji přece pořád hlídat jako mimino. Předpokládala jsem, že se za chvíli zvedne a dožene mě, ve strachu, abych jí přece jenom neutekla. Zašla jsem kus dál a ztratila jsem Kristýnu z dohledu. Chvíli jsem stála a čekala, jestli půjde za mnou. Pak mi to nedalo. Vrátila jsem se k ní.

Seděla tam schoulená a brečela.

„Pojď, Kristýno, musíme jít dál," řekla jsem mírně.

Vůbec si mě nevšímala a brečela dál.

„Pojď, hele, za chvíli tě to přejde."

Seděla jak špalek.

„Zvedni se a půjdem rychleji, to tě zahřeje. Nebo že bysme se tam přece jenom vrátily?"

Myslela jsem to tentokrát doopravdy. Snad by skutečně bylo lepší vrátit se ty čtyři kilometry než jít ještě čtyřicet dál. Ani by si nevšimli, že jsme se vrátily, beztak nevědí, že jsme opravdu odešly. Rozhlédla jsem se po silnici. Ztrácela se za námi v mlze a mně se zdálo, že tou mlhou probleslo slunce. Už je opravdu ráno. Ale o nic veselejší než noc.

Mlhou zase něco zablesklo. Nebylo to slunce, protože nebe mělo ošklivý šedý povlak.

„Kristýno, já mám dojem, že něco jede," vykřikla jsem.

Světlo probliklo ještě několikrát a nic. To bude fata morgána. Optický jev v přírodě, při němž se za vhodných okolností stávají viditelnými předměty pod obzorem. Ale spíš halucinace. Takhle tedy vypadá, když se člověk pomine. Cítila jsem se ale přes všecko normální.

Světlo se vynořilo znovu a blížilo se k nám. Bylo slyšet hukot motoru.

„Musíme mávat," vyskočila Kristýna a divoce roztočila kabelku.

„Musí nás vzít, i kdybych si mu měla lehnout pod kola," drmolila vzrušeně, „musí nás vzít třeba na střechu."

Vůz zastavil těsně u nás. Obrovitý náklaďák s jeřábem, který mu trčel vpředu nad kabinou. Z okna se vyklonila dívčí hlava v šátku.

„Kuda, děvušky?" řekla zpěvavě a dvířka kabiny se otevřela. Naskákaly jsme dovnitř. Kabina vypadala jako maličký útulný pokojík a nás ovanul horký vzduch. Dívka se v ní téměř ztrácela. V tom kolosálním samohybu vypadala maličká a křehká.

„Prosím vás, potřebujeme se dostat do Leningradu," vykoktala jsem konečně.

„Jedu tam na stavbu," řekla klidně a spustila motor.

Překřikovala ho ječivým hlasem.

„Odkud jedete?"

„Já nevím, jak se to tam jmenuje, víte? My jsme byly na návštěvě a pokazilo se nám auto, tak jsme se vydaly pěšky, abychom stihly představení," řekla jsem.

„Jaké představení?"

Dlouze a podrobně jsme jí vysvětlily, co v Leningradě děláme.

„Tak vy jste z Prahy? Mně se hned zdálo, že mluvíte nějak divně. A je to tam hezké, co?"

„Docela."

„U vás je líp než u nás?"

„Proč?"

„Říkají to. Máte tam prý spoustu krámů jako v Americe."

„Ano?"

„Slyšela jsem to."

„Ale, to se asi jen tak říká, u vás je to taky pěkný."

Bála jsem se, aby se neurazila a nevysadila nás.

„Děvčata si přivezly moc krásných věcí," řekla dívka tesklivě.

„To se vám zdá, všecko, co je jiný než doma, se člověku zdá krásný," řekla Kristýna. „Nám se tady moc líbí."

Bodejť by se jí tu nelíbilo. Má tady svoje obrazárny a kostely, své ctitele a slavné umělce. Ji to tu mohlo bavit. Jí nevadil ani plyš ani tma, nic. V létě je to tu možná prima, ale teď...

„To přijeďte v létě," řekla dívka, jako kdyby mi četla myšlenky. „V létě je to u nás hezčí, ve dne v noci světlo, můžete se toulat, kdy chcete, a vždycky je to krása. Nejvíc lidí bývá na ulicích v noci, protože to nikomu nedá spát."

„Já bych tady radši byla v létě," řekla jsem.

„Tak přijeďte, zavezu vás k moři."

„Nebo vy přijeďte k nám," řekla Kristýna.

„Musela bych šetřit."

„Jen přijeďte, můžete bydlet u nás."

Kristýna to říkala docela upřímně, ne jenom v návalu vděčnosti. Po téhle stránce byla dobrá. Rozdala by se. Ale

264

taky všecko chtěla. Chtěla, aby všichni byli jako ona.

Dívka se rozesmála jako píšťalka. Vůbec nás nebrala vážně.

„Kdybych k vám někdy jela, nakoupila bych si aspoň deset párů bot. Já si pořád musím kupovat boty, to je moje slabost."

Mrkla od volantu po mých nohou.

„Jéje, ty sis ulomila podpatek! To je ale škoda."

„Ulomily jsme je schválně, aby se nám líp šlo."

„Jak jste mohly zničit takové krásné boty!"

„Stejně už jsou starý. Nemohly jsme na těch podpatcích jít."

„Chudinky moje, jak dlouho jste šlapaly? To jste musely jít pěkný kus, já jsem žádné auto po cestě neviděla."

„No, strašně dlouho."

„Dušičky moje malý, nemáte hlad? Vezměte si, mám tady slaninu."

Sáhla pod sedadlo a podala nám balíček.

„Ne, to my vám nebudeme brát," řekla jsem.

„Jen si vemte a nepovídejte, musíte mít hlad."

Zahryzly jsme se do měkkého chleba.

„Byla vám zima, co?" smála se. „Oj, tady je zima, ale už brzy budeme ve městě. Navařte si hodně čaje, abyste nestonaly. A taky si umyjte oči, máte je černý kolem dokola."

Podívala jsem se na Kristýnu. Měla ráfky rozmazané až na bradu. Sáhla jsem si pod oči a na prstech mi zůstaly černé šmouhy. My asi vypadáme.

Kristýna pomalu žvýkala slaninu a měla zavřené oči. Podívala jsem se na dívku. Její drobný, vymydlený obličej naprosto neladil s tím kolosem, který tak hravě ovládala. Možná že je hezká, jenomže teď byla zamotaná do šátku a vatovaná kombinéza jí nepasovala. Řídila bezvadně.

Od motoru sálalo teplo. Musela jsem se přemáhat, abych neusnula. Kristýně padala hlava.

„Jste unavené, že?" řekla dívka.

„Ano."

„Už tam budeme, kde bydlíte, já vás tam zavezu."

„To nemusíte, pojedeme trolejbusem. Hlavně že jste

byla tak hodná a svezla nás sem."

„Ale jo, zavezu vás, vždyť se sotva držíte na nohou."

„S tímhle autem do města stejně asi nemůžete."

„Teď si mě nikdo nevšimne," řekla vesele.

„Vy pracujete na stavbě?"

„Ano. Stavíme obchodní dům."

„Ten mrakodrap? To bude prima."

„Už aby to bylo. Chtěla bych, aby už stál a prodávalo se v něm."

„Dá to ještě hodně práce?"

„Ano, ale já pracuju ráda," řekla prostě.

Kristýna spala a hlava jí klesala na mé rameno. Držela jsem se, abych neusnula taky.

Za kopcem se rozsvítilo město. Z dálky vypadalo jako zakleté. Zamrzlá Něva stála nehybná a tichá jako včera a po nábřeží jezdily čisticí vozy. Minuly jsme pomník Petra Velikého. Stál osaměle na vzdutých cementových vlnách a na hlavě měl bílou šošolku. Ulice se leskla a odrážela světla pouličních svítilen. Dívka odbočila na náměstí k našemu hotelu.

„Tak, děvčata, konečně jste doma," řekla a zastavila.

Kristýna se probrala. Náměstí nejevilo známky života, jenom ten zametací stroj stále jezdil kolem a sbíral bláto.

„Vy jste nám zachránila život," řekla slavnostně Kristýna.

Vyndala z tašky tuzexový pudr a podala ho dívce.

„Vezměte si ho na památku, ještě jsem ho nepoužila. A dejte mi svou adresu, napíšu vám. Musíte k nám přijet. Ale opravdu."

„Přijela bych, ale kdoví kdy," řekla smutně. „Snad příští rok. Ale napíšeš určitě?"

Vyskočily jsme z kabiny a náklaďák se rozeřval do ticha. Vypadal jako diluviální příšera. A uvnitř to dítě. Vyklonila se z okna a zamávala.

„Napište," pištěla, „napište určitě!"

Zůstaly jsme stát a dívaly jsme se za ní.

„Pošleme jí nějaký pěkný boty," řekla Kristýna a podívala se na mě. Měla beranici naraženou našišato, černé šmouhy po obličeji a na nohou ty strašné, zdemolované lodičky.

„Ty máš trhu," řekla jsem, „vypadáš jako hodně, ale hodně ušlá noční bludice."

„Podívej se na sebe," řekla uraženě.

Prohlížely jsme si jedna druhou jako hypnotizované. Pak nám povolily nervy. Začaly jsme se smát, Kristýna se zase chytala za břicho a dávala nohy křížem. Smály jsme se, samy na tom historickém, mlčenlivém náměstí, jako dvě střelené bláznivky.

EDIČNÍ POZNÁMKA

Prózy obsažené v knize Nebe, peklo, ráj vycházcjí v tomto uspořádání poprvé. Povídka *Proč jsem tak krásně hrála Bruchův koncert* vyšla v roce 1960 v šestém čísle časopisu Host do domu. Povídky *La strada, Pánská jízda* a *Tma* vydalo nakladatelství Československý spisovatel v jednom svazku s názvem Pánská jízda v roce 1968. Ostatní prózy vyšly původně v zahraničí. Povídka *Kdybys nepravosti vážil, Hospodine...* byla vydána v časopise Proměny v roce 1971. Novela *Nebe, peklo, ráj* vyšla knižně v nakladatelství Sixty-Eight Publishers v roce 1976. Povídka *Na zájezdě* byla publikována v pátém čísle časopisu Západ v roce 1982. Próza *Pas de trois* původně vyšla v knížce ženských povídek Doba páření v roce 1986 v nakladatelství Sixty-Eight Publishers.

Z. F.

ZDENA SALIVAROVÁ
NEBE, PEKLO, RÁJ

OBSAH:

ZDENA SALIVAROVÁ
NEBE, PEKLO, RÁJ

Sestavil a ediční poznámku napsal Zbyněk Fišer
Kresba na obálce a grafická úprava Vlasta Baránková
Vydalo nakladatelství Atlantis v Brně
jako svou 28. publikaci
Odpovědná redaktorka Jitka Uhdeová
Technický redaktor Igor Gargoš
Vytiskla tiskárna Spektrum, s. p.,
Brno-Horní Heršpice, Vídeňská 113
Vydání první
Tematická skupina 13/33
18-029-91